天机 TIANJI

chenshuizhicheng 第一季

沉睡之城

蔡骏 \ 著

陕西师范大学出版社

图书在版编目（CIP）数据

沉睡之城／蔡骏著. — 西安：陕西师范大学出版社，2007.8
（天机）
ISBN 978－7－5613－3906－0

Ⅰ.沉…　Ⅱ.蔡…　Ⅲ.长篇小说—中国—当代
Ⅳ.I247.5

中国版本图书馆CIP数据核字（2007）第122317号

图书代号：SK7N0759

沉睡之城

著　　者：蔡　骏
责任编辑：周　宏
特约编辑：张　奇　蔡明菲
封面设计：门乃婷工作室
版式设计：利　锐
出版发行：陕西师范大学出版社
　　　　　（西安市陕西师大120信箱　邮编：710062）
印　　刷：北京天竺颖华印刷厂
开　　本：787×1092　1／16
字　　数：200千字
印　　张：16
版　　次：2007年9月第1版
印　　次：2008年3月第2次印刷
ISBN 978－7－5613－3906－0
定　　价：19.80元

于波国土，若已生、若今生、若当生。是故舍利弗，诸善男子、善女人，若有信者，应当发愿，生波国土。

佛说阿弥陀经

目录

[CONTENTS]

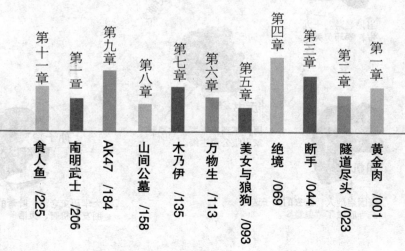

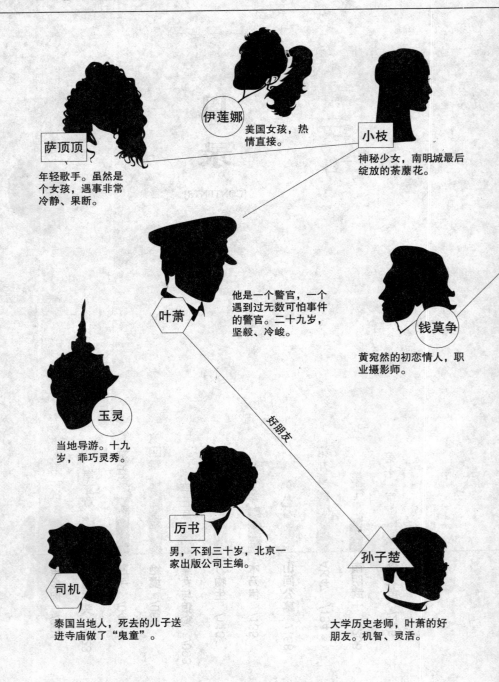

伊莲娜 美国女孩，热情直接。

小枝 神秘少女，南明城最后绽放的荼蘼花。

萨顶顶 年轻歌手。虽然是个女孩，遇事非常冷静、果断。

叶萧 他是一个警官，一个遇到过无数可怕事件的警官。二十九岁，坚毅、冷峻。

钱莫争 黄宛然的初恋情人，职业摄影师。

玉灵 当地导游。十九岁，乖巧灵秀。

好朋友

厉书 男，不到三十岁，北京一家出版公司主编。

司机 泰国当地人，死去的儿子送进寺庙做了"鬼童"。

孙子楚 大学历史老师，叶萧的好朋友。机智、灵活。

· 人物表 ·

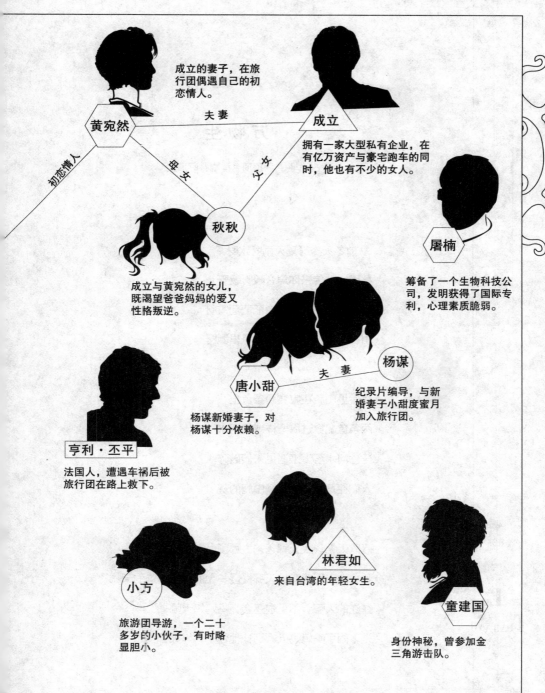

黄宛然
成立的妻子，在旅行团偶遇自己的初恋情人。

夫妻

成立
拥有一家大型私有企业，在有亿万资产与豪宅跑车的同时，他也有不少的女人。

初恋情人

母女

父女

秋秋
成立与黄宛然的女儿，既渴望爸爸妈妈的爱又性格叛逆。

屠楠
筹备了一个生物科技公司，发明获得了国际专利，心理素质脆弱。

唐小甜
杨谋新婚妻子，对杨谋十分依赖。

夫妻

杨谋
纪录片编导，与新婚妻子小甜度蜜月加入旅行团。

亨利·丕平
法国人，遭遇车祸后被旅行团在路上救下。

小方
旅游团导游，一个二十多岁的小伙子，有时略显胆小。

林君如
来自台湾的年轻女生。

童建国
身份神秘，曾参加金三角游击队。

万 物 生

作曲：萨顶顶　演唱：萨顶顶

从前冬天冷呀夏天雨呀水呀

秋天远处传来你声音暖呀暖呀

你说那时屋后面有白茫茫茫雪呀

山谷里有金黄旗子在大风里飘呀

我看见山鹰在寂寞两条鱼上飞

两条鱼儿穿过海一样咸的河水

一片河水落下来遇见人们破碎

人们在行走身上落满山鹰的灰

蓝蓝天哪灰灰天哪爸爸去哪了月亮是家吗

睡着的天哪哭醒的天哪慢慢长大的天哪奔跑的天哪

红红的天哪看不见啦还会亮吗妈妈天哪

是下雨了吗妈妈天哪别让他停下妈妈天哪

第 一 季

沉 玉 之 城

叶萧做了一个梦。

……

当梦醒来的时候，睁眼只见满山遍野的绿色，竹子如箭矢刺入瞳孔，一朵巨大的花放肆地绽开，红得那样耀眼。头顶巍峨的高山颠簸起伏，再往上是层层叠叠的乌云，随时可能有大雨倾泻。

这是哪儿？噩梦带来的汗水从额头滑落。他发现身下是摇晃的车座，右边是明亮的窗玻璃，左边是一张熟悉的脸。

大脑仿佛正被撕裂。

孙子楚冲他咧嘴笑了笑："喂，你总算醒啦！"

"你——"叶萧把眼睛睁大了，费力地支起身子，茫然地问道，"你怎么会在这儿？"

第一章 ■ 黄金肉

"还没睡醒？可我记得昨晚你没怎么喝酒。"

酒？

叶萧捂着嘴呼了口气，却没有闻到任何酒精味。

他环视了周围一圈，这是辆小型的旅游巴士，车上坐着十几个游客。

车外是热带或亚热带山区，茂密的绿树间点缀着鲜艳的花。一条公路在大山中蜿蜒，通向不可捉摸的命运深处。

但车上的那么多人，叶萧只认识身边的孙子楚——这两年他们成为了好朋友，身为S大历史老师的孙子楚，曾经帮过他不少忙。

"现在？去哪里？"

"兰那王陵——我们刚从清迈开出来。"

"清迈？"这地名好像在哪听到过，叶萧绞尽脑汁地想了片刻，"我们在哪个省？云南？还是贵州？"

孙子楚苦笑了一声："拜托，你不是开玩笑吧？我们现在在泰国！"

"我们不在中国吗？"

"当然不在！清迈是泰国北方最著名的城市——你忘了几个钟头前，我们在清迈的酒店吃的早餐？"

心又浸到了浴缸底下，叶萧用力揉着太阳穴，后背已满是冷汗。记忆像被打碎的镜子，就连自己的脸也随之破裂，没人能重新拼合起来。

不过，起码找到了坐标横线：泰国北方——清迈——兰那王陵。

那么竖线呢？

"今天是几号？"

"9月24日！我真搞不懂，发车时你还很正常，现在却好像是从外星球回来的？"

而叶萧问出了一个更愚蠢的问题："哪一年？"

"公元前841年！"孙子楚已被他气糊涂了，"你故意耍我吧？连2006年都不知道？"

"2006年9月24日，泰国北方清迈，前往兰那王陵？"

时间竖线与空间横线终于在平面相交，这个特殊的坐标点——

或许是致命的。

LOST IN THAILAND

2

在确定时空坐标点的瞬间,叶萧模糊的视野里,浮现出一片山间盆地——酷似一幅古老的水墨画,从尘封的箱子里翻出来,纸上还扭动着几只虫子。

不,那不是虫子,而是袅袅的炊烟,如白雾弥漫在墨绿的山色中。在绿与白的颜色调配下,宛如特殊处理的电影镜头,渐渐幻化出数十间高脚茅屋,这可是"荒村"的南国版本?

11点30分,旅游巴士在路边停下,导游小方是个二十多岁的小伙子,招呼着大家下车。

叶萧随着孙子楚踏上地面,这就是泰国北方的土地吗?脚底板有些电流般的麻感,蟾蜍在野草下呱呱乱叫,也许还潜伏着几条竹叶青蛇。

导游用机械的语气介绍说:这个少数民族村落,两百年前自中国云南迁来,有着与泰国本地人迥然不同的风俗习惯。而贫瘠的内陆山地,也比不得肥沃的湄南河平原,只能生长玉米红薯之类,此外就是美丽而可怕的——罂粟。

旅行团被安排在此午餐,可以享受纯正的山间野味。有人兴奋了起来,这些天泰国菜都吃腻了,这下定要大快朵颐。也有几个女人皱起眉头,想起几年前"非典"的果子狸。

众人还未到村口,便听到一阵沉闷悠扬的鼓声,孙子楚紧皱眉头道:"铜鼓?"

果然,一进村便看到两面大铜鼓,几个穿着民族服装的老人,举着骨槌用力敲打。那鼓声与众不同,发出金属独特的共鸣,时而清脆时而沉闷,似乎可以穿透人的心。

而在铜鼓后有数十个怪物,他们个个面目丑陋,如被硫酸毁过容一般,气势汹汹地手持刀剑。这场面让所有人大吃一惊,其中有个牛头怪物舞着刀,狂乱地向大家扑过来,活像古代剪径的山贼,几个女游客吓得拔腿要逃回车上。

导游小方立即喊道:"别怕!是傩神舞。"

没错,这是中国西南常见的"傩神"面具,在木头上画出狰狞的鬼怪或野兽相貌，据说有驱鬼破妖的神效。鼓点节奏越来越快，几十位"傩神"载歌载舞，手中挥舞刀光剑影，像远征血战得胜归来。

叶萧眼前一片恍惚，只剩下那些鬼怪面具，还有锋利的刀刃和箭头，耳朵则被铜鼓声震得几乎要聋了。这时，有个"傩神"面具冲到他跟前，是一位盔明甲亮的冥府将军，宝剑竟然直指他的心口——

在这千钧一发的关头，叶萧的手脚却像被绑住了一样，居然定在原地一动不动！

眼看宝剑就要洞穿胸口，"傩神"却骤然剑走偏锋，利刃从叶萧脑袋边上"擦头而过"。

鬓边一阵凌厉的寒风呼啸，杀气逼人地侵入叶萧大脑，令他确认这宝剑并非装饰物，而是真正开过锋的杀人利器。

他同时闻到某种血腥的气味，或许这把剑前几天还杀过人或动物？而"傩神"被他大无畏的气势吓住了，或纯粹只是为了考验他的勇气？

孙子楚赶紧将叶萧往后拖了几大步，胆战心惊地喊道："喂，你傻啦？要是再晚个半秒钟，恐怕小命就要葬送在这荒村野店了！"

而叶萧不知如何作答，刚才就像被绳索绑住了，大脑命令自己躲闪，身体却完全不听使唤，后怕的冷汗已布满了背脊。

再看那位舞剑的冥府将军，早已回到"傩神"舞的队伍里，那张面具对他发出古怪的微笑，并不断用宝剑向他挑衅。

面具……天神……刀剑……鲜血……

所有这些都在叶萧脑中飞速旋转，难以分辨是眼里看到的景象，还是昨晚或更久以前的回忆？他只感到身体在被撕裂，那铜鼓声变成一把锯子，从他的头皮上用力锯下。两个戴着"傩神"面具的武士，正卖力地大笑着拉动锯子。两个家伙拉得大汗淋漓，锋利的锯刃自上而下，缓缓切开叶萧的脑袋，鲜血如喷泉四溅而出。当锯子拉到他的脖子时，他的脑袋立时被分成了两半，双眼越离越远——左眼看到了天堂，右眼看到了地狱。

最后，锯子从叶萧的腹股沟出来，将他的身体切成两半。

想起一部卡尔维诺的小说——《分成两半的子爵》。

当铜鼓声停下来后，他才发现自己的身体还好好的，而那些"傩神"面具却突然消失，只剩下那些平常的村民面孔。

叶萧颤抖着摸着自己的头顶，怀疑是否有伤口或者流血。

"My Gɔd！" 旅行团里还有个外国人，二十多岁的女孩，棕色长发围绕着白皙可人的脸庞，说了一串浓郁美国味的英语，转眼又说了句熟练的汉语：'请问这是一项旅游节目吗？"

年轻的寻游犹豫了一下说："是……是的，一项特别的欢迎仪式。"

孙子楚上前仔细观察铜鼓，这是两千多年前铸造的古物，曾广泛分布于中国西南和中南半岛，至今已极为少见。鼓的边缘是奇异的花纹，像是某种巨大的动物。就在孙子楚掏出放大镜时，有两个干瘦的村民目露凶光，他只得尴尬地放弃了观察。

跟着旅行团进入村子，叶萧发现这里穷得出奇，除了四处疯长的野草，完全死气沉沉，好像踏入了古代墓地。全村人的财富，都集中在了女人们的头上——戴着沉重的贵金属，仿佛头顶开着银色的花，身上却是全黑色的衣裙，面黄肌瘦营养不良。

旅行团里有个年轻男子，一直端着 DV 摄像机拍摄，忽然喊道："好香啊！"（晕，难道现在的摄像机还有嗅觉功能？）

大家进入村子中心才看到，有口热气腾腾的大锅，锅底下柴火烧得正旺，周围摆着一圈低矮桌椅。而那扑鼻而来的香气，正是从翻滚的汤锅里发出的。

"啊，是什么野味啊？"

叶萧身边一个高大男人馋馋地喊道，他戴着一副卡通墨镜，打扮得像个城市精英。

村民们漠然地注视着这些不速之客，此时导游小方正跟司机耳语。叶萧总觉得这两人表情很怪。四十多岁的司机，长着典型的泰国人的脸，他和村民们说了几句，然后就招呼大家坐下就餐。

导游小方说："今天我们来得很巧，正好碰上这村子的一个重大节日——驱魔节！在这一天到来的人都是贵客，村民们会设宴招待我们，请大家就坐享大餐吧。"

驱魔节？让人联想起一部同名的经典恐怖片，大伙心想真倒霉，怎么正好赶上这鬼节日了？

叶萧忐忑不安地坐下，他们每人面前有一个大陶罐，像中国人的砂锅，里面并无垂涎已久的野味，而是最普通的红薯。这道"砂锅红薯"让大家很失望，不过平时极难吃到这种东西，在这穷山僻壤也别有风味。此后几个菜无不是腌肉醯糟之类，大家感到上当受骗了，有个火气大的女生站起来问，会不会吃完又要收钱呢？

　　当导游脸色铁青不知如何作答时，最后一道菜上来了，有个浑身鸡皮疙瘩的老太婆对司机说了几句，司机用很烂的汉语报出了菜名："黄金肉！"

　　黄金肉？

　　在叶萧琢磨这三个字的同时，一个小碗已端到他面前。诱人的香气从碗里飘出，脑中还没反应过来，唾液已然开始分泌，果然是闻所未闻的美味！碗里盛着一小块豆腐，周围是金黄色的汤——金豆腐？

　　叶萧用木勺挖了一小块"豆腐"，放到嘴里"豆腐"并未化掉，而是滑而不腻的口感，稍微带点咸味，舌尖竟幸福地颤抖了几下。

　　美味，天下难得的美味！

　　绝对不是"豆腐"，而是某种动物的肉。

　　赶紧把剩余的肉送进嘴里——这是他二十九年来吃的最美的一碗肉。

　　可惜只有这么一丁点！叶萧一丝丝慢慢咀嚼，更像在品尝一杯上等新茶。几十秒后，最后一丝"黄金肉"咽下了喉咙。碗里金色的肉汤他也没放过，不知世上还有什么野味会比这更鲜？碗底朝天后仍意犹未尽，用舌头舔着嘴唇回味。

　　再看其他人也都差不多，个个夸赞这碗肉的美味，就差把碗也给一起吃了。大家纷纷要求再来一碗，司机无奈地摇头："每人只能吃一碗，这是规矩。"

　　这倒也是，这样的美味是稀缺资源，必须限量供应才弥足珍贵。

　　戴墨镜的精英站起来问："'黄金肉'到底是什么肉呢？"

　　几经翻译传递之后，导游小方转述了村民们的回答：

　　"天机——不可泄露！"

　　"切！至少不是黄金做的肉！"

　　在大家以为导游又要额外收午餐费时，小方却说："这顿午餐是村民们免费赠送给我们的，因为我们是'驱魔节'光临的贵宾，能帮他们驱走魔鬼。"

　　"有没有搞错啊？"一个二十多岁的女生用台湾腔的国语嘟囔着。

　　旅行团的人全都站了起来，跟着导游离开村子。墨镜男无限留恋地回望那口大锅，却发现锅边有一堆白骨。

　　那是什么骨头？

3

走出了无生气的村口，孙子楚发现铜鼓不见了。这种铜鼓通常是全族至宝，或许每年只能拿出来一天——驱魔节？

穿过贫瘠的田野，大家回到旅游巴士上。仍有人在问什么是"黄金肉"？司机却说自己也是第一次吃到，以往几次带团路过这村子，吃的只是一般的野兔山鸡，从未听说有什么"黄金肉"。

车子向大山更深处驶去，森林越来越茂密，已完全看不到人烟迹象。旅行团预计下午两点能抵达泰北著名的旅游景点——兰那王陵，晚上住宿在附近的清莱市。

叶萧仍坐在原先的座位。他摸了摸自己的衣服，上身是休闲衬衫，下身是条旧牛仔裤。左边裤袋里有台西门子手机，屏幕上显示的时间是2006年9月24日中午12点20分，大概是泰国当地时间吧。

右边裤袋里有个皮夹子，里面有他的身份证，还有一张警官证——叶萧想起了自己的职业，他是一个警官，一个遇到过无数可怕事件的警官。

可他还是想不起来，自己怎么会在泰国？

皮夹子里有中国银行的信用卡，还有几百块人民币、几十美元和几千泰铢的现金。

肩膀上有个背包，里面有一台SONY数码相机，还有些零星的食物、掌上电脑、充电器和电池，还有他的中华人民共和国护照。在护照出入境记录的最近一页上，盖着在泰国入境的图章，时间是2006年9月19日。

他使劲抓了抓头发，车窗玻璃上隐隐映出自己的脸。

二十九岁的脸庞——坚毅、冷峻而憔悴，幸好双目仍然令他自豪，如山鹰一般锐利逼人，偶尔也会让女孩浮想联翩。

在这辆车的外边，是泰北的崇山峻岭——难于上青天的盘山路，一边是高耸入云的山峰，另一边却是万丈悬崖。

他的心，又本能地缩了起来。

司机在山路上不停打弯，若车轮再多滚几圈，全车人便要捆绑下地狱了。饶是司机艺高人胆大，竟一手抓着方向盘，一手扶着档杆，甚至悠闲自得地哼起了小曲。

第一章 ■ 黄金肉

这一路根本看不到其他车辆，无论是相同或相反方向，似乎这条漫长艰险的山路上，他们这一车人是仅有的生命。

车子突然急刹车，孙子楚的头撞在了前排靠背上。

原来，公路边出现了一个女孩，穿着泰国常见的长筒裙，身后就是险要无比的悬崖了。

巴士差点把她撞了下去，司机刹住车怒气冲冲，刚想大骂她不要命了，那女孩却毫不畏惧地走到车门边。她看起来不超过二十岁，有张白白净净的小脸蛋，身材也是亭亭玉立。

小方不由自主地打开车门，女孩大方地上了车，双手合十鞠了个躬，用泰国味的汉语问："请问你是小方吗？"

年轻的导游不知所措："你怎么知道我的名字？"

"我是玉灵啊！昨晚我们通过电话的。"

这女孩的声音相当甜美，彬彬有礼可爱动人，孙子楚不禁轻声赞叹："上品啊，上品！"

"哦，你就是玉灵啊！"小方这才回过神来，但语气还是很不自然，"欢迎欢迎。"

少女玉灵又面朝大家，双手合十用泰语祝福了一句，接着用汉语说："中国朋友们，欢迎来到美丽的清迈。我是清迈玫瑰旅行社的导游，将和小方一起陪伴大家前往兰那王陵和清莱城。大家可以叫我玉灵，有什么需要可随时吩咐，我会尽全力满足，愿各位旅途平安愉快，谢谢！"

导游小方又补充道："是的，玉灵是清迈玫瑰旅行社为我们安排的地陪，她是清迈本地人，对这里最熟悉了。"

玉灵的长相、身材和服饰，都让人想起西双版纳的傣族，因此很受旅行团欢迎，尤其是年轻的男性团员们。清迈是个出美女的地方，眼前的玉灵皮肤白净，眉清目秀，修长苗条，明显不同于黑瘦矮小的泰国中南部人。

但叶萧奇怪的是：玉灵怎么会在此拦车？既然是旅行社安排的地陪，完全可以在清迈一起出发。这里前不着村后不着店，完全荒无人烟，难道她是从悬崖底下爬上来的？

车子继续在山路上疾驰，玉灵接过小方的话筒，用娇美的汉语说"我们将要前往本次旅行最重要的一站——兰那王陵，这也是东南亚最新的旅游景点，对外开放还不到一年，已接待了来自全世界的五十多万名游客。

兰那王陵是在十年前才被伐木工人发现的，位于一片原始丛林中。兰那王国是八百年前的一个神秘古国，至今仍未发现这个王国的都城和宫殿，所以兰那王陵在考古学上的意义就更重大了。我们将要看到的王陵，虽然已经被森林覆盖了数百年，但规模仍然极其巨大——大家听说过世界第八大奇迹吗？"

"柬埔寨的'吴哥窟'！"孙子楚从座位上站起来大声说，因为他几年前去"吴哥窟"专门考察过。

"恭喜这位中国大哥，你答对了！但是，我们的兰那王陵，发掘出来的规模要比'吴哥窟'还要大，不但有极其精美的佛像、宏伟的寺庙和陵墓建筑，还有错综复杂的地宫，那里埋葬着十几位兰那国王的遗体，甚至还有一个奇异的诅咒传说——"玉灵故作神秘地微笑一下，"好了，我不能再多说了，谜底等到了兰那王陵就知道啦，呵呵。"

她的口齿相当伶俐，虽然比小方年轻好几岁，说话却老成熟练了许多。小方根本插不进话来，再也不敢用年轻做挡箭牌了。而玉灵这番绘声绘色的讲解，更激起了大家浓厚的兴趣，几个原本要打瞌睡的家伙也来了精神，纷纷摩拳擦掌准备要多拍些照片。

前面座位上有个年轻男子，一直端着 DV 对玉灵拍摄，忽然问了一句:"你的汉语真好，是跟谁学的？"

"我是这里的本地人，村子里住着一些华人，我从小就跟着学中国话。"

就在两个人开始聊天时，后座突然有人站起来说:"对不起，能不能停一下车？"

说话的是"墨镜精英"，他满头大汗地走到车厢前端，表情痛苦无比。

"不行，你想找死吗？"司机无情地拒绝了他。

"我——我——肚子疼，实在憋不住了！"他说话时身体不停地颤抖，脸色也涨得通红。

玉灵忍不住笑了起来，但同时还有其他人说:"停车吧,我也吃不消了！"

转眼间已有五六个人都这么说了，这时小方对玉灵耳语道:"我也不行了。"

但大家没想到司机自己靠边停车了，看来他也支持不住了。路边正好有块平缓的山坡，被茂密的树林覆盖着。玉灵的脸色大变:"你们中午吃了什么东西？"

"黄金肉！"

几个人异口同声地说了出来。还没等玉灵说话，小方就第一个跳下了车，接着是"墨镜男"，其余六七个男人也都纷纷下车了。叶萧走在最后，他同样也感到腹痛难忍，虽然在这露天解决十分不雅，但实在是忍受不了。

　　男人们纷纷冲到小树林里，各自找了一小块空地解决，茂密的树叶遮挡了他们的"尊体"。而女人们也不堪忍受，个个满头大汗不知如何是好。玉灵告诉她们，最近的厕所也有一个钟头的车程。这时车上已没有了男人，几个女人窃窃私语商量了片刻，一个三十多岁的女人站起来说："我们还是先下车解决掉吧。"

　　六个女人鱼贯下车，在玉灵的掩护下跑到一片更隐秘的小树林，前头还有块大岩石遮挡。

　　十几分钟后，全体旅行团成员回到了车上。小方尴尬地点齐人数，又问问司机身体是否吃得消。在司机示意没事之后，巴士继续开上了险峻的山路。

　　车里的人脸色都不太好，特别是刚才露天解决的女士们，都红着脸不好意思说话。倒是孙子楚恐惧地叫唤着："我们中午究竟吃了什么啊？"

　　"墨镜男"冷冷地回答道："我看到那口锅旁边有一堆白骨。"

　　"难道是——"

　　孙子楚没敢把"人肉"两个字说出来，他怕大家听到后又会集体呕吐一遍。

　　"不，不是人肉！"玉灵直截了当地说了出来。她紧接着问道："今天是不是他们的驱魔节？"

　　"是的。"导游小方总算恢复了精神，"到底是什么肉呢？"

　　玉灵的嘴唇已经发紫了，缓缓吐出两个字——

　　"猴脑！"

4

　　全车人都一阵颤抖，小方几乎坐倒在了地上："'黄金肉'就是猴脑？"

　　"对，而且不是一般猴子的大脑，是本地特产的珍稀物种。那个村子是几百年前从中国迁来的，和我们泰族人不一样，他们不信佛教。他们的'驱魔节'要驱的'魔'，就是这种猴子。他们会在这天把捕获的猴子杀死，脑子取出来煮成汤吃。"

她的话音刚落，后排就有个年轻女子，打开车窗大口呕吐了。大家莫不露出恶心的表情，"墨镜男"自言自语道："原来那口大锅边上是猴子骨头啊？怪不得那么像人骨。"

"里面一定还有不干净的东西，否则为什么会拉肚子？"

"会不会传染非典呢？"

就在旅行团成员议论纷纷时，有个女生厉声道："导游，你事先为什么不说清楚呢？"

小方的脸色煞白，无力地解释道："对不起，我也是第一次听说'黄金肉'和'驱魔节'。"

"你是导游啊，随便带我们吃不干净的东西，我要向旅行社投诉！"

这时玉灵为小方辩解道："驱魔节一年只有一次，除非是本地土生土长的人，外人当然不会知道这些情况。晚上到了清莱，我会陪大家到医院检查，如果查出来有什么问题，保险公司会赔偿给大家的。"

这柔美的声音让那人无话可说。巴士继续在艰险的山路上疾驰，前方隐隐有些白烟升起。这烟雾缭绕的神秘深山，宛如西游记里的白骨精盘踞的山头，不知有多少狼虎熊罴、青貂白狐在等着他们。

忽然，挡风玻璃上多了些雨点，再看高山上的天色已是风云突变。转眼间一场倾盆大雨落了下来，漫山遍野都是白花花的雨幕，烟雨中的山道更加险要阴森。内陆山区是"十里不同天"，九月间的大雨是常有的。雨刷在车前窗来回摆动，前方视线越来越模糊。

叶萧的心跳莫名地加快，右侧窗外的水流，竟如瀑布般倾泻而下。前排坐着一对母女，不时发出恐惧的叫声。没过几分钟，旅游巴士又一个急刹车，还好叶萧抓紧了前面的把手。

在全车人的咒骂与尖叫中，导游小方颤抖地喊起来："路上有个人！"

就在车前不到几米的地方，公路上竟躺着一个男人。如果司机慢一秒钟踩刹车，车轮就要把他的脑袋压扁了！

司机和小方冒雨跳下车，冰凉的雨点打在山间公路上，感觉竟像中国南方的深秋。他们扶起那躺在地上的男人，才发现附近一地都是鲜血，还有许多碎玻璃渣子。更意外的是，这男人长着欧美人的面孔，肯定是某个西方旅行团的成员。老外脸上也全都是血，手臂上有一道道伤口，

已然紧闭双眼面色铁青，幸好嘴里还有一口气在。

小方只能向车上挥了挥手，叶萧和孙子楚也打着伞下了车。四个男人一起用力，把这受伤的老外抬到车上。旅游巴士的最后一排还空着，正好可以让那老外躺在上面。

坐在叶萧前排的那个三十多岁的母亲，说自己曾做过医生，自告奋勇地来照顾那外国人。她紧张地检查了老外的伤势，用随身携带的药物给他消毒，又撕了些纱巾包扎伤口。

就在大家关注这个神秘的"公路来客"时，叶萧注意到了公路边的浓烟。他打着伞走到悬崖边上，才看到十几米深的山沟下，正斜躺着一辆旅游大巴，浓郁的烟雾从车里飘上来。

刚才发生了翻车事故！

这个受伤的老外，想必就是从车里翻出来的。司机和导游也发现了下面的车，小方掏出手机想要报警，却发现这里根本就没有信号。

"现在我们最要紧的是救人，先下去看看再说吧！"

说罢，叶萧大胆地下去了，山坡上有条羊肠小道，可以直通山沟底部。司机和小方也跟在后面，孙子楚自然不甘落后。还有个四十岁左右的男人，留着酷酷的长头发，看起来很像齐秦。五个男人艰难地向下爬去，他们必须抓紧岩壁的藤蔓以保持平衡。

就当他们爬到一半时，底下的旅游大巴突然起火！

几秒钟后，只听到惊天动地的轰鸣，几人的心脏几乎都要被炸裂了。猛烈的爆炸声从悬崖底下传来，强烈的冲击波擦肩而过。

"小心！"

叶萧本能地大喝一声，五个人都下意识地紧贴岩壁。数米高的灼热火焰升腾起来，几乎烧焦了裤管。爆炸就像一只无形的大手，用力地猛推着他们。双手只要稍微松一下，身体便会坠向火的地狱。

火焰……火焰……火焰……

距离地狱仅一步之遥。

瞬间，几个人额头的冷汗都被蒸发了，全身似乎熊熊燃烧起来，连同大雨中的阴霾，心窝都仿佛冒着浓烟。幸好他们的脸都贴着岩石，口鼻已近于窒息，耳中只剩下隆隆的爆炸声。

魔鬼的警告。

十几秒后，爆炸终于平息了。

山谷间到处飘扬着黑烟，叶萧被熏得眼泪鼻涕直流，没被炸死已属万幸！

再低头看十几米下的深沟，旅游大巴已被炸得面目全非，沟底到处散布着汽车物件，附近的许多树木都被削平了，一些残余的火焰还在继续燃烧。

这是山区车祸中最常见也最悲惨的景象。

"再下去已没有意义了！"长发男人也探出头来，大口呼吸着说，"我们能救上来的，只是一具具烧焦了的尸体罢了。"

"我们先回到车上去吧，看看哪里能有手机信号，等会儿到了兰那王陵，再让当地政府派人来处理。"

叶萧冷静地对大家说，好像是处理这种事情的老手了。

那个长头发酷酷的男人，小心地走到岩壁上的一处凹点，拿出相机来拍了十几张照片。他说要记录下现场的原始情况，以便今后的事故调查。叶萧注意到他的相机非常高级，只有专业的摄影师才会使用。

随后，五个男人顺原路爬回到公路，个个都已面目全非，像被熏黑了的落汤鸡。他们上车换了新衣服，擦干净身上的污迹，个个惊魂未定。

而刚才悬崖下的大爆炸，也让整个旅行团心惊胆战，看到他们这副尊容就愈加不安了。许多人窃窃私语起来，害怕自己也遭到如此厄运。

司机的脚有些颤抖，在休息了好几分钟后，终于踩动油门继续行驶。

躺在最后排的老外还在昏迷之中，但身上已不再流血。叶萧摸了摸老外的衣服口袋，发现了一本法国护照，照片就是眼前受伤的这个人。护照上的名字叫 Henri Pépin，音译过来就是"亨利·丕平"，年龄是三十五岁——比叶萧大了六岁。

照顾亨利的是个充满母性的女人，看起来有三十七八岁，正是女人最成熟的时候，她抬头瞥了瞥叶萧的眼睛，却又胆怯地低下头不敢说话。

雨，越下越大。

山野间的雾气令人眩晕，车里的气氛更让人窒息，这样的天气最容易出车祸——那辆翻车爆炸的旅游大巴，恐怕车里绝大多数的老外，都已变成人肉叉烧包了吧？

玉灵说还有 40 分钟就能到兰那王陵，那里有医院可以救治这个法国人，警察也会去勘察刚才的事故现场。

第一章 ▪ 黄金肉

叶萧脸色凝重地回到座位，头发尖滴着雨水和汗水。他刚发现，自己的脸颊上还有丝血迹来不及擦掉，估计是在岩石上擦破的。

孙子楚捅了捅他的腰："喂，你在发抖啊。"

"也许刚才在雨里淋得着凉了。"

"不！"孙子楚向他耳语道，"你是在恐惧得发抖！"

叶萧停顿了半晌，才压低了声音说："我承认，我心里是很恐惧。"

"天哪！你没开玩笑吧？在我的印象中这可是第一次，你居然承认自己还会害怕？"

"因为——我完全不知道，我现在为什么会在这里。"他无奈地苦笑一下，又做了个噤声手势，轻声回答，"就当你早上一觉醒来，发现自己躺在一个陌生的地方，周围是陌生的人。而最最糟糕的是，你根本想不起来昨晚发生了什么？你又是为什么来到这里？如何来到这里？"

"感觉就像噩梦？"

"就是噩梦！"

叶萧低头颤抖了片刻，又想起醒来前的那个梦——所有的细节都已模糊，只记得梦中的自己无比恐惧。

但是，他明白自己的职业是警察，绝对不该表现出这个样子。

该死的！他现在却无法控制自己的神经，像突然中了敌人的埋伏，落入了最凶恶的罪犯的陷阱。

忽然，脑中闪过一个画面——在丛林中密藏的陷阱里，困着一只雄性吊睛大虎，正绝望地徘徊咆哮。

但愿仅仅只是个噩梦。

叶萧深呼吸了一下，回头看着最后一排躺着的法国人。

"奇怪的是这个幸存者，为什么只有他一个人活着？"他对孙子楚耳语道，又转头看着外面险恶的山崖，"真是一片吃人的山！"

然后他闭上眼睛，但还是想不起昨晚发生了什么？自己怎么会来到这条不归路？

仿佛有座阴森的大山，缓缓地向他倾倒而来。

就在叶萧痛苦地睁开双眼时，车顶上传来一阵沉闷的声音。

5

所有人都听到了。

大家恐惧地抬头看着上面，像有人在用力敲鼓。

孙子楚想到了村口的铜鼓。

那个声音还在继续，难道是下冰雹了？可笑，这是北回归线以南的九月，怎么可能有冰雹？难道是山上滚下来的石头？但那声音有规律和节奏，就像有人在车顶上散步——

车顶上有人？

叶萧的视线无法穿透钢板，但仿佛能看到顶上的脚印，再加上有节奏的古怪声音，宛如屋顶上的脚步声，让人的心里越来越发慌。

谁会爬到疾驰的车顶上去呢？而且是在这滂沱大雨之下，司机只要一打方向盘，上面的人就会被甩下万丈悬崖。

然而，车顶的声音越来越响了，动得也更频繁，从车头一直响到车尾，又从车尾飞快地跑回到车头，明显有个什么东西在走动。

所有人的心都悬了起来，司机也实在没办法了，便在一处凹地靠边停车。他打着伞跳下车，从巴士后面爬了上去。

司机的头刚一探到车顶，就见到一对小眼睛闪烁着精光，淡蓝色的脸庞，鲜红的鼻子，张开血盆大口，长长的胡须像钢丝一般，嘴里露出利刃似的獠牙。

"鬼！"

司机用泰语高喊了一声，差点从车顶摔了下来，这张狰狞的鬼脸委实吓得他不轻。他手忙脚乱地爬下来，立刻跑回到旅游巴士上，猛踩油门朝前头开去。

他满头大汗的恐惧模样，让全车人都提心吊胆。玉灵用泰语问他："你看到了什么？"

"鬼！"

司机像是着魔了一样，将身体压低紧抓方向盘，目不转睛地盯着前方。而车顶上的声音仍在继续，一双有力的大手敲打车顶，仿佛随时会砸出一个大洞。

 第一章 ■ 黄金肉

车子在蜿蜒的山道上飞驰，时速竟已将近一百公里，小方害怕地大喊着："快点停下来，这样大家都会死的！"

旅行团里几个女孩都哭了出来，叶萧则始终抬着头，观察那个声音移动的方向。突然，一阵尖利的叫声传来——那个会说流利中文的美国女孩，吓得倒在了座位上。

所有人的目光都集中到那边，只见车窗上倒挂下一张脸来。不，更像是面具，狰狞到极点的鬼面具！

还是两边淡蓝色的面颊，鼻子就像驴脸那样长，簇拥着一双小眼睛，巨大的嘴巴里伸出森白的獠牙，凶猛地向车窗里的人嘶吼。

分明是地狱的恶鬼！

紧接着那张脸又消失了，车顶上继续传来拍打的声音。那个恶鬼就在雨中的车顶上，任凭车子如何摇晃都不下来。

司机终于踩下了刹车。几个女孩吓得抱成了一团，男人们则面面相觑。最后，那个长发男子自告奋勇地说："让我下车去看看。"

小方犹豫了一下打开车门，四十岁的长发大叔，背着专业照相机下了车。他的动作相当熟练，在大雨中猫着腰，轻巧地绕过整个车体，看来很有野外工作的经验。他没有直接爬上车顶，而是抓着山崖上的藤蔓，人猿泰山似的爬了上去。

他爬到三四米的高处，再回头去看车顶上的"鬼"。

不——不是鬼，他看到了一只巨大的猴子。

这猴子的体形有些像藏獒之类的大型犬，高度和一个成年男子差不多，而它的肌肉显然更发达。身上的毛就像美容院里出来的"蓬蓬头"，一直长到额头，向上耸立呈三角。它长着一张无比怪异的脸，嘴巴和眼睛看起来都凶猛异常。这只"超级大猴子"显得异常焦躁，用力拍打着车顶，似乎对车里的人有深仇大恨。

长发男子一只手抓着藤蔓，另一只手拿着照相机，对车顶的大猴子拍了几张照片。然后慢慢地爬下来，小心翼翼地绕回到车上。

他一回来就被大家围住了。他冷静地说："我已经知道这是什么东西了！我是个职业摄影师，在全世界很多地方拍过动物，我们头顶上的这个怪物叫'山魈'。"

"山魈？"

"对，山魈又名鬼狒狒，是世界一级保护动物，主要产于非洲中西部。

山魈有浓密的橄榄色长毛，马脸凸鼻，血盆大口，獠牙越大表明地位越高。雄性山魈脾气暴烈，性情多变，气力极大，有很大的危险性。五年前，我在非洲拍过山魈的照片，遭到它们的攻击，差一点就送了命！"

前排端着 DV 的年轻男子问："既然是非洲的物种，怎么会出现在这里呢？"

"中国古代文献里也提到过山魈！"孙子楚从后边站起来说，又摆出一副大学历史老师的面目，"这是一种非常神秘鬼魅的动物，至今仍幸存在一些偏远山区。由于它体形硕大，相貌丑陋，行为凶悍，常被古人误以为是野人，《聊斋》里就有一篇短文名叫《山魈》。"

这时，玉灵打断了他们的讨论："你们知道吗？中午你们吃的'黄金肉'，就是这种大猴子的脑子。"

整个车厢里立刻鸦雀无声。就连车顶上的山魈，似乎也听到了下面的声音，静静地蹲在上面等待时机，唯有窗外的大雨哗啦啦下个不停。

"你是说'黄金肉'的猴脑，就是山魈的脑子？"

导游小方睁大了眼睛，再一次摸着自己的胸口，仿佛随时要呕吐出来。

"对，这种大猴子非常稀有，只有采药人和伐木工见到过它们，但每年都有这种猴子伤人的报道。最严重的是去年，有两个村民被大猴子活活撕碎吃掉了。"

"怪不得要有'驱魔节'！原来他们的魔鬼就是山魈！"

职业摄影师战栗着说："成年山魈非常有力量，一般人很难捕获它们，除非是山魈幼崽。"

玉灵也点了点头"也许你们中午吃的猴脑，就是那只大猴子的孩子。"

"啊！我们吃了它的小孩的脑子？"一个女生浑身发抖地说，她抱着自己的肩膀，"它一定会报复我们的！怪不得盯着我们不放了，惨了！惨了！"

是啊，就像人类的孩子如果被杀害了，父母一定会痛不欲生，而且会想尽办法复仇的。

动物同样也有父母子女的亲情，同样也会为失去自己的骨肉而悲痛，这种血缘上的感情古今无不同，人兽亦无不同！

人类的报复可以理智，但动物的报复却是疯狂的。

疯狂的山魈正在他们的头顶。

这时，叶萧想到了中午在村口，敲打铜鼓表演"傩神"舞时，有个"冥

第一章■黄金肉

府将军"向他挥舞宝剑，差一点就刺穿了他的心脏。剑刃上明显有股血腥味，恐怕就是这把剑杀死了山魈幼崽！

可那家伙为什么要冲着叶萧来呢？难道他觉得叶萧身上笼罩着邪气？要用宝剑来为他避邪？

就在叶萧苦思冥想之际，山魈在车顶上敲打得更猛烈了，那节奏酷似金属的鼓点，尤其像在村口听到的铜鼓声——几千年前铜鼓的发明，也与山魈这种动物有关？

司机的双手也在颤抖，但他的脚果断地踩下了油门。汽车飞一般蹿出去，在湿滑的公路上疯狂"飘移"起来。

"简直就像《头文字D》！"孙子楚差点又撞到了前排，他抓紧了把手说，"看来司机是想把车顶上的怪物甩下去。"

在比秋名山更险要的山道上，这辆旅游巴士载着十几号人，不停地急转弯刹车再起步，如果车顶上是个人的话，早就不知被摔死多少回了。但山魈仍然牢牢抓着车顶，用力敲打着铁皮，它的力量真是惊人，简直是迷你型的金刚。

"它有强烈的复仇欲望！想为它的孩子报仇，要把我们一车人全部赶尽杀绝！"

孙子楚仍像在课堂上教书那样喋喋不休，当对面的美国女孩晕得东倒西歪时，他伸手扶住了对方的香肩，并用英文说了一长串安慰的话。

那美国女孩虽然已晕得七荤八素了，却还没忘记中文怎么说："闭嘴吧！"

就在大家惊慌失措时，挡风玻璃前突然出现了一张"鬼脸"。

司机和导游小方都瞪大了眼睛，就连玉灵都摔倒在了地上。全车人不论男女都惊叫了起来，那张"鬼脸"倒吊着盯着车里的人，凶狠的目光放出紫色的火焰。

一只有力的爪子砸向挡风玻璃。随着一声清脆的巨响，这块德国产的坚固玻璃，竟立即裂开一道长长的缝隙。

司机下意识地抬手挡在面前，方向盘居然转到了另一边，车子失控地冲出了公路——

6

前方就是万丈悬崖！

旁边的小方眼看着前方的山沟，似乎正张开双臂要拥抱他们。这是死神的拥抱，刹那间他觉得自己必死无疑了。

就在这千钧一发的时刻，坐在前排的那个小伙子，飞快地把住了方向盘，并用力向反方向打过去。

而车轮几乎已滚到悬崖边上，就这么又转了回去——全车人在地狱门口游览了一圈，侥幸被赦免回了人间。

然而，旅游巴士冲向了另一边裸露的岩石，司机再踩刹车已来不及了，车头轰然撞到了岩石上。

幸好是方向盘打过来的，而不是车子正面撞上。大家只感到全身剧烈震动一下，车子便不再动弹了。

车外大雨依旧，车内却是难得的寂静。

他们还活着——司机身上绑着安全带，所以几乎毫发无损。导游小方和玉灵之前都已倒在了地上，也没受伤。车上其他人都抓紧了把手，并没有出什么意外。就连躺在最后一排的法国人，也没有从座位上掉下来。

就当大家在庆幸车子没有爆炸，自己从悬崖边上死里逃生时，司机却再也无法发动起车子了。其实车子撞得并不是很严重，车头只是略微有些凹陷。但也许发动机某个部件撞移位了，需要打开车盖仔细检查一下。

可是，谁都不敢下车。

车顶上还有一个凶猛的怪物。

不断有人看自己的手机，可依然没有任何信号。而头顶的山魈忙累了，坐在上面也不怎么动了。这样的寂静更让人疯狂，在车窗外的大雨声中，所有人都恐惧到了极点。

时间一分一秒流逝，几个女生再度失声哭泣。他们就这样被困在这里，只能等待来往的车辆救援。但一直等到下午三点钟，也不见有一辆车开过来。玉灵说可能是因为大雨，清迈开出来的车辆都停了。旅行团好像被世界遗忘，孤独地停留在这荒凉角落。

忽然，前方传来一阵惊天动地的巨响，随后整个路面都在颤抖。像

第二章 ■ 黄金肉

有什么东西在剧烈爆炸，也像世界战争中的大炮轰鸣。

前面有军队在打仗？

有人想起了几天前，旅行团刚刚抵达曼谷机场的夜晚，发现气氛很不正常，许多机场工作人员的神色诡异。从机场到市区的路上，到处可见全副武装的军人。等到了曼谷的酒店，发现街道上竟停着几辆坦克。子夜原本热闹的街头，却除了士兵以外别无人影。而酒店里的泰国电视节目，全变成了关于国王的纪录片。

那一夜是 2006 年 9 月 19 日，直到第二天早上他们才知道，前一天晚上泰国发生了军事政变——陆军总司令颂提率军控制了泰国局势，而远在国外的总理他信则失去了权力。这场震惊世界的政变，就发生在旅行团抵达曼谷的当晚。这是一个不祥之兆，或许这场旅行还会遇到更多艰险？

那天就有人提出立刻飞回上海，但中途回国将有很大损失，旅行社将不会退回团费。而且泰国的这场政变并未流血，旅行社也保证大家的安全。有几个家伙更喜欢这种刺激，希望能继续这次不平凡且很有纪念意义的泰国之旅。

于是，他们继续在曼谷市内游览，并在次日前往大城府，参观了泰国古都遗址。然后，他们又去了芭提亚与普吉岛，在海边晒太阳、看人妖。一路上的旅行并未受到政变影响，大家都觉得政变只是个小插曲。

前一天，旅行团依照原计划，抵达泰国北方最著名的城市——清迈。这座群山环抱中的古城建于 1296 年，至今仍保存着城墙和护城河，是东南亚的避暑胜地。此地盛产皮肤白皙身材高挑的美女，又被誉为"北方玫瑰"。他们游览了双龙寺和泰皇夏宫，男人们还争相在街上欣赏清迈美女。只可惜旅行团的时间太仓促，仅过了一夜便要开拔。若再给孙子楚三天五夜，恐怕就要在美人堆里"乐不思沪"了。

但在此时此刻，他们的局面却已近乎绝望——头顶上有个可怕的山魈怪物，前方还爆发了一场战争，难道这里已变成人间地狱巴格达？

"让我到前面去看看！"长头发的职业摄影师站起来说，"但愿可以找到人来帮助我们。"

另一个四十多岁，穿着非常体面的男人说话了："要是前面真的在打仗呢？这里已接近金三角了，战争可是当地人的家常便饭，你们还是不要去冒险了。"

"也许吧，但我们不能困死在这里！"

"我和你一起去。"孙子楚兴冲冲地站起来，"我倒真想看看战争是什么样呢。"

孙子楚和摄影师走到车门口，导游小方根本不敢拦他们，只能回头看了看司机。可怜的司机叹了口气，从驾驶座下面掏出一把斧子和镰刀。野外开夜车常遇到土匪强盗，斧子和镰刀是以备不测的。

摄影师拿起一把斧头，就像端着照相机那样熟练。孙子楚也紧抓着一把镰刀，只是手心已经冒汗了。当他们两个小心地走下车时，发现身后又多了一个年轻男子——叶萧。

叶萧手里端着一根沉沉的铁棍，也是从司机手里接过来的。现在他们是三个人，走到大雨中的公路上，回头看着车顶上的怪物。

山魈骇人的眼睛也盯着他们，立即从车顶爬了下来。它像狗一样用四肢在地上爬行，但两只前肢明显更孔武有力。浑身上下的毛早已被雨水淋透，阴森可怖如同水底的恶鬼。那血盆大口突然张开，森白的獠牙足有十几厘米长，绝不亚于一把锋利的钢刀。它把身体向前微微倾斜，那是蓄势待发的攻击姿势。

或许，自从旅行团吃完那顿终身难忘的"黄金肉"美味午餐后，这个家伙就已充满仇恨地盯上他们了。村民们一定有驱赶野兽的办法，可能那古老铜鼓的声音，就是对山魈最佳的警告——对啊，孙子楚明白古代铜鼓的作用了，除了用于祭祀仪式外，就是为了驱逐山魈等怪兽。

既然不敢靠近有铜鼓的村子，山魈就只能向旅行团动手复仇了。它是一种有高度智慧的动物，知道旅行团将要从这段山路经过，便翻山越岭、跋山涉水地抄了条近路，最后跳到了他们的车顶上。

身为警官的叶萧站在最前面，锐利的目光与山魈的眼睛对视。他知道全车人的目光都集中在他身上，自己绝不能有任何闪失，否则整个旅行团都会完蛋！

人与兽的对峙持续了几十秒，山魈终于发动进攻了。

它怒吼咆哮着扑上来，嘴里发出的声音竟似非洲的狮吼！而叶萧丝毫没有退缩，双腿笔直地站在地上，竟如铜铸的雕塑一般。他的目光透过雨幕直视前方，而死亡的獠牙离自己的咽喉只有十几厘米——

车上的人都在尖叫。

"铛！"

就像金属之间的碰撞，叶萧手中的铁棍，准确地砸在了山魈的头顶。

而山魈钢铁般的爪子，则从他的胸口划过。T恤破了一道口子，隐隐有鲜血渗出来。

但叶萧仍牢牢地站在原地，后退的是凶猛的山魈。

虽然头顶遭了重重一击，可对它来说却只是挠痒痒，像被蚊子叮了一口而已。但它的目光中却露出一丝畏惧，第二次攻击却更加迅速，整个身体高高跃到空中，两只铁爪直指叶萧双眼，简直像金庸小说里的某种武功招数。

实在不知道该如何应对了，但叶萧就是不想后退半步，只能举起铁棍横在自己头上。就当那铁爪即将抓到他的眼睛时，眼前闪过一道寒冷的光芒，随即响起山魈的一声惨叫，这个怪物便摔倒在地上。

叶萧大口喘起了粗气，再看身边是那摄影师，他的斧头上沾着几丝血迹。原来是摄影师的斧头救了他的命。现在，叶萧、孙子楚和摄影师三人并排站在一起，铁棍、斧子、镰刀各司其职，构成了一个兵器阵。他们一步步向野兽逼近，而山魈的前爪已中了一斧，鲜血正随着雨水淋漓而出。

山魈又狂吼了一声，向这三个勇敢的男人，发起最后疯狂的反扑。但他们并没有后退，铁棍、斧子、镰刀齐下，结结实实地给山魈来了几下，终于把这怪物逼到了路边。

路面上已满是鲜血了，山魈似乎也支持不住了，只能绝望地仰天长啸一声，整个山谷中都充满了它的悲鸣。它在为自己的孩子哭泣，也在为无法复仇而叹息。此刻它只能暂且后退了，但它绝不会放过这些人类。山魈的目光依然凶狠，身体却渐渐隐入了树林，直到再也看不到为止。

但它还会回来的。

第一季

沉重之城

第二章 ■ 隧道尽头

孙子楚终于松了一口气，手中的镰刀也掉到地上。车上则是一片掌声，大家都在为他们的勇敢而叫好。

叶萧和摄影师互相拍了拍肩膀，其实背后全都是冷汗了。他们又向车上关照了几句："我们现在去前面探路，你们千万不要随便出来走动，必须要等到我们回来！"

说罢，三个男人手里端着"武器"，顶着大雨向前面的山路走去。

摄影师拍拍叶萧的胸口说："你这里的伤要紧吗？"

"只是被抓破了点皮，没事的。"当警察受伤是家常便饭，叶萧也确实没感到什么，他倒是对这个长头发的摄影师很感兴趣，"谢谢你啊。"

"谢我什么？"

"你刚才的斧头救了我的命，要不然我就成了一具没有眼睛的尸体了。"

摄影师潇洒地大笑起来："呵呵，小事一桩，有啥好谢的。"

"我叫叶萧，你呢？"

"好兄弟，我叫钱莫争，平时四海为家，拍几张照片混口饭吃。"

"钱莫争？"孙子楚终于忍不住插话了，"莫争钱？真是好名字啊。"

三个男人一路说笑着走出几百米，在曲折的山路上转过几道弯，突然发现眼前横亘着一座大山——无数的石头和泥土，像建筑材料堆积在路上，随着大雨变成数条小溪，山上还不断有碎石滚落。

他们惊讶地看着眼前的景象，这是人类战争中的轰炸，还是大自然的无边神力？

"泥石流！"

摄影师钱莫争大喊道，他走过全世界很多地方，当然也看到过这种自然灾害。通常山区暴雨时，容易引发这样的山洪倾泻。这条道路就此被吞没了，任何车辆都无法通过。这里的地质条件很不稳定，随时还可能爆发第二次。

人算不如天算！他们绝望地摇了摇头，只能又原路折返了回来。

当三人回到旅游巴士时，司机正披着雨衣检修撞坏的部件。车上的人们全是期待的目光，以为前方救援者就会来到。但叶萧如实地告诉了他们坏消息，立即把大家都打回到了十八层地狱。

难道今天就要被困死在这绝境了？

"大家不要惊慌！"叶萧站在当中高声道，"至少没有爆发战争！我们一定会有脱困的办法。"

忽然，车下响起一阵发动机的声音，司机兴奋地跳上车说："汽车修好了！"

旅行团又是一阵欢呼，仿佛绝境逢生。所有人都已归心似箭，原路返回清迈是他们唯一的选择。

司机迅速把车倒了出来。挡风玻璃上还有一道明显的裂缝。在狭窄湿滑的山道上，他小心翼翼地将车掉了一个头，然后飞快地向清迈开去。

众人总算呼出了一口气，今天的旅程真是无比惊险，连兰那王陵的影子都没看到，自己就险些变成了殉葬品。所有人都疲惫不堪，大多数都闭上眼睛打起了瞌睡，只有叶萧还紧盯着车窗外。

叶萧胸前的T恤被山魈的铁爪划破了，虽然伤口不深，几乎没什么感觉，也早就凝固结痂了，但若再深半寸就可能会送命。叶萧现在才感到后怕，仿佛四周砌起看不见的墙，将他牢牢困在当中。或许，来这遥远的泰国并不是旅游，而像古时候的罪犯，被发配流放到天涯海角。

虽然叶萧想要努力看清车外的路，眼皮却越来越重了。阵阵寒意从身下袭来，心底有个声音在猛烈地挣扎，大脑已渐渐陷入了黑暗。

另一个世界的黑暗……

2

似乎已沉睡了一辈子，叶萧再度从梦中惊醒。

车子剧烈颠簸了一下，全车人也随之而震醒。他下意识地抓紧把手，额头布满豆大的冷汗。车窗外仍是无边无际的大雨，万丈悬崖也看不见了，两边是深深的峡谷，旁边有条暴涨的溪流，中间夹着这条崎岖的公路。

他怔怔地看了几秒钟，第一个反应过来，从座位上跳起来说："不对！我们没有从这条路走过！"

是啊，下午过来的一路上，他都仔细观察着路边景物，但绝没有现在看到的情况——他们从没来过这条峡谷，旁边的溪流也完全陌生，车子并没有按照原路返回，司机究竟要带大家去哪里？

周围的人也看出了不对劲，纷纷恐惧地吵闹起来，叶萧冲到司机旁边问："这是在往哪里开？"

"对不起！"司机终于把车停了下来，脸上布满了绝望与愧疚，"我也不知道。"

"什么？"旁边端着 DV 的小伙子刚睡醒，发现情况不对，便着急地问，"你也不知道？"

司机用结结巴巴的汉语回答："我……我明明是按照……原路返回的……但开着开着……就感到有些……不对劲了……好像不是刚才开过的路……但我又记不清……是哪里开错了。"

导游小方也刚打了个盹儿，醒来心急如焚地问："是不是开到哪条岔路上去了？"

"我也想不起来……也许下雨天看不清……也许我们全车人都……中邪了？"

"中邪？"小方也不客气了，"胡说八道！"

叶萧摇摇头说："算了，再急也没用，还是让司机安心开车吧。我看他也是心里太着急了，要是再来个不小心，我们全车人就真的完蛋了。"

转头再问玉灵，但她也搞不清楚："对不起，刚才我也没看清是哪条岔路。奇怪啊，我是在这附近长大的，却从来都不知道有这个峡谷！"

玉灵用泰国话安慰着司机，让他的情绪稍稍平静一些。她想让司机掉头返回，却发现这条路太狭窄了。这样长度的旅游巴士，根本没有掉头的可能，总不见得一直往后倒车吧？最后，还是决定车子继续往前走，若前面有开阔的空间，便可以让司机倒车回去。

叶萧再看看手机，依然没有任何信号。其他人的表情更绝望，真是刚脱险境又入虎口。

车子在峡谷间穿梭，叶萧探出车窗看了看头顶。两边崖壁竟如刀削似的，起码有五六十米高，如同两堵高大的石墙，当中夹着一条羊肠小道。上头是名副其实的"一线天"，耀眼的白光落入昏暗的峡谷，连带着无数冰凉的雨点。

司机茫然地向前开着车，峡谷中完全分不清东南西北，只有眼前那一条道路，不知通向世界的哪个角落。

巴士又颠簸了十几分钟，道路随着岩壁弯弯曲曲，司机不停地打着方向盘，车子没有任何掉头的机会。

车上的人越来越着急，"墨镜男"第一个叫起来："我们究竟要到哪里去啊？什么时候能回到清迈呢？今天真是好一个'驱魔节'啊，村民们把魔鬼驱到我们身上了，再跟着我们的车子一起走了，怪不得村民们要好好感谢我们呢！"

"好了，你有完没完？"一个明显"台湾腔"的女生打断了他的话，"真是讨厌！让司机安心开车吧。"

这荒无人烟的峡谷底部，犹如弦乐的共鸣箱，雨声被反复回荡放大，简直震耳欲聋，不时伴奏着某种野兽的嚎叫。就当整个旅行团都陷于绝望时，峡谷突然走到了尽头，眼前是一堵高耸入云的山崖。

原来这峡谷是一条断头的死路！

它就像个狭长的口袋，也像人体内的盲肠，底部早已被牢牢结上了。

司机踩下了刹车。

众人目瞪口呆地看着这一幕——在绝壁的最底部，挂着数十米高的藤蔓，像女人的长发一直拖到地上。旁边有片小型瀑布倾泻而下，正是峡谷溪流的源头。

难道这就是传说中的绝路？叶萧不甘心地用拳头打着自己，而司机则几乎瘫软在驾驶座上了。其他人都恐惧地叫喊起来，全车十几号人乱成了一锅粥，就像被逼入绝境的军队，身后还有大军追杀。

叶萧让导游小方打开车门，独自冒雨跳下车。瀑布高高溅起水花，谷底似有千军万马呼啸。他仔细看了看脚下的路，虽然布满了碎石和野草，却还能看出是用沥青铺的，当中还有油漆白线的痕迹，显然是人工修筑的公路，但为何要在这只有进口，而没有出口的"绝路"里呢？

不，不可能没有出口的！叶萧走到车子前方，抬头观察了周围形势，密集的雨点落到他眼睛里。在昏暗的峡谷底部，头顶的光晕令人目眩，"一线天"也被收住了口。

真是猿猴飞鸟亦难越过的天险啊！

最后，他的目光落在正前方的藤蔓上，那茂密的枝叶后头似乎还有什么。叶萧禁不住伸手摸了摸藤蔓，却没有想象中的粗壮，似乎是最近才新长出来的。他用手拨开眼前的枝叶，发现里面竟然是中空的！

藤蔓后隐藏着一条隧道！

叶萧欣喜若狂地回到了车上，指示司机立刻向正前方开去。导游小方还以为叶萧精神错乱了，要把车子往绝壁上头撞。

好不容易才解释清楚，司机小心翼翼地踩动油门。随着眼前的藤蔓越来越近，所有人的心都提到了嗓子眼……

第二章 ■ 隧道尽头

终于，挡风玻璃与藤蔓碰撞了，绿色的枝叶像瀑布散开，里面不是冰凉的岩石，而是黑暗的虚空。

司机打开了大光灯，照出一条幽暗深长的隧道。随着车子的前进，藤蔓由车子的前方滑到后方，每扇车窗都像被长发抚过了一遍，直到全车都没入黑暗中。

坐在最后一排，照顾受伤老外的前女医生，回头看了一眼车后——藤蔓如巨大的幕布重新合上，他们进入了一个空旷的舞台。

隧道之旅——大家目不转睛地盯着前方。这是条双向两车道的隧洞，内部形成规则的圆拱状，底下的道路相当平坦，相当于内地的高等级公路。

许多人都想到了火车隧道，刹那间陷入一片黑暗，只有无尽的铁轨与车轮碰撞声，等待回到天空下的光芒。其实，隧道里还有许多滴水的声音，只是被汽车的轰鸣声掩盖了。里面没有灯光，只能借助汽车自身的灯，照出前头十几米的距离。司机必须开得很慢，时速还不到 20 公里。

叶萧注意了一下时间，开进隧道是下午四点半，现在是四点三刻了，车子仍然在黑暗里行驶，这么算来这条隧道至少有好几公里——要比黄浦江底下的隧道还要长，不知这隧道顶上又是什么？隧道的另一端呢？

突然，车窗外闪过一些白色光点，在黑色的洞壁上分外醒目。大家都被吓了一跳，那些光点就像在空中漂浮着，忽隐忽现又一闪而过。仿佛某些人的眼睛，又像是长明灯，孙子楚想起了古代坟墓常见的鬼火。

"这就是地底的鬼魂吧？"

不知哪个女孩轻轻说了一声，马上引起一片女生的尖叫。叶萧却拍了拍司机的手说："不要停，继续开下去。"

"鬼火"渐渐停息，漫长的隧道却似乎永无止尽，前头还有大大的弯道，黑暗中只看到车前的灯光。叶萧忽然产生某种错觉，仿佛这十几个人已回到了母体。是啊，每个人在生命的开始，都要经历一条漫长而艰险的隧道。

羊水已然破裂，母亲艰难地呼吸，胎儿睁开眼睛，努力穿越分娩中的产道——如果隧道的尽头不是地狱，那将是他们的又一次诞生。

尽头！他们看到尽头了！

3

在远远的隧道彼端，有个白色的影子在晃动，车子前方的人都紧张起来。轮子又向前滚了几圈，那个影子越来越明显，是一道白色的光——出口！

隧道的出口！

真像胎儿到了诞生的刹那，即将见到母体外的世界，全车人都兴奋地击掌相庆。司机也加大油门，眼前白色的光晕愈加明显，叶萧被刺得闭上了眼睛。

终于，车子开出了隧道。

他们的第二次生命。

旅游巴士疾驰出一道拱形大门，回到久违的天空底下，大雨继续倾泻着。所有人免不了眯起眼睛，司机也只能把车速放缓下来。

"总算离开这该死的隧道了！"导游小方难得咒骂了一句，指着前方的山路说，"真是别有洞天啊。"

孙子楚想起了陶渊明的《桃花源记》，那武陵人不也是通过一条小溪源头的隧洞，抵达了那传说中的世外桃源吗？

其他人都长出了一口气，叶萧只感到脚下一软，刚才淋过雨的身体直发冷，真想好好洗个热水澡。

司机看到的是条蜿蜒山路，反光镜里的隧道口上方，仍然是一堵万丈绝壁。四周被层层叠叠的高山阻拦，他们似乎进入了一个盆地。

叶萧向远处瞥了一眼，整个人都呆住了——他看到了无数座建筑物。

一座城市！

车子也在同时停下，司机目瞪口呆地看着眼前的一幕。就在他们的正下方，盘山公路下去数百米，一座城市正矗立在万山丛中。

周围全是巍峨的大山，唯有中间一块巨大平坦的盆地，那些高低错落的建筑，就活生生地竖在其中，是名副其实的"山谷之城"。

虽然这座灰蒙蒙的城市，在南国的大雨中有些凄凉，但足以让旅行团全体欢呼雀跃了。今天的旅程历尽千辛万苦，总算见到了人烟稠密之处，看来这隧道是通往人间的出口——真是吉人自有天相啊！

司机好不容易才让激动的情绪平复下来，沿着盘山公路继续往下开。每个人都像饥饿的猫那样，望着餐盘里的最后一条鱼。

此时已接近黄昏五点，大雨依然没有停的迹象。

山谷里的城市越来越近，孙子楚还以为会是一座古城遗址。但是，那些建筑的高度和格局，却分明告诉大家这是一座现代城市。他甚至还看到在城市入口，有一块巨大的广告牌，印着刘德华微笑的头像，推销某种品牌的手机。

两分钟后，车子开到这块广告牌下，司机又一次踩下了刹车。

车上每个人都感觉回到了人间，有人期望能快点吃上晚餐，有人盘算着到酒店安顿下来，也有人想要立即找到厕所。

但是，叶萧却感到了不对劲。

因为没有人。

车子关掉发动机，除了雨声外一片寂静。广告牌下是条双向四车道的路，两边各有几幢三四层高的楼房。但马路上没有任何车辆，两边的

第二章 ■ 隧道尽头

029

人行道上，也见不到半个人影。

导游小方打开车门，大家沉默了一分钟，除了雨声还是听不到任何动静。眼前的街道也没有任何变化，唯有广告牌上的刘德华在微笑。

"怎么回事？"叶萧紧张地看了看前头，"车子先停在这不要动。"

然后，又是他第一个跳下车，导游小方也大着胆子下来了。后面几个男女实在憋不住，纷纷下车寻找厕所解决内急。

叶萧撑起了一把伞，小心地走进前方的街道，这就算是进城了？人行道上铺着带花纹的石板，雨水冲刷出许多污垢。他注意到了路边的排水道，雨水被及时送入了地下，使得这里虽位于谷底，地上却见不到多少积水。

叶萧掏出手机看了看，仍然没有任何信号，这让他的心更加忐忑。这时，那美国女孩已走到他前头去了，叶萧大声说："喂，不要随便走动！"

但那美国女孩置若罔闻，笔直走到前面一栋房子前，原来那有公共厕所的标志。她第一个大胆地走进去，之后几个女生也跟了进去，看来这个生理需求谁都拦不住。

叶萧索性也走进旁边的男厕所，一进去便闻到股怪味，并不是普通厕所里常闻到的酸臭，而是满地灰尘扬起的陈旧气息。便池里的水倒还是干净，居然还能自动冲洗。等叶萧走出厕所时，其他的男士也纷纷冲了进来。

叶萧小心地打开洗手池的水龙头，放出看来还干净的自来水。他匆匆洗完了手，再看看镜子里的自己，那镜子早已蒙上了一层灰，模糊中只见到一双锐利的目光。

就在他发愣的时候，镜子里又多了一张脸——属于一个年轻美丽的女子，有一双长长睫毛的明亮眼睛。四目在尘封的镜子上相交，那女子立刻低下头，扭开水龙头洗起了手。

叶萧不由自主地后退一步，回到雨中撑起了伞。随后那女子也回过头来，神情冷峻地凝视着他，不知是轻蔑还是矜持，她快步从叶萧身边走过，带起一阵幽幽的异香。

这时孙子楚也从厕所里出来，拍了拍叶萧的肩膀："你怎么又发呆了？"

"她是谁？"

孙子楚看着那年轻女子的背影："也是我们旅行团的，好像是搞音乐的，你不记得了吗？"

"哦，记得，记得——"

叶萧咬着嘴唇走到旁边，其实他根本就不记得。

他仔细看着周围每一个人，要把旅行团里所有的脸都记清楚，以免和这座城市里的其他人搞混。

但是，他还没有看到一个"其他人"。

4

马路对面有家小超市，摄影师钱莫争第一个走进去，叶萧来不及喊"别乱进"，只能也快步跑了过去。

缓缓推开小超市的店门，头顶响起一阵清脆的铃铛声。原来门上挂着一串风铃，看来这店是女孩子经营的。钱莫争披散着一头长发，从背后看酷似六十年代的披头士，吃惊地看着超市里的一切。

店里的灯都没亮，雨天显得异常昏暗。货架上摆满了各种商品，从洗发水、餐巾纸、方便面到香烟啤酒、男女内裤一应俱全，就和中国内地的小超市没什么区别。店里大多数是中文繁体字，就像到了香港的尖沙咀。收银台后面贴了一张黎明的海报，收银机也和香港的一样。叶萧按下了墙边的电灯开关，却完全没有反应。

钱莫争拿起一罐啤酒，上面是密密麻麻的泰国文，看来是泰国本地产的。但方便面全是中国大陆生产的，有"统一"也有"康师傅"。叶萧粗略浏览了一下货架上的商品，大约有一半是泰国货，还有一半是中国大陆货。这些商品实在太熟悉了，以至于让叶萧有了回到上海的错觉。

货价上的标识都是中文繁体字，但价格全用泰国铢表示。所有商品表面都有一层灰，有些不宜久存的食品，已发出些异味了。叶萧拧起眉毛大声道："喂，有人吗？"

巴掌大点的店铺，连个老鼠也被吓死了，但他还是用英文又叫了一遍。

"算了，这鬼地方没人！"

钱莫争走进收银台，轻轻拉开装钱的抽屉，发现里面居然还有一叠钞票。大部分是泰国铢，也有几张人民币，硬币里甚至还有一块港币。

"钱都在收银机里，人却不见了，究竟到哪里去了？"叶萧走到后面摇摇头说，"这地方真的很奇怪啊。"

随后两人走出小超市，大声招呼其他人不要随处乱走。导游小方也拿起小喇叭，招呼大家都集中到路边的一个店铺里。

隔着马路和茫茫的雨幕，叶萧隐隐看到那店铺里有几个女人。他急忙飞快地跑过去，才发现不过是模特假人而已，穿着几款夏装站在橱窗里面。

这是一爿不小的服装店，大厅有几十个平米，大部分衣架上都有衣服，基本上都是 MADE IN CHINA，看起来都是上海七浦路的款式（说不定进货的源头就在那呢）。这些衣服都是用泰铢标价，换算下来也和内地差不多。

几分钟后，旅行团集中到了这家店铺，除了司机在车上守着大家的行李，还有前女医生守着那个受伤的外国人。街两边都是各种商家，商品还好好地放着，却见不到一个人的踪迹。大伙都迷惑不解，这里的人都到哪去了？

小方让每个人检查自己的手机，但没有人收得到信号。服装店里有一台固定电话，他拿起电话来却听不到拨号音。他又试了一下其他电器，也全都没有电源——今天全城大停电了？就算因为停电而提前下班，也该把店铺的大门锁好，把营业款都收起来啊！

大家七嘴八舌地猜测起来，但实在想不出什么原因。就连在这里土生土长的玉灵，也已茫然失措了，她说自己从没来过这里，也没听说过有这样一座城市。

"很快就要天黑了，我们还是先考虑一下，今晚应该怎么过吧。"

说话的是个戴眼镜的三十岁的男人，这也是叶萧今天第一次听到他说话。

"先在这里找家宾馆或酒店再说吧。"

旅行团里最年长的五十多岁的男人说话了："你觉得这里有酒店吗？"

"刚才我们从山上看下来，这座城市的规模还不小呢，最起码的旅馆总该有的。"始终端着 DV 拍摄的小伙子说，他身边站着个二十多岁的女孩，那副小鸟依人的样子，多半是他的女朋友。

"不！"叶萧终于站出来说话了，"这个城市非常奇怪，我也说不清楚是为什么。但我不同意大家在这过夜！不管有没有旅店，也不管有没有人，我们都不该留下来。"

"那你什么意思？不在这里过夜，难道再原路开回去吗？"

就连那美国女孩都加入了争论。

"没错！"叶萧点了点头，目光更加犀利，"大家忘记了吗？我们开到这来的原因是什么？"

导游小方低下头想了想说："为了给我们的车子掉头。"

"现在我们已经可以掉头了，为什么不按原路再开回去呢？"

"还要再进那个隧道？"旅行团里年纪最小的女孩说话了，她看起来只有十五六岁，愁眉不展的样子，"天哪，还有那个可怕的峡谷。"

"但我们早晚要离开这里的。"

一个四十多岁的男人搂着小女孩说："到明天早上再走也不迟，晚上穿过峡谷太不安全了吧？"

他显然是女孩的爸爸，女孩却厌恶地一把推开了他。

叶萧盯着那个男人的眼睛，用异常沉重的口气说："在这里留一晚？好的，请问你知道这个城市叫什么名字吗？你知道这条街上为什么一个人都没有吗？在一切都不清楚的状况下，我们千万不能冒险过夜，天知道这座城市里还有什么？天知道晚上还会发生什么？"

"好了！先别吵了。"导游小方打断了他们的争论，"让我去问一下司机，毕竟车是他开的，他的意见才是最重要的。"

说罢小方独自走出服装店，其余人都焦躁不安地留在原地。叶萧看着街上的大雨，将所有的声音都掩盖了。乌云下的天空越来越昏暗，夜色即将覆盖所有人。

几分钟后，小方撑着伞跑回来，脸色异常难看，犹豫了一会儿说："大家跟我去车上吧。"

"不，我们不想要司机开夜车！我们不想摔到悬崖下边去！"

四十多岁的男人冷冷地说。

小方仍然愁眉苦脸地回答："对不起，你没明白我的意思，我是说大家和我一起回车上拿行李，今晚我们必须要在这里过夜了。"

"为什么？"这回轮到叶萧着急了，"司机怎么说的？"

"他说——车里的汽油快要用完了，最多只能开几公里的路。"

当小方低头说完后，许多人都无奈地摇了摇头。是啊，这些油恐怕连隧道都开不出去！早就该想到汽油的问题了，原计划下午两点就到兰那王陵，却在山里开了这么多冤枉路。

"我们要去找加油站！"

"算了吧，鬼知道这里有没有加油站，先在这凑活着过一夜吧。"墨镜男终于说话了，他摸了摸自己的肚子说，"各位不想解决晚餐吗？"

他这一说倒提醒了大家，在车上担惊受怕了一整天，"黄金肉"又让他们上吐下泻，多数人都已饥肠辘辘了。

接着，他们带着伞走出服装店，跑回旅游巴士取行李。司机不敢把汽车开过来，他想尽量节省汽油，以备应急之需。叶萧只能跟着大家回去，在孙子楚的帮助下找到自己的行李。几个男人把受伤的老外抬下来，司机也锁好车下来了。

"墨镜男"发现了一家小餐馆，招牌上挂着"南顺和云南菜"——想必是云南籍华侨开的。餐馆大门敞开着，只是没有服务生和客人，桌上收拾得干干净净，只有一层淡淡的灰尘。其他人也跟着进来了，各自把沉重的行李放在墙边，好像旅行团光顾此地来吃饭了。

导游小方又一次清点人数，连他自己和司机还有受伤的法国人在内，加起来总共是十八个人。

18——这个在汉语文化中的特殊数字，孙子楚突然想到了"少林寺十八铜人"。

他们走进餐馆的厨房，这里也太昏暗了，只能用手电筒照了照——油盐酱醋、锅碗瓢盆一应俱全，特别是大量干瘪腐烂的辣椒和花椒，还有许多特殊的云南生产的调料，显示出这家云南菜的正宗。

端着 DV 的小伙子可惜地说："在这么阴冷的雨天里，要是有过桥米线和火锅该多好啊。"

披着长发的钱莫争试了试灶台开关，没想到竟把火打出来了。原来是用液化气烧菜的，厨房后面的液化气瓶还是满的呢。

看着潮湿的厨房灶台上，升起了蓝色的火苗，大家都莫名兴奋起来，只是不知道该烧什么才好。有人打开了冰柜，但因为没有电，里面的东西大多已腐烂了，只能捏着鼻子把冰柜门关上。

"那个小超市里有很多吃的。"钱莫争快步冲出厨房说，"如果包装得好一点，没有过保质期的话，或许可以拿来吃的。"

几个人也跟着他去了小超市。他们掏出手电仔细看了看生产日期，大多数都是 2005 年生产的。最近的生产日期是 2005 年 6 月，保质期是 18 个月，包装什么都还完好无损。于是，他们把这些可以吃的东西，全都搬到了云南餐馆里。一次来不及就分几批来搬，好像过年搬运年货似的。

不知是谁嘟囔了一句："不问而取是为窃也。"

"暴殄天物也是极大的罪孽！与其让这些食物过了保质期烂掉，还不如赶快吃掉，让它们发挥一下作用吧！"

有人拿出旅行用的汽灯，总算把厨房照亮了。打开水龙头检验一下，自来水还算是干净，看来这顿晚餐是要自己动手了。然而——万事俱备，只欠厨师。

照顾受伤的老外的前女医生站起来说："我叫黄宛然，你们也可以叫我成太太，是成龙的'成'。我正好是云南人，在家一直自己烧菜的，如果大家不介意的话，今晚可以由我来做厨师。"

当旅行团人人夸奖她时，她的老公成先生却面露不快，黄宛然在老公耳边轻声说："你不是喜欢吃我做的菜吗？别担心。"

随后她走进厨房，玉灵等几个女孩也进去帮忙了，钱莫争却低头严肃地走了出来。孙子楚在叶萧身边叹道："哎呀，这个女人又会治病，又会烧菜，她的老公还真是幸福啊！"

二十分钟后，天色已全部黑了下来。街道上仍然大雨淋漓，同时厨房里响着热闹的烧菜声。有人不知从哪搞来了菜油，用几个小碟子装来，放上棉芯，浸透点燃，居然也把整个小餐馆照亮了。昏黄的菜油光线照出的人脸，犹如古代洞窟里的壁画，彼此看着对方都有些不寒而栗。

叶萧看了看老外的伤势，可怜的法国人还没醒来，躺在墙边的长椅上，身上裹着一条毛毯。他已没有生命危险了，伤口也止住了血，黄宛然还是很会照顾人的。

女人们把菜端上来，都是超市里的袋装食品。最大的一盆是水煮方便面，将十几包面下在一起，再放了许多真空包装的蔬菜与牛肉。大家早就饿得不行了，这顿特殊的晚餐吃得特别香，纷纷夸奖厨师的手艺。

黄宛然谦虚地说："连一点新鲜的菜都没有，委屈大家了。"

说完她回头看了看自己的女儿，十五岁的少女正冷眼瞥着母亲。

晚上六点半，所有人都吃好晚餐后，导游小方给"灯"加了菜油。旅行团全体会聚在一起，必须要讨论一下目前的形势。

第一个说话的是玉灵，她紧皱着眉头道："今天，非常对不起大家，没有把大家带到兰那王陵，却到了这个我也不知道的地方，非常抱歉！但我们一定会想办法的，请大家千万不要害怕。"

确实有人对两个导游很不满意，但看到玉灵楚楚可怜的样子，还有

她诚恳的道歉，实在发不起火来了。

但有人把矛头对准了小方，说话的是四十多岁的成先生："喂，不管结果怎么样，也不管责任在谁的身上，旅行社一定要给我们赔偿，我们花了那么多钱不是来受罪的。"

"对不起！对不起！"

小方毕竟年轻，二十五岁在导游里太"嫩"了。这只是他第三次带泰国团，就搞得如此狼狈，都急得要哭出来了。

"好了，饶了他吧，突发泥石流是导游的错吗？"钱莫争站起来为小方说话，"还好那只山魈阻拦了我们，否则我们正好遇到泥石流，现在就要在地狱里吃晚餐了！"

"你的意思是——那只大猴子还救了我们一命？"

钱莫争毫不退缩："客观上说它是救了我们所有人的命。"

"好了，别吵了！"说话台湾腔的女孩焦虑地说，"还是先想想今晚怎么过吧。"

"至少不能在这个地方。"

美国女孩用流利的汉语说："对，我们必须要找到人来帮助我们！"

叶萧终于大声说话了："这样吧，我们分成两组出去找人。每组由三名男性组成，都不要走得太远，一个小时内若是找不到人，马上回到这里来集合。女人们都留下来，把餐馆的门关好不要乱动。"

他的声音非常响亮，在没人提出异议后继续说："好，我是第一组，我的名字叫叶萧，谁跟我走？"

孙子楚站起来说："当然是我喽。"

"不，你到第二组去。"

"什么？"孙子楚有些迷惑不解，但立刻明白了过来，"好吧。"

那个也许还不到三十岁戴着眼镜的沉默男人站起来说："我叫厉书，我跟你走吧。"

然后，始终端着 DV 的小伙子也说道："算我一个，我叫杨谋。"

第一组的三个男人都确定了，孙子楚点点头说："我的名字大家都听说过吧，S 大历史系大名鼎鼎的老师孙子楚！愿意跟我在第二组的请举手。"

这家伙好像还在大学讲台上，对他的学生们讲课。

"你就是孙子楚？《旋转门》里的贫嘴老师？"高大的墨镜男上下打量着他说，"好，我跟定你了！我叫屠男，将来你一定会记住这个名字的。"

又来了一个自吹自擂的"高人"，四下响起一阵轻微的不屑声。接着一头长发的钱莫争说："我也跟第二组吧，我的职业是拍照片，叫钱莫争。"

"好了，现在分组定好了，剩余的男人都留在这里，保护好女人和孩子们，没什么事不要轻举妄动。"叶萧像去执行一项公安任务似的，目光犀利地说，"两组同志做好准备工作，一分钟后出发！"

"同志？你不是公安吧？"

操着台湾腔的女孩疑惑地问道。

"没错，我是公安局的警官——"叶萧的表情有些冷酷，随即又柔和了下来，轻声道，"但我正在休假，还要继续审问我吗？"

说罢他撑起一把雨伞，拿起一根铁棍，给手电筒装满了电池。他们从超市搬来几箱干电池，这些电池保存很好，没有受潮走电。

两组人都已准备就绪了，叶萧在出门前又关照了一遍："这里没有交流电源，手机电池必须节约使用。请把所有手机关掉，等到明天早上再开一次，看看是否收得到信号。"

在其他人纷纷关手机时，六个男人冲入了黑暗的雨幕中。

走在这小城的街道上，再看看周围的房子，叶萧觉得自己到了某部电影里，眼前的景象竟如胶片般凝固。手电筒照出的雨点，像记忆中的碎片乱舞，打到脸上是冰凉的感觉。六个人走到街道彼端的十字路口，大家商量了一下，决定第一组继续往前走，而第二组则拐进右边的道路。

叶萧身后跟着厉书和杨谋。这三个人年龄相仿，都是那种不太说话的类型，每个人都撑着伞默默前进，三道手电光束划破前方的黑夜。杨谋把 DV 放到了背包里，他的手电不断来回照着两边。一家家店铺从眼前掠过，有美容院、洗衣店、女装店、饮料亭，除了橱窗里的模特假人以外，根本见不到一个人影。

终于，厉书向四周大叫起来："喂，有人吗？"

声音很快就被大雨淹没了，叶萧苦笑着说："别叫了，保留些体力吧。"

但厉书并不善罢甘休，他还没有看清楚招牌，就推开了一家紧闭的店门。他大胆地走了进去，用手电往里扫了一圈，突然看到小孩的一双大眼睛。

他禁不住轻轻叫了一声，手电又扫到了一个小女孩脸上，那张脸竟毫无生气，只有一双眼睛瞪得大大的。转眼间他看到了许多张脸，一个个瞪着眼睛看着他，脸上发出白色的幽异反光。他立即后退了一大步，

撞在了后面的叶萧身上。

但厉书还算是有胆量，冷静地说："这家店里有鬼魂！"

叶萧却什么话都没说，端着手电缓缓踏了进去。他也找到了那个小孩的眼睛，但毫不退缩地走上去，一直摸到了小孩的头——

居然是一个塑料头！原来是个玩具小孩。再用手电照了照周围，整个屋子摆满了玩具和公仔，尤其是各种芭比娃娃和泰迪熊。

"这是个玩具店！"

说罢，叶萧回到街道上，继续在雨夜中扫视着四周。

6

而在同一时刻，右边的那条街道上，孙子楚正和钱莫争、屠男小心地前进。一路上屠男都抱怨个不停，说根本不该参加这个旅行团，就连本来贫嘴的孙子楚都被他说烦了。

突然，手电光束照到一辆汽车。

三个人都停了下来，这辆车就静静地停在雨中，车灯也没有打开，看不到车里有人的迹象。他们又走近了仔细照着，这是辆 1.8 升排量的丰田车，是泰国本地组装生产的。

奇怪的是这辆车并没有车牌，挡风玻璃上也没贴着其他标志。把手电贴近玻璃照进去，前后排座位上空空如也，而车门则紧紧锁着。

这是谁的车？为什么会停在这里？车的主人又到哪里去了？

他们用手电照了照四周，却看不到其他人影。这时钱莫争看到一条巷子，正好可以容纳这辆车开进去。三人便小心地走进巷子，两边都是高高的围墙，还有几棵大树在墙边，茂密的枝叶下落着雨点。

巷子尽头是一栋楼房，黑夜中看不清有多高，但至少有三四层楼。楼下停着一辆摩托车，居然还是中国产的力帆牌。

这里明显是居民楼，里面想必有人了吧。他们立刻走进楼道，仍然漆黑一团看不清。在底楼长长的走廊里，孙子楚敲了敲一扇房门。但里面许久都没动静，其他几扇门也是紧锁的。

"没有人？"屠男早已摘下了墨镜，失望地说，"我们走吧。"

"再去楼上看看吧。"

钱莫争坚持走上了楼梯，孙子楚和屠男也只能硬着头皮跟在后面。二楼依旧没有灯光，屠男敲了敲第一扇房门，没想到一下子就把门推开了。随着门轴转动的声音，三人都不由自主地后退。

门开着——钱莫争轻轻喊了一声："有人吗？"

房间里传来幽幽的回声。他们彼此使了个眼色，便轻手轻脚地走进房间。手电里照出客厅的样子，当中有茶几和沙发，还有个 31 吋的电视机柜。随着三个男人的脚步，一阵灰尘轻轻扬起。里面的房门也敞开着，有两间卧室和一间书房，一个厨房和饭厅，还有个卫生间。卧室里有大床和各种家具，紧闭的窗户外装着铁栅栏，就和中国内地的多层单元房一样。

卧室里有股淡淡的霉味，孙子楚轻轻走到窗边。楼下是幽静的小花园，几棵芭蕉树在雨中摇曳着。他们又走到隔壁的卧室，那里有个小小的阳台，上面摆着许多盆花，有的已经干枯死掉了，有的却长得异常茂盛。

阳台下还有个小玻璃缸，他蹲下来用手电照了照，发现里面居然有只小乌龟。灯光刺激了沉睡的动物，厚厚的龟壳下似乎有些动静，看来这小家伙还活着呢——它是这屋子里唯一的主人。

孙子楚回到卧室对两个同伴说："瞧，这里有床也有卫生间，除了不能洗热水澡、没有电视和电灯以外，和宾馆的房间没有区别。"

"没错，今晚我就在这儿过夜了！"屠男掸了掸床单上的灰，"欢迎光临五星级酒店！"

"再看看其他房间吧。"

钱莫争说着回到黑暗的走廊里，又推了推二楼的其他几扇房门。有两扇房门还是紧锁着的，但最后一间屋子却是虚掩的。

又是一套空房间，家具和电器全都有，装修得还是不错的。餐桌上甚至还有一筐腐烂的水果，厨房里的碗都没收起来，似乎主人刚刚出门。

接着他们跑到三楼，又发现两个没上锁的房间，里面的情况和二楼相同。四楼还有一扇敞开着的大门，里面是套四室两厅的大房子。这栋楼最高是五楼，顶层有三扇房门是虚掩的——总共有八套房子可以自由进出，正好能给全体旅行团过夜。

三个人兴奋地跑出这栋楼，回到淫雨霏霏的街道上。他们小跑着折回原来的路，一直跑到大家聚集的云南餐馆。

其他人早已等得不耐烦，总算看到"先遣部队"回来了。听说找到了一家"五星级酒店"，所有人都非常高兴，急忙冒雨拖着行李赶过去。

第二章 ■ 隧道尽头

只有两个人留在了小餐馆——孙子楚和导游小方，他们必须要等到第一组人回来。

夜雨绵绵，黑漆漆的街道，只剩下焦虑的等待。

7

此刻，数百米外的第三个十字路口，叶萧的小组也有了新发现！

一座加油站。

它孤独地矗立在这个路口，四面的马路都十分宽敞，正好适合各种车辆进出。虽然四处都是雨水的气息，但还是闻到了一些汽油味。叶萧经常自己开局里的小车，他熟悉加油站的内部结构。这里还存有不少的汽油，足够加满他们的旅游大巴油箱了。

探明了这个情况，叶萧三人都很高兴。等明天一早把车子加满油，大家就可以顺利离开了！

第一组人沿着笔直的道路，迅速回到云南餐馆，孙子楚和小方正等着他们。随后，他们收拾好所有行李，一起前往那新发现的"五星级酒店"。

雨夜山城的街道愈发寒气逼人，叶萧胸前的T恤还破着一道口子，寒气直钻他的心窝。随着孙子楚拐进右边的马路，叶萧看到了那辆没有人的丰田车。他紧张地注视着四周，来到这个城市已经几个小时了，到现在连一个人影都没瞧见，换了谁都会冷汗直冒。

他们走到巷子尽头，来到黑暗中的居民楼。刚到二楼便听见一阵喧哗声，大嗓门的屠男正在吵吵嚷嚷，大概看中了他发现的那张大床。这家"五星级酒店"没有服务生，也没有前台登记，客人们得自己寻找房间——先下手为强，才能抢到最好的房子和床铺。

二楼有两套单元房，屠男和司机先占了一套。杨谋和他的老婆（抑或女友）占了第二套房间。

三楼的两套都被女生们住了，玉灵和那美国女孩住一间。说话台湾腔的女孩，与叶萧从厕所出来时见到的女孩住一屋。

四楼的那间大房子，住了前女医生和她的老公、女儿一家三口。受伤的法国人也必须由她来照料，幸好那套房子有三间带床的卧室。

五楼的三个空房间，叶萧和厉书住一间，孙子楚和小方住了另一间，还有一间给钱莫争和全团最年长的男人住了。

叶萧又去每个房间看了看，告诫大家晚上必须锁紧门窗，没特别的事不要出门。如果半夜有人敲门，要先问清楚对方是谁。屋里的东西尽量不要乱动，也不要吃房间里的食品，以防有毒或变质。这夜谁都不要洗澡，最多用冷水洗脸。第二天早上七点半，他会来逐个敲门叫醒大家。

然后，叶萧和厉书回到五楼的房间。他们打开手电仔细检查，这个两室两厅的屋子布满灰尘。家具和电器都很齐全，拿起电话却听不到声音。卫生间里的水也算干净，甚至抽水马桶也能正常使用。厨房里有半瓶液化天然气，油盐酱醋等各种调料都有。

厨房的水池里，摆放着好几个碗碟和筷子，上面生了一层暗绿色的霉毛。在散发刺鼻腐臭味的同时，也带着浓浓的生活气息。好像主人刚刚吃完晚饭，急匆匆地出门去看一场电影，很快就会回家收拾干净。

只是，这里的一切都是黑暗的，窗外阴冷的雨水淋漓，死一般的空气在飘荡。

没有人，到处都没有人。

除了叶萧他们这些突然闯入的不速之客。想到这里，叶萧肩膀一阵颤抖，好多年都没这种感觉了，就连下午面对山魈时也没这样过。因为野兽是看得着的恐惧，而此刻的恐惧却是看不见又摸不着的——"无"，是比"有"更大的危险。

叶萧捏着鼻子拧开水龙头，自来水迅速冲刷着碗筷。他临时客串了一回疯狂的主妇，找了块抹布草草洗了洗碗，并打开厨房窗户透着气。

他退出厨房时正好撞在厉书身上，两人都彼此捂着胸口吓了一跳。厉书绝望地问："我们真的要在这里过夜吗？"

"至少比在车上强吧。"

叶萧蹲下来打开客厅的低柜，里面有各种乱七八糟的杂物，好不容易摸出几截蜡烛。厉书从兜里掏出打火机，在茶几上点燃了蜡烛——闪烁的烛光渐渐照亮房间，也照出两个男人沉默的脸。

"已经八点半了，如果下午没有遇到这些倒霉事的话，我们该在清莱吃晚餐了吧。"

厉书说着走进一间卧室，也点燃了一枝蜡烛。这有一张宽大的双人床，上面铺着一层竹席，还有裹着草席的枕头。烛光照亮了墙上镶嵌的照片，是一对中年夫妇的婚纱照，夫妻两人都不漂亮，但相貌肯定不是泰国本

第二章 ■ 隧道尽头

041

地人。床头有个小小的书柜，里面基本上都是台湾出版的中文书——这明显是中国人或华人的家庭。

他们找到一个塑料脸盆，还有几块干净的布，把竹席仔细擦了两遍，直到确定可以睡觉为止。叶萧看了看窗外说："夜里还挺凉的，睡觉时把衣服盖在身上吧。"

叶萧走到另一个房间，同样也把蜡烛点亮。这是一间儿童房，床的长度刚够叶萧的身高。窗边有个写字台，上面摆着课本和作业簿，似乎那孩子刚刚还在做功课。柜子上放着奥特曼和蜘蛛侠，显然是个调皮的男孩。

叶萧决定今晚就睡在这张小床上，他费力地把席子擦干净，虚脱般地倒上去——就像小学三年级时做累了功课。

床头那点烛光，仍然微微跳动，屋里充满了一种"死气"，仿佛孩子的幽灵也在床上，就倒在叶萧身边均匀地呼吸。

想到这里他从床上跳起来，门口闪进厉书的影子，对他说："今夜，你能睡着吗？"

"不知道——鬼知道这里发生了什么。"

厉书的脸庞在烛光下越发严肃，镜片上闪着昏黄反光："我有个预感，我们在这里会很危险。"

"但是，我们已无处可去了，甚至连自己在哪里都不知道。"

叶萧烦躁地打开行李箱，这还是孙子楚帮他找到的。他脱下被山魈划破的T恤，胸口还有一道明显的伤口。箱子里有些换洗衣服，他换上一件灰色的衬衫，靠在小木床上说："我知道你睡不着，但明天我们还要早起，尽快离开这个鬼地方——也许，明天还会发生很多不可思议的事呢。"

"我听说你是个警官？"

"是，你呢？"

厉书掏出一张名片递给他，上面写着北京一家出版公司主编的头衔，叶萧皱起眉头："搞出版的？果然名字里也带个'书'字啊。"

"没错，我还读过蔡骏所有的书，知道小说里写的关于你的事情，没想到竟在这里认识了你，真是幸会啊。"

"那都只是虚构的小说而已，你不会当真吧——"叶萧无奈地苦笑一下，"去睡觉吧，记得要把蜡烛吹灭！"

"好吧，明天再聊。"

等厉书退出房间后，叶萧的嘴唇才抖了一下，他不想让人看到他恐惧的一面。他最后检查了一遍门窗，然后吹灭蜡烛，独自躺在漆黑的屋里，让窗外的雨声陪伴自己。

在这陌生的他人的床上，不知道名字的城市里，烟雾缭绕的泰北群山间，黑夜将无比漫长而残忍……

叶萧躺了几分钟，心跳却越来越快，他便睁开眼睛看着天花板。微光照着窗玻璃上雨水的影子，似乎有无数条蛇缓缓蠕动。

就在他握紧拳头的刹那，客厅外响起急促的敲门声。

谁？

他立即翻身下床，和厉书一起冲到门后，外面响起一个男人紧张的声音——

"受伤的法国人醒了！"

第二章 ▪ **隧道尽头**

第一季

第三章 ■ 断手

1

晚上九点，空旷的居民楼，五层响起急促的脚步声。

叶萧警惕地打开房门，用手电照亮来人的脸——是旅行团里那四十多岁的男人，他的名字叫成立，是黄宛然的老公。他穿着一套昂贵的睡衣，漆黑的楼道里没有其他人了。

"那个法国人醒了？"

穿睡衣的成立点点头，叶萧和厉书便跟他下了楼梯。

来到四楼的大房间里，客厅站着那个十五岁的少女，她是成立和黄宛然的女儿秋秋。少女继承了母亲的美丽，却沉默寡言得让人难以亲近。

主卧室里躺着那个受伤的老外，黄宛然坐在旁边照料他，叶萧走上去问："他怎么样？"

烛光照着黄宛然的脸，这个三十八岁的温柔女人，正是最有风韵的年纪。她轻声回答："伤口的情况都不严重，现在看来已经没事了，刚才他醒过来一会儿，还能够说话了。"

"说了什么？"

"好像是法语吧，我没听清楚。"

这时，躺着的法国人又开始说话了，吐出几个法语单词，屋里谁都听不懂。厉书坐到床边对法国人耳语了几句，他缓缓睁开了眼睛。

"你懂法语？"

"不，我说的是英语。"

厉书继续和法国人说话，而法国人也似乎听明白了，便吃力地用英文回答。叶萧担心他的身体，但黄宛然示意没问题。成立走上来搂住她的肩膀，冷眼看着屋子里的人们。

幸好这法国人也会说英文，而厉书的英文听起来很棒，两人简单地交流几句。然后厉书用中文转述道："他是法国人，全名叫'亨利·丕平'，今年三十五岁，常住在巴黎。"

亨利睁大恐惧的眼睛，看着眼前的几个中国人，还有这陌生的屋子、窗外无尽的夜雨，以及那点幽暗的烛光。厉书急忙用英文安慰他，告诉他这里都是好人，他们救了亨利的命。叶萧又催促道："他怎么会昏倒在路上的？"

厉书追问了好几句，黄宛然给亨利喝了口水，他才断断续续地回答。厉书做了同声翻译："他们是法国来的旅游团，全团人是昨天到的清迈，今天早上就出发去兰那王陵了。"

"他们也路过那吃猴脑的村子了？"

"不，他们早上八点就出发了，很早就开过了那个村子，没有停留下来吃午餐。"

成立摇摇头说："看来法国人要比我们走运。"

厉书又和亨利沟通了几句，费力地翻译说："他们在车上吃的午餐，这时公路上出现了一条狗——那条狗从路的中间横穿了过去，大巴开得太快来不及刹车，当场就把狗轧死了。"

"真惨啊！"

黄宛然面露恶心地拧起了眉头，也许她在家也是养狗的。

叶萧叹了一口气:"其实,长途司机经常碰到这种事情,特别是在这种山路上,就怕这些小猫小狗出现,倒霉的话会车毁人亡!"

"法国旅行团的司机停了车,本想把车头收拾一下就开走,突然从林子里出来一个老太太——亨利说这老太太简直像传说中的妖怪,披着长长的白发,佝偻着瘦小的身体,穿着一件全身黑色的衣服,长得不像当地的泰国人,眼窝深深地陷进去,鼻梁高高的像吉普赛人。"

接着亨利又说了一大堆英文,看来精神已恢复许多了。厉书用中文解释道:"那个老太太抱着被轧死的狗痛哭,看来和这条狗的感情很深。她浑身沾满了狗血,口中不停地念着咒语。司机想要把她劝开,但她凶狠的样子让人害怕。车上的游客们都很怜悯她,大家凑了一百欧元赔偿给她,但谁都没有想到——老太太居然将一百欧元的大钞撕碎了!"

成立轻蔑地说:"也许她根本就不知道欧元长什么样吧。"

厉书也不理会这家伙,继续做亨利的同声翻译:"老太太撕碎了钱后,又对着旅行团的大巴,念出了一长串似乎是诅咒的话,还用狗血在大巴车身上画了什么符号。司机也被她吓住了,不敢去擦那个符号。亨利也说不清楚符号的具体样子,总之十分怪异。司机再也不管老太太了,继续开着旅游大巴前进。大约十几分钟后,车子开到公路转弯的地方,司机突然浑身发抖抽搐起来!"

黄宛然已听得入迷,仿佛在看一部恐怖电影,急忙又给亨利喝了一口水。法国人看着窗外的雨夜,战战兢兢地说了许多英文,语气越来越恐惧。

叶萧已基本听懂了,但仍让厉书口译一遍:"司机像被邪魔附身,车子在公路上乱开起来,而亨利也被晃得晕车了,打开窗把头探出去要呕吐。没想到大巴竟冲出了悬崖,正好把他整个人都甩出车窗。他只感到一阵天旋地转,身后的车子上惨叫声一片,接着就摔倒在公路上,失去了知觉。"

"这小子真是因祸得福啊!"成立摇了摇头说,"不然要在悬崖下送命了!"

亨利想要挣扎着爬起来,用英文问车上其他人怎么样了?但厉书没有直接回答他,担心可怕的真相会刺激到他,只说在公路上发现他一个人躺着。

然后,黄宛然要亨利继续休息,成立让她到另一个屋睡觉,由他在旁边陪着法国人。

叶萧和厉书走出房间，嘱咐黄宛然把门窗锁好。他们又看了十五岁的秋秋一眼，这少女只是冷漠地站在一边，像被塑料薄膜包裹着，鲜艳而难以触摸。

他们走上黑暗的楼梯，回到五楼的房间内。叶萧重新点亮了蜡烛问："你相信那法国人说的话吗？"

"难以置信——法国旅行团的司机中邪了？是那个老太婆的诅咒吗？"厉书不禁坐倒在沙发上，就像在自己家里似的，"你知道蛊吗？"

"蛊？"

叶萧当然知道这是什么，只是装作不懂地摇摇头。

"中国西南地区和东南亚常见的巫术，也可能是一种毒术和昆虫控制术，通常都是由老太婆来下蛊，被施了蛊的人就会遭到大难！我编过好几本关于'蛊'的惊悚小说，许多次深夜看稿之后就失眠了。"

"不排除这种可能吧。但是，我觉得这个法国人可能在撒谎！"

"为什么？"

"直觉——警察的直觉。"叶萧不动声色地说道，"也许今天是一个离奇的日子，我们也才会来到这个离奇的城市。"

"离奇？"

正当他们绞尽脑汁之时，窗外的黑夜里传来一阵惊天动地的巨响，紧接着地板和墙壁都开始摇晃……

"天哪！那是什么？"

他们恐惧地扑到了窗口。

2

此刻，三楼的窗玻璃裂开一道缝隙。

那巨响如雷鸣般震耳欲聋，随着外面倾盆而下的暴雨，整栋楼都在瑟瑟颤抖着。

"啊！"

林君如捂住耳朵，吓得躲进了墙角，灰尘把她的裙子弄脏了。一盏壁灯从墙上掉下来，随着窗外的巨响而摔得粉碎。另一个女孩赶紧吹灭

蜡烛，免得倒了引起火灾。

在屋子陷入黑暗的同时，那声巨响也渐渐平息了下来。

三十秒后，一切又恢复死寂，只有黑夜里永无止尽的大雨。

"是什么声音？"林君如依然藏在黑暗的墙角，双手抱着头说，"以我在台湾的经验，这可能是高强度的地震！"

"你果然是台湾人？"

"我是在台北出生长大的——地震后的一分钟内是最具有破坏性的，七年前我妈妈就死于'920'大地震中。"

"对不起。"

时间又过去了三分钟，但地板和墙壁没有再摇晃，不知道还会不会有余震。林君如小心翼翼地爬起来，拍了拍裙子上的灰，把头探到窗口看了看，外面的雨夜漆黑一团，只能隐隐看到绿树对面的建筑。林君如长吁了一口气，但心底依旧没有平静下来，七年前的悲惨经验告诉她，等待灾难将要发生的时刻是最恐惧的。

除了外面的大雨声外，她还听到了某种轻微的声响，对面那女孩在做什么？屋里没有一丝光线，看不清对方的脸，那声音就如飞虫舞动翅膀般轻微，悠悠缠绕在两个年轻女子的耳畔。

林君如忍不住打开手电，一圈白色的光束里，是对面女子半睁的眼睛，还有她鬓边挂着的耳机——原来她在听 MP3。

"哎呀，我还以为是地震又要来了呢！"

对面的女子二十五六岁，瓜子脸上镶嵌着一双大眼睛，在手电光束下宛如一尊佛像。她似乎没听到林君如的话，依旧戴着耳机背靠着墙，眨了眨长长的睫毛，安然不动地闭上双眼。

林君如佩服地摇摇头："你真能静得下心来啊！我们被困在这鬼地方，随时可能会有大地震。我都已经一身冷汗了，你却好像还在度假。"

其实，对方已经听到她的话了，便报以一个神秘的微笑，鼻尖微微扬起，嘴角嚅动着说："现在我们最需要的是音乐。"

"音乐？"但在这寂静冷酷的夜晚里，音乐实在是太不搭界了，林君如苦笑了一声说，"有这么重要吗？"

对面的女子却一点都不害怕，反而像是在享受这种恐惧的感觉，忽然又睁开眼睛，用异常标准的北方话说道——

"当音乐响起，你便如同置身于海洋中，每一个出现的音符就像激起的浪花，抚面而过；你想要抓住她，但她早已经过你的身体漂向彼岸，所以面对音乐，你只能静静地听。"

她的声音不快不慢，在手电光圈里送出声波，荡漾在这黑暗的屋子里，似乎能溶化所有的寂静，还有林君如那本能的恐惧。

"啊——"林君如果然也被她打动了，便关掉了手电光束，让对方继续在黑暗中听MP3，"你说的真好！"

"呵呵，这不是我说的话。"

"那是谁说的？"

"苏格拉底。"

原来是古希腊哲人说的话啊，看来苏格拉底先生也是个音乐发烧友，让林君如想起台北和上海的"钱柜"来了。

"对了！"林君如突然拍了拍脑袋，"直到现在，我还不知道你叫什么名字呢？"

"萨顶顶。"

"听起来有些耳熟，你是做什么的？"

黑暗中闪烁着一双美丽的眼睛："搞音乐的。"

"歌手？"

对方沉默了片刻回答："也算是吧。"

"天哪，我想起来了，我在电视上看到过你演唱，非常好听！萨顶顶？就是你？"

"对，你也可以叫我顶顶。"

两个年轻女子在黑暗中对话，却未曾等到那预料中的猛烈余震。顶顶摘下MP3的耳机，站起来点燃了蜡烛，昏黄的光照亮她的脸，长长的睫毛下明亮的眼睛，配合着眼线和脸的轮廓，竟有种敦煌壁画里女子的感觉。

"顶顶？怪不得你这张脸很熟。"林君如这才坐在床上，这是一张双人大床，应该是一对夫妻睡过的。她摸着自己的肩膀说，"在这种吓人的地方，我一个人肯定睡不着，我们两个都睡在这好吗？"

"好吧。"

顶顶盘腿坐在床上，却没有睡觉的意思。她在想这次旅行发生的一切，从刚到泰国就发生的政变，到大城古城见到的令人惊叹的佛像。还有今天从清迈出发，旅行团一路上的惊心动魄。下午，她惊奇地见到了一座

群山中的城市，就像睡着了一般寂静无声。脑中被隐藏的记忆，仿佛一下子被唤醒了——就是它，眼前的这座城市，神秘缭绕着的雨雾，将她从遥远的北京召唤至此。

还有，傍晚从厕所出来时见到的男人。她知道他的名字，也知道他在小说里的事，但他究竟是怎样的人？从镜子里看到他那双眼睛，却好像被一层雾遮盖着，他想说什么？

林君如已经吃力地躺下了，她吹灭了床边的蜡烛，嘴里自言自语道："今夜还会有余震吗？"

而顶顶依旧盘腿坐着，她细细的腰身和身体的轮廓，都酷似黑暗中沉睡的神像。忽然，她听到了什么——不是窗外的巨响，也不是地震时的前兆，而是客厅里轻微的细声，说不清是什么东西，就像从她的心上爬过，让人浑身直起鸡皮疙瘩。

她总算站到了地上，轻轻地来到客厅里，用手电照射着每一个角落。似乎并没有什么异样，但她们的行李箱有些不对劲，林君如的箱子还破了个洞。那声音又从厨房响了起来，顶顶踮着脚尖走进去，只见几条黑影从地下穿过。她的心跳剧烈加快起来，用手电扫射着地下，一直追到了卫生间里。

光束正好对准了浴缸，她看见几只硕大无比的老鼠！

黑色的老鼠飞快地跳进浴缸，又钻进了敞开的下水孔，它们像蛇一样扭动身体，迅速消失在手电光束中。顶顶吓得几乎摔倒了，她拼命深呼吸，让自己镇定下来，然后找来一堆破布，将浴缸的下水口牢牢地塞住。但她还是不放心，又用一脸盆的水压住它。

突然，一只手轻轻搭在后肩，顶顶毛骨悚然地回过头来，却看到林君如茫然的脸："你看到什么了？"

"老鼠。"

林君如面如土色道："啊？"

"老鼠都跑了，很大的老鼠。"

"在地震、海啸、台风等自然灾害到来前，最先有反应的通常都是老鼠，它们会预知到灾难发生并逃命。"

顶顶却不动声色地回到卧室："那就让灾难早点发生吧。"

3

已经十点钟了，那雷鸣般的声音没有再响起过，窗外依旧是令人心悸的大雨。

在旅行团借宿的居民楼第五层，叶萧与厉书的房间隔壁，正点着一枝幽暗的蜡烛。跳跃的烛光照亮了孙子楚的脸，他的对面是年轻的导游小方。

"那声音怎么又停了？"

"地震？"

"鬼才知道呢！"小方激动地挥舞着拳头，"我该怎么办？该怎么办？"

导游才是旅行团里最紧张的人，他肩上承担着十几个游客的生命安全，出任何差错都是他的责任——而现在都不知道怎么赔偿给游客了！

食物中毒……野兽袭击……司机迷路……失去通讯……甚至不知道自己在哪里！随便哪一条罪名，都足以让他丢掉饭碗。要是有人有个三长两短，他甚至还有上法庭的危险——而这想象中的全部，都是建立在他们可以重返人间的基础上。

万一，要是出不去呢？

小方立即打了自己一个耳光。不要再胡思乱想了，但愿现在的一切都只是噩梦，明早醒来已在清莱的酒店里了。

"我睡觉了，你有什么事就叫我。"孙子楚拍了拍小方的肩膀，"哎，本想仔细看看传说中的兰那王陵，现在却走进了另一座坟墓！"

这家伙说话一向没什么忌讳，走进隔壁卧室就睡了，只扔下小方孤零零地坐着。他看着窗外难熬的夜晚，又想起今天大家看他的目光，那一张张充满怀疑的脸，似乎都想把他吞噬。

小方大学读的就是国际旅游专业，刚毕业就进了国内最大的一家旅行社。开始是带国外游客在中国旅游，那可是很令人羡慕的职业。今年旅行社突然内部调整，他被调到出国旅游部了。他的英文和法文都不错，原本想去带欧洲团。但因为旅行社的人事斗争，结果被发配去了东南亚。小方本来就憋了一肚子火，但又不敢发作，只能忍气吞声地去泰国踩点。

当他半年前踏入兰那王陵，看到那巨大的陵墓时，整个人都仿佛被抽干了一样。他跟着旅行社的同行们，踏入幽暗的王陵地宫，灯光照亮

第三章 ■ 断 手

了兰那王的棺材，传说中的女王就躺在其中。小方偷偷地摸了摸石棺，居然还有活人般的温度。他急忙将手抽了回来，只见对面的洞窟上，雕刻着一个奇异的佛像——简直太像真人了，栩栩如生地睁大着眼睛，似乎不是雕刻在石头上的，而是一张被岁月洗涤过的黑白人像照片。

地宫里的佛像在对小方微笑。刹那间，他感到某种被征服的感觉，似乎自己的灵魂已永远留在了此地。

就在这样的回忆中，他缓缓闭上眼睛，那个神秘的微笑就在眼前……

不知隔了多久，大约已是子夜时分，一阵轻微的敲门声响了起来。

小方警戒地睁开眼睛，黑暗中摸着来到门前，大声问道："谁？"

但外面并没有人回答，会不会是自己的幻觉？正当他准备回屋睡觉去时，那敲门声又响了起来——不，绝对不是幻觉，外面真的有人。

他又大声问门外是谁，但那个人只知道敲门，并没有任何回答。小方恐惧地回头看看，又跑到孙子楚的房间里，却发现床是空着的！他急忙打开手电筒，去卫生间和厨房找了找，但孙子楚早就不见踪影了。

天哪，这家伙跑哪儿去了？

房间里只剩下小方一个人了，他焦虑不安地站在门后，而那可怕的敲门声还在继续。小方深吸了一口气，左手端着手电筒，右手拿起一把铁扳手。

颤抖了几秒钟后，他缓缓打开了房门。

然而，楼道里黑暗一片，他用手电筒照了照四周，连个鬼影子都看不到。

阴冷的风吹进走廊，潮湿的空气让人头晕。小方警觉地看着楼梯，隐隐有什么脚步在移动。他走到隔壁房间门口，忽然身后的房门竟开了。

他吓得躲到了一边，但手中的手电却暴露了自己，另一道电光打在了他的脸上。小方下意识地眯起眼睛，只见门口站着个五十多岁的男人。胡子拉碴紫黑色的脸庞，看起来已饱经风霜。

"童建国？"小方叫出了旅行团里最长者的名字，"你怎么会出来的？"

"该由我来问你这个问题。"

童建国的名字顾名思义，出生于1949年，他紧盯着小方手里的铁扳手。

小方立即把扳手藏到背后："这是，这是我用来防身的。"

"是吗？晚上睡不着觉？"

"对。"

童建国用手电晃了晃小方的眼睛："我觉得你有问题。"

"什么？"

"你是我们旅行团的导游，只有你最清楚我们走过的路线，怎么可能会迷路呢？也是你带我们去了那个村子午餐，吃了该死的'黄金肉'，结果让大猴子缠上了我们，你会不会是故意的？先把我们引到这个鬼地方来，再把我们一个个都干掉！"

小方终于忍不住了，推开童建国的手喊道："你在说什么啊？请不要随便怀疑人！"

"哼，小子，你自己小心点吧！"

童建国随即回到门内，重重地关上了房门。楼道里又剩下小方独自一人，他用手电照射着黑暗的前方，茫然而不知所措。

突然，身后有人喊起了他的名字："小方！"

他缓缓回过头来……

4

长夜漫漫。

旅行团在神秘城市的第一夜过去了。

凌晨五点。

我们的司机睁开眼睛，这里是住宅楼的二层，房间里更加幽暗。他艰难地爬起来，走到紧闭窗户的跟前。

雨停了。

外面的世界寂静无声，偶尔有水滴从楼上落下，他庆幸自己活到了第二天。

这泰国汉子又坐倒在床上，从怀里掏出一个小小的佛像，默念起小乘佛教的经文。他念完经又打开手机，依然没有任何信号——昨晚本该给妻子和儿子打电话报平安的，想来他们又过了一个忐忑不安的夜晚吧。想到这里他捏紧了拳头，重重捶在自己胸口，下午怎么会开迷路了呢？这是旅行社司机最忌讳的事情，就算明天能够逃出去，公司也会把他开除的吧？

天哪，佛祖保佑自己不要被开除！1997年泰国金融危机，他原来所在的旅游公司倒闭了，他曾失业长达整整一年。那是噩梦般的一年，只能四处打零工开黑车营生，就连妻子也一度去街头拉客。最可怜的是刚满一

岁的儿子，生了场大病却没钱送医院，很快就夭折了。他把死去的孩子送进寺庙，浸泡在药水里成了一名"鬼童"——灵魂永远不会转世投胎，孤独地飘荡在尘世间。后来泰国经济好转，他才又找到了这家旅行社工作，妻子又给他生了一个儿子。他发誓不能再让妻子受累，让孩子受苦了。

但是，噩梦好像真的来了——在接到这个中国旅行团的晚上，泰国就发生了政变。然后，他开始梦到了魔鬼，骑着白马长着翅膀的魔鬼，那种在大王宫里常见的雕像。在他带旅行团离开曼谷的前夜，他去寺庙看夭折的第一个儿子。"鬼童"仍然浸泡在药水里，就像刚从家里抱出来那样。忽然，他看到死去的儿子睁开了眼睛！那双惊异的瞳孔竟与成年人一样，里面装着一座沉睡的城市。他跪倒在死去的儿子跟前，他知道孩子的灵魂正看着他，也许是对父亲的某种警告？

那晚他很犹豫要不要出车，但旅行社已无法调派其他司机了，如果不开车的话一定会被老板解雇，他只能硬着头皮上了大巴，带着旅行团前往大城府。

昨天，旅行团来到清迈，照例要游览著名的双龙寺，又名舍利子佛寺。寺院正中有一座大金塔，据说保存着佛祖释迦牟尼的舍利子。司机也跟着大家进入寺庙，跪在 600 多年前锡兰传入的帕辛佛像前，祈祷儿子的灵魂安宁。

然而到了晚上，那个噩梦再度降临，双翼魔鬼骑着白马来到，还驮着一个浑身黑色的小男孩——"鬼童"，那是司机的儿子，不断悲惨地呼号着，直到他从噩梦中醒来。

他整晚都没有睡好，早上起来开车就无精打采，在车子驶上危险的山路时，只能唱着小曲来排解恐惧。可他还是开错了路，带着旅行团进入了迷宫般的峡谷，这究竟是怎么回事？

难道那魔鬼已缠上他了，或者就站在自己身后？

司机恐惧地回过头去，看到那个魔鬼露出獠牙，对他邪恶地微微一笑，然后消失在了空气之中。

"你是谁？"

他狂怒地大喝了一声，然后拿起一根棍子，拼尽全力向空气中砸去。仿佛这辈子所有的厄运，都拜这位魔鬼所赐。

随后司机无力地坐倒在地，只想等待天明快些到来，他可以开着大巴去加油站，带着旅行团尽早离开这鬼地方。

突然，响起了一阵急促的敲门声。

司机感到有些奇怪，现在天还没有亮，会是谁来敲他的门呢？会不会是这房子的主人回来了？

他急忙小心地走到门后，贴着门缝用泰语往外喊："谁？"

门外却响起了中国话："是我，孙子楚！"

他当然记得这位博学多才又似个话涝的中国大学老师，司机赶紧为他打开房门，并用手电照着孙子楚的脸。

这家伙套拉着一张还没睡醒的脸，却硬是要把眼睛睁大，惊慌失措地他喊道："小方……小方……他不见了！"

"不见了？"

司机也感到莫名其妙，并换用汉语问道。

这时，同屋的屠男也被他们吵醒了，揉着眼睛跑到门口："吵什么啊？不让人睡觉了啊？"

孙子楚赶紧解释了原因：他和导游小方暂住在一套单元房里，但凌晨时孙子楚爬起来上厕所，却发现小方的床上空空如也。再打着手电找遍屋里每个角落，也不见小方的踪影，而他的行李和各种随身物品，都还好好地留在房间里。

"他有没有到你这里来？"

原来，孙子楚怀疑导游小方来找司机商量事情了。

"没，没有啊！"

司机连忙摇头，一晚上都没人敲过他的门。

"奇怪了，那他到哪里去了？"

"会不会有游客找他？"司机好不容易才吐出一句完整的汉语，"把他拉到其他房间里去呢？"

"好！我去每个房间都问一下！"

孙子楚风风火火地就要去敲隔壁房门，屠男却拉住了他说："你看看现在才几点啊，人家肯定在呼呼大睡流口水呢，你缺德不缺德啊！"

"去你妈的！"

孙子楚丝毫都不顾忌别人的面子，举起拳头便敲响了隔壁房门。

司机和屠男都只能摇头，他们足足等待了两分钟，房门才被小心地打开，杨谋端着手电照着他们说："你们干嘛啊？现在是几点啊？"

"导游小方有没有来过？"

"神经病！"

随后杨谋愤愤地关上了房门，碰了一鼻子灰的孙子楚继续敲着门，直到杨谋再度开门大声地说："他没有来过！求求你们不要再折腾了好吗！"

孙子楚沉默了几秒钟，自言自语地说："好吧，二楼排除了，我们去三楼！"

其他两人也只能跟着他，来到三楼敲响一间房门，又是等待了许久之后，门里响起一个柔和的女声："谁啊？"

"我是孙子楚，请问导游小方有没有来过？"

"没有！"

说话的声音是玉灵，显然受到了刚才那句话的刺激——若是半夜里导游小方来过，岂非是坏了自己的清誉？自然是打死都不会承认的！

孙子楚又敲响了另一间房门，照例是等了两分钟，然后吃了一个闭门羹，还被门里的台湾女生痛骂了一顿。

无奈之下，他们又硬着头皮上了四楼，敲响了最大的那套单元房门。

一分钟后，房门打开了，里面闪烁着手电光，四十多岁的成立拿着根棍子，气势汹汹地站在门口。

孙子楚也只能客气地提出了问题，但得到的回答却是："没有，请你们滚吧！别吵醒我女儿。"

大门重重地关上以后，屠男拉了拉孙子楚的衣角，轻声道："算了吧，我们还是回去睡觉吧，说不定小方很快会自己回来的。"

但孙子楚猛摇了摇头："再去五楼！"

屠男和司机都输给他了，只能痛苦地走上了最高一层。

五楼——正当孙子楚要敲叶萧的房门时，黑暗中响起一声惨叫！

那是个年轻女人的声音，听不清在喊什么，似乎就在楼道外面。他们的心几乎要被震碎了，立即用手电照射楼道，果然看到一个晃动的影子。

屠男快步冲了上去，一把抓住那个人的手，却听到了一句极熟悉的英语："Shit！"

他立刻也回敬了一句："我靠！"

这时手电才照亮了对方的脸，原来是那个二十多岁的美国女孩。

她慌乱地披散着头发，面色苍白地对着他们，嘴里已语无伦次了。

屠男又用蹩脚的英语问了几遍，美国女孩才开始用中文回答："楼上……楼上……"

楼上？这已是住宅楼的最高一层了，哪里有什么楼上呢？

除非——是顶楼的天台。

她却向走廊的尽头跑过去，原来还有一个小楼梯，看样子是通往楼顶天台的。

美国女孩轻轻指了指上面，司机第一个走上天台，屠男紧紧跟在后面。

雨已经停了，天色微微放明。

天台上仍积了一些水，凌晨阴冷的风从四周吹来，空气湿得要把人溶化。

三人来到空旷的天台，屠男小心翼翼地向四周张望，周围的楼房大多比这个还要矮，登高远眺可以见到城市的大半，但许多街区都被茂密的大树覆盖了，只能看到一簇簇绿叶和屋顶。他回头看着美国女孩问："What？"

"在你后面——"

屠男和司机转过头来，才发现在身后的天台栏杆边，躺着一个男人的身体。

他们扑到那个人身边，看到了一张恐怖到极点的脸——整个脸都溃烂了，简直惨不忍睹。死者的手指深深抓着地面，几乎把水泥抓出了白点子。

唯一可以看清楚的是他的眼睛。

不！只是一对眼珠子，因为眼球几乎已弹出了眼眶，空洞地注视着阴沉的天空。

他看到了什么？

究竟有什么可怕的东西，才能让一个人的眼睛如此恐惧？

屠男倒吸了一口冷气，差点腿一软就摔倒在地。就连见多识广的司机，也赶紧闭上眼睛，双手合十默念往生超度经。而美国女孩就躲在他们身后，不敢再看那尸体第二眼了。

"可怜的小方！"

5

凌晨五点五十分。

叶萧、孙子楚、厉书、屠男、司机、钱莫争、童建国，还有最早发现尸体的美国女孩，全都聚集在五楼的天台上。

尸体依然躺在栏杆边——正是他们的导游小方。

他是第一个!

十分钟前,美国女孩带着屠男等人来到天台,发现了这具可怕的尸体。

司机辨认出了小方的眼睛,还有他的衣服也没有换过。在小方的裤子口袋里,是他的护照和各种证件。司机还记得小方手上的疤,果然与记忆中分毫不差。虽然整个脸都不成人形了,大家还是看出了他的样子,毫无疑问他就是导游小方,不幸惨死在了天台上。

随后,孙子楚狂奔到楼下,将五楼另外两间房门敲开,带着叶萧、钱莫争等人跑上天台。

此刻,人们围成一圈看着小方。每个人都不敢开口说话,沉默像天上的乌云般,笼罩着这座城市和这些人。

终于,有人蹲下来呕吐了。

厉书再也支撑不住了,把昨天的晚饭全吐了出来。而美国女孩已经吐了两回,胃里再也吐不出东西了。

叶萧抬头看看天空,长叹了一声:"最担心的事还是发生了!"

"你是警官。"孙子楚抓了抓他的衣服说,"这里由你说了算!"

"不,我没有带任何工具,现在没法判断小方的死因。而且他的脸都烂成这样了,肯定有很特殊的缘故。大家请各自后退几步,离尸体远一点,以免破坏案发现场。"

他又开始了现场指挥,好像周围都是他手下的探员。当大家都退到很远时,叶萧回头叫住了那美国女孩:"你叫什么名字?"

"伊……伊莲娜。"

"你中文说得很好,在哪儿学的?"

"我在美国读高中时就开始学了,后来在北京和上海都学过中文。"

叶萧突然把脸沉下来:"你是怎么发现导游的尸体的?"

"我?"伊莲娜不敢看他的脸,扭过头说,"我一夜都没有睡着,刚才实在忍不住了,就悄悄出门转了转。"

"到哪儿去转了?"

"不,我没有去哪儿,就是在这栋楼里面,从三楼走到五楼,再想到天台上看看——于是,就发现了这具尸体。"

伊莲娜紧张地回答,许多汉字声调都错得离谱,与她昨天的流利完全不同。叶萧摇了摇头:"好吧,你回房间休息一下吧。"

然后他又对厉书说："你送她下去吧。"

厉书擦干净刚呕吐过的嘴巴，便带着伊莲娜下楼去了。

"你怀疑这美国女孩？"

孙子楚轻声在叶萧耳边问。

"不知道。"

叶萧的沉默像这座城市一样令人捉摸不透。

这时屠男嚷嚷起来了："我看她八成有问题！一个女孩子，怎么会凌晨五点半出来转悠？还偏偏跑到了这个天台上？不是说好了晚上不要出来的吗？"

倒是钱莫争为伊莲娜说话了："美国人嘛，可能想法就和我们不一样。"

"小方到底是怎么死的？是谋杀还是意外？还是其他什么原因？"

"我说过我不知道！"叶萧捏紧了拳头，他知道自己并不是福尔摩斯，连半个华生都及不上，他只有心底的愤怒和火焰，"我只是不明白，小方为什么会到天台上来？从周围的痕迹来看，他不可能是在其他地方遇害以后，又被拖到天台上来的。"

"尸体在天台的栏杆边上，会不会是想要跳楼自杀呢？"

"不排除他有自杀的可能，但最终伤害他的肯定是其他原因。"

"是恶魔鬼，是恶魔干的！"

司机骤然狂叫起来，接着飞快地跑下了天台。

叶萧摇摇头说："我们也快点下去吧。"

"那小方怎么办？"

"就让他躺在这里吧，我们不能破坏现场，更不能移动尸体，否则会破坏更多的线索。等我们逃到清莱或清迈以后，再带泰国警方回来处理尸体吧。"

钱莫争却皱着眉头说："这里有很多鸟，还有老鼠，这些小动物都会破坏尸体的！"

"那我们只有祈求老天保佑小方了。"

说着，叶萧第一个走下了天台，其余人也只能跟着他下来。

在他下楼梯的时候，走到童建国身边问："昨晚，我似乎听到门外有人在说话。"

"哦，真的吗？"五十多岁的童建国一脸平静，"我整晚上都在睡觉，除了那声巨响之外，没有其他的动静。"

第三章 ■ 断手

叶萧没有再说下去，只是看着童建国回到五楼的房间。

他一个人站在冷冷的楼道里，抬头看着天花板。仅仅隔着一层水泥，天台上正躺着一具可怜的尸体。

"也许，真是恶魔干的？"

6

晨曦。

如水珠从窗户洒进来，渗透入玉灵的眼皮，逐渐刺激着瞳孔收缩，越来越小越来越小——变成一个细微的针眼，突然出现了导游小方的脸，就在针眼里缓缓破碎，挤出浑浊的绿色尸液，整张脸全部腐烂剥落下来，变成一具白色的骷髅。

骷髅头穿过瞳孔的针眼，进入玉灵的大脑深处。

"啊！"

她猛然睁开眼睛，从床上直起了身子，天光刺激双眼很难睁开，窗外寂静无声连鸟鸣都没有。

后背满是冷汗，她解开胸围坐在窗台，胸口这才舒服了一些。真想现在就脱了衣服跳进河里，泰家乡村女孩几乎每天下水洗澡，并不避讳什么授受不亲。或许每天接触大自然的水分，才能让年轻的女子美丽动人吧。

现在刚过清晨六点，她居然又睡着做了个梦。十几分钟前，敲门声把她从沉睡中叫醒，孙子楚在门外询问是否见到小方。真是活见鬼了，她和小方是第一次认识，即便是导游同事的关系，有什么事不能天亮说吗？

等她把孙子楚等人骂走后，却发现同屋的美国女孩不见了。玉灵又在房间里找了找，发现伊莲娜所有的东西都在，只是人不知道跑哪去了。她也接待过美国的游客，知道美国人喜欢夜生活，不过这里到哪儿去HAPPY呢？

伊莲娜是个典型的美国女孩，说话做事都雷厉风行，总是一身运动探险的装束。白天好像不把自己当个女人，只有晚上睡觉之前，才换身睡袍放下头发，做个面膜保养一下。她的中文说得真好，从十四岁就开始学了，和玉灵说起话来像汉语考级比赛。她们的母语都不是中文，却必须得在这一群中国人里，来到这曾经居住华人的城市，睡在一对年轻华人夫妇的庆上。

两人聊到子夜过后，其实主要是伊莲娜在说话，偶尔夹杂几句英文，简直把中美两国的贫嘴饶舌合二为一。聊到后来玉灵困得支撑不住了，伊莲娜还在对面滔滔不绝，几乎要唱出顺口溜了。

直到那地震般的巨响，才封住了伊莲娜的嘴巴。玉灵从小在泰北长大，也从没遇到过这样的地震。她们赶紧缩到床上，抱着脑袋祈祷房子不要塌下来，就在恐惧中渐渐睡着了……

刚才怎么会梦到导游小方的？不过是第一次见面，就遇上了这么倒霉的事。对，孙子楚不是说他不见了吗？大概就是受到这个影响吧，可小方会去哪里呢？从第一次见到他起，就感到他的眼睛里藏着什么。那时大家还没开始拉肚子，山魈也没跳到车顶上。而小方依旧是忧愁的面容，就连看她的表情也如此古怪——虽然通常男人都会多看她几眼，但绝不是小方的那和眼神，似乎带着几分怀疑与不信任。既然如此，他为何当场不说出来？却还装作完全信任她的样子，继续旅行团的行程，很快就暴出了"黄金肉"的秘密，接着便是"山魈来袭"。

小方？

他究竟怎么了？梦代表了什么？是真实发生的事情，还是某种奇特的预兆？玉灵不愿再想下去了。

她缓缓穿戴好筒裙，摸了摸自己吹弹可破的肌肤，这二十岁的身体还未曾献给过别人。

窗外，又一片白色的雾气飘过，缭绕在青翠的树叶之间，视线像被蒙上了一层轻纱。

眼睛又似乎被微微刺痛了一下，这片白雾是如此熟悉又如此陌生，就像十六岁那年的清晨——少女玉灵从噩梦中惊醒，光着脚丫走出寂静的村子，她穿过碧绿的稻田，进入那片黑色的森林。传说这里被恶魔和亡魂统治着，还有老虎、野牛、黑熊等猛兽出没，村里的坟场就在森林深处。

是的，就和眼前的白雾一样，十六岁的玉灵投入禁忌的森林，被神秘的白雾包裹起来。脚底是泥土、落叶和小动物的骨骸，沾满了冰冷的露水，湿滑地浸入皮肤和血管。耳边似乎响起某种声音，轻轻呼唤她的

第三章 ■ 断手

名字——

她在露水与白雾中走啊走啊，离身后的村子越来越远，直到完全被黑色的森林覆盖。那里如同永恒的地狱，正午都似傍晚般昏暗，光线被高大茂密的树冠阻挡，到处垂挂着藤蔓等植物。常有不知名的动物在树上叫喊，发出巨大而恐怖至极的声音，传说只要走到这种地方，便会永久地迷失方向，灵魂也将被恶魔们取走。

但玉灵似乎忘记了一切，只顾着穿破雾气去寻找那个声音。当她转过一颗大榕树时，忽然撞到了一个人。

一个僧人。

一个年轻的僧人。

一个年轻而英俊的僧人。

可惜是个僧人。

玉灵直视着他的眼睛，他也直视着玉灵的眼睛，他们都因在这个地方看到对方而惊讶。他大概只有十八岁，还没有完全长成男人的身体，一副瘦弱不堪的样子，或许好几天都没吃东西了。他的头发剃得很干净，一身僧袍却异常地破烂，脚边放着个缺口的陶钵。嘴唇上只有些绒毛，大眼睛里却闪烁着某种东西——多情又抑郁的目光，如此残忍又有些无奈。

白雾依然缠绕着他们之间，玉灵好奇地打量着他，柔声问道："你是谁？"

"谁是你？"

"我就是玉灵，刚才是你在叫我的名字吗？"

"不，是另一个人，另一个灵魂在呼唤你。"

"你从哪里来？"

"另一个世界。"

另一个世界——玉灵再度睁开眼睛，骤然回到二十岁的现在。那个记忆中的可怕清晨，已随着森林的白雾而不再清晰。

她抹去额头的冷汗，心里空虚的感觉，仿佛还停留在森林深处。面对三楼窗外的白雾，她闭上眼睛要忘掉那张脸，那张年轻的脸，年轻又英俊的十八岁的脸。

可惜，他是个僧人。

当玉灵难以从回忆中自拔时，外面响起一阵急促的敲门声，她像被针刺了一下跳起来，冲出去打开房门。

门外是美国女孩伊莲娜，旁边有厉书搀扶着她的身体。她变成了美版林妹妹，面色苍白失魂落魄，嘴里嘟囔着几句听不清楚的英文。

厉书的面色也不太对，他将伊莲娜送到玉灵房里，说了句"照顾好她"，便匆匆转身离去。

"到底发生什么了？"玉灵抓住伊莲娜的手，而她紧咬牙关不肯回答，"他欺负你了？"

伊莲娜立刻摇了摇头，虚脱似的坐倒在沙发，闭上眼睛再也不说话了。

玉灵盯着恐惧中的她，渐渐浮起那个针眼里的噩梦，渐渐剥落腐烂的小方的脸……

难道真的是他？

7

清晨七点，楼里的所有居民——旅行团成员都被叫醒了。

有的人还没睡够，脸上尽是眼屎骂骂咧咧。但更多的人是彻夜难眠，黑着眼圈变成了熊猫。叶萧让大家在屋里解决早餐，但不要动人家留下来的食物。他和孙子楚、厉书去了附近的小超市，"借"了很多保质期内的快餐食品回来。至于饮水问题，有人自带着小锅子，就把自来水烧开了饮用。

这顿特殊的早餐，足以让旅行团员们终生难忘——假定他们的终生不是很短的话。

然后，大家都被招呼出了房间，带着各自的行李物品。叶萧打开手机看了下，依然收不到任何信号，看来这里不会有手机店铺和移动业务了。随后他关掉手机，和大家商量着做出了决定——趁着早上没有下雨，由司机开车去加油站，加完油旅行团便离开这里。

各人拖着沉重的行李，十几号人艰难地走下楼梯，来到住宅楼外的巷道上。受伤的法国人亨利恢复很快，已能在别人搀扶下走路了。雨后的清晨异常湿润，每次呼吸都怕湿气把鼻孔堵住，很有中国西南的重庆或贵阳的感觉。

大家先是谈论昨晚那声巨响，所有人都被这声音吓到了，但谁都说不清那是什么，尽管来自台湾的林君如咬定是地震。

接着又有人发现导游小方不见了，再加上一个多钟头前，孙子楚等

第三章 ■ 断手

人打扰了许多人的好梦，便有人开始疑神疑鬼起来。

而屠男这家伙是个大嘴巴，竟把天台上的悲惨事件说了出来——叶萧气得差点扇他耳光，早上还关照过这件事要绝对保密，不能让大家陷入恐慌之中。他甚至已编好了一个理由：昨晚小方已出去寻找救援了，正带领援助人员向这里赶来。

但已经太迟了，小方的死讯传遍了整个旅行团。

女人们都恐惧地窃窃私语起来，连黄宛然的老公成立都搓着手说："糟糕了！法国人说的是真的！所有人都被那个老太婆诅咒了！"

林君如也紧张地问："连导游都死掉了，那我们该怎么办呢？"

杨谋的小娇妻恐惧地偎在新郎怀中——他们多半是来泰国度蜜月的新人，她有些神经质地说："已经死了第一个——还会有第二个吗？"

然而，玉灵的表情却没有变化。

虽然伊莲娜守口如瓶不说，玉灵仍隐隐猜到了噩梦成真。只是这可怕的消息来得太快，亦证实得太快了，就连她自己也说不清楚，究竟是如何猜出来的呢？

在玉灵如水的表面底下，却是一颗砰砰乱跳的心，她竭力让自己冷静下来："我要到天台上去看一看！"

说完她就要往楼道里冲，但叶萧一把抓住了她，在她耳边冷静地说："请相信我，小方已经死了，我不希望再有人看到他的样子。"

"真的吗？他死得很惨吗？"

叶萧默默地点头，目光沉着地对着玉灵。

两个人对峙了一分钟，最后还是玉灵认输了，缓缓退回到大伙中间。

又是令人窒息的沉默，死亡最大的恐惧，是能像瘟疫般传染给每一个人，谁都不知道下一个是谁。

突然，伊莲娜低声抽泣起来。厉书搂着她的肩膀，用英文轻声安慰了她几句。

玉灵已迅速恢复了镇定："大家不要惊慌，虽然小方发生了意外，但我会担负起他的责任，作为导游把大家安全带出去的！"

但是，现在谁会相信一个二十岁的泰国小姑娘的话呢？

叶萧让玉灵先留在这里，保持大家的稳定。

他和司机去开车加油，孙子楚和钱莫争也紧跟着他们。

四个人走出小巷，又注意了一下那辆无主的丰田车。清晨无人的街道上，弥漫着一股特别的白雾，地上积着许多昨晚的雨水。

钱莫争和司机快步走在前面，叶萧和孙子楚却落后了许多。孙子楚焦虑地说："我们快点赶上去吧。"

"等一等，我想单独问你一下。"

叶萧继续放慢脚步，在确信前面两人听不见他们的谈话后，便轻声问孙子楚："你和导游小方是一个房间的，也是你最早发现他不见了踪影。"

"是啊，有什么不对吗？"

"晚上小方有何异常？"

孙子楚想了想说："没什么啊！只是随便聊了聊天，就在那声地震般的巨响之后，我们就各自睡觉了。"

"他说到了什么？"

"没什么特别的，到了这种地方，又遇到这种事情，大家的心情都不太好，连我的话也少了很多呢。"

就这也算"话少了很多"？叶萧苦笑道："算了吧！你也不知道他何时出门的？"

"我不是说过了吗？凌晨五点多钟，我起来上厕所，才发现小方不见了。"

叶萧看着前面的司机和钱莫争越走越远，转头盯着孙子楚的眼睛："我问你，整个晚上，你都没有出过房门吗？"

"当然！问这个干嘛？你以为我是宁采臣啊，半夜里跑出去和聂小倩幽会？"

叶萧却不再说话了，将脸沉下来看着前头："快点跟上去吧！"

说罢他们两人快跑前进，很快追上了钱莫争和司机。

"你们两个在说什么悄悄话啊？"钱莫争回头调侃着说，"两个男人总是黏在一块儿，不正常哦！"

"胡说八道！"

孙子楚立即顶了一句，这时已转过了十字路口，四个人沿着进城大道向外走去。

巨大的刘德华广告牌下，就是旅行团的大巴——他们的诺亚方舟。

司机仔细检查了车子，一夜大雨冲刷掉了许多污垢，也没有其他人动过的痕迹。接着四人都上了大巴，司机坐上驾驶座发动车子，在发动机轰鸣中踩下了油门。

车子缓缓驶离广告牌，在叶萧的指示下开往加油站。

第三章 ■ 断手

8

车子经过进城大道，笔直开过了十字路口，很快来到加油站前。

这里的规模不小，设施也颇为现代化，和上海等地的加油站差不多，就连文字也都是繁体中文，当是所有进出城车辆的必经之地。

他们四个都走下车子，仔细查看空无一人的加油站。钱莫争大叫几声也没人答应，叶萧走进加油站办公室，发现收银台里还有很多钱，大部分是泰国铢，也有美元和人民币。司机则一直在摆弄加油的机器，他确定这里有汽油，在看怎么才能把开关打开。

这时，叶萧看到加油站对面站着两个人，他飞快地冲了出去——原来还是旅行团里的人，杨谋正端着 DV 拍着他们，身边依偎着他的新娘子。

叶萧走到他们跟前，严肃地问："干吗自己出来？不是说好等车子开过来的吗？"

"我是电视台的纪录片编导，拍摄 DV 是我的工作也是最大爱好。"杨谋尴尬地笑了笑说，"这次旅行所发生的神秘事件，我一定要用摄像机全程记录下来，这将是本年度最精彩的纪录片！"

叶萧摇摇头说："对不起，我可不想做你的演员。"

忽然，杨谋身边的新娘脸色大变，惊恐万分地尖叫了起来。

"你怎么了？小甜！"

杨谋放下 DV，紧张地抓住新娘的肩膀。

"瞧！那里有个人！"

新娘小甜抬起颤抖着的手，指向右侧的一条小巷子。

叶萧和杨谋都转头看着右边，巷口只有一棵茂盛的木棉树，并没有半个人影。她的尖叫声也吸引了对面的人，孙子楚和钱莫争都从加油站跑过来了。

钱莫争过来大声地问："你真的看到有个人吗？"

"是的，我真的看到了，但一眨眼就消失了。"

"是我们旅行团里的人吗？"

小娇妻斩钉截铁地回答"不！是一个年轻的女人，我从来都没有见过！"

叶萧迅速冲进巷子，孙子楚和钱莫争也紧随其后。这条巷子非常深，两边是些破旧的老楼,还堆放着乱七八糟的杂物,地面坑坑洼洼有许多积水。

那个影子,在小巷迷宫般的尽头,他似乎看到那个影子了!

然而,就在同一秒钟,他们听到身后传来某种奇异的声响……

惊天动地!

震耳欲聋!

加油站爆炸了!

在二又四分之一秒的瞬间,巨大的冲击波如狂风般卷过。叶萧只感到身后有一只大手,将他强行摁倒在了地面上。而周围的孙子楚、钱莫争、杨谋和他的新娘子,全都被冲击波重重地打倒了。

爆炸持续了二十秒钟。

时间停滞,世界噤声,万物轮回。

冲天而起的火焰,还有浓重的汽油味道,让所有人都感到一阵灼热。等到他们重新睁开眼睛时,四周全都是灰尘和碎屑——破碎的塑料招牌、玻璃渣子、扭曲的钢筋……

这就是传说中的人间地狱?

小甜的后背盖满了尘屑,幸好穿了一件长袖的厚衣服,否则非搞惨了不可。突然,有什么东西掉到了她头上,她抓起那东西一看,才发现是一只烧焦了的断手!

这是旅行团司机的手。

她尖叫着把断手甩出去,正好扔到自己老公的头上。杨谋揉着眼睛一看,又大叫着扔到孙子楚手中。孙子楚像接到个手榴弹,又赶紧塞进钱莫争怀里。钱莫争干脆往天上一扔。

最后,接住这只断手的人是叶萧。

他已经笔直地站了起来,头发给冲击波弄得像鸟巢似的,衣服沾满了泥水。他仔细看着这只断手——只剩下手掌和半个手腕了,还缺了两根手指——小指和无名指。

这只可怜的手完全被烧焦了,大概在爆炸的一刹那,就从司机的手上炸断了出去,又高高地飞上天空,最后落在了他们头上。

叶萧再回头看看加油站,烈火仍在燃烧,四周的空气仿佛被蒸发了。而旅行团的豪华大巴,则已被炸得无影无踪。车上所有的钢架和铁板,都被炸成了金属碎片,就连轮胎钢条也成了锯齿形!

而加油站则被炸成了平地,只剩下几块断垣残壁,还在被油库的大火灼烧着。浓烈的黑烟升上天空，几乎把半个城市都覆盖了。

　　唐小甜痛哭着躲进杨谋怀里，孙子楚和钱莫争也互相支撑着，他们脸上都满是泥泞和烟尘。还算是这五个人命大，没被炸出来的金属碎片击中，否则很可能被切断脑袋或手脚。

　　而叶萧依旧抓着司机的断手，似乎那剩下的三根手指还在抽搐！

　　孙子楚倒吸了一口冷气，拍着他的肩膀说："把这个东西放下吧，我们的司机死了！"

　　我们的司机死了。

　　他是第二个。

第一季

沉睡之城

1

第四章 ■ 绝境

　　但叶萧把那只断手抓得更紧了。他呆呆地看着继续燃烧的加油站，真想大声喊出司机的名字，也许那可怜的灵魂还能听到？

　　然而，他甚至都不知道那司机的名字！

　　眼眶突然有些湿润了，但他强忍着，自己把眼泪藏在体内。是啊，司机一路陪伴着旅行团，但没有一个人叫得出司机的名字，这世界真不公平！

　　这个四十岁的泰国汉子，家里应该还有老婆孩子，还等待着他回家享受天伦之乐呢。但他却这么炸死在了这里，整个人都化为了碎片和尘埃——他的皮肤、骨骼和全身的器官，都"化整为零"地散布在周围的土地上，或许就在他们几个人的衣服上？而在这烈焰滚滚的空气里，则有他被熔化了的血液和体液。

"命运——命运真他妈残忍！一个活生生的人，就这么在瞬间化为乌有了。"

钱莫争轻叹了一声，他的脸也被烟熏黑了。

"至少他还留下了一只手！"

叶萧忽然觉得自己变成了地狱里的恶魔，拿着一只断手在烈火边行走着。他找到一团很大的破塑料布，将司机的断手包裹在布里。

现在看不出这是一只断手了，外人还以为是水果或零食吧？他把塑料包裹夹在自己掖下，冷冷地说："如果我们能够走出去，我会亲自把这只断手，交还给司机的家人。"

"你疯了吗？"

孙子楚大声地说，他的衬衫后背裂开了一道大口子，幸好只是擦破一些皮。

"好了，让我们想想是怎么会爆炸的？"钱莫争走近了加油站的废墟，火焰已退下去很多了，"当我们过来看那个影子的同时，司机也在给大巴加油。可能是他操作不当，也可能是这个加油站早有安全隐患。总之最不幸的是，有一点火星触发了汽油爆炸，最后连人带车外带加油站全都送上了天。"

杨谋已重新端起了 DV，他心爱的机器并没有受损，这是被他紧紧压在胸口底下的缘故——他宁可自己被炸死，也不能让摄像机受一点点的伤。

"也可能没这么简单！你们有没有想过？如果我们全车人都在车上呢？通常在加油的时候，乘客们大多也在车上，或者在车子的周围活动。那样发生爆炸的话，我们整个旅行团就全部完蛋了！我们现在也只能在地狱里讨论自己的死因了。"

孙子楚说出了自己的怀疑，他踢了一脚地下的碎砖块，脸上丝毫没有死里逃生的庆幸。

"你是说这个加油站，早就被人做了手脚？"杨谋一边拍着 DV，纪录这可怕的灾难，"那就是有人要故意害我们？通过这个加油站，把我们全部都消灭掉？"

"是的，也许一开始就是个大阴谋，通过让我们在山里迷路，再把我们引入这个鬼地方，直到加油站的大爆炸。"

孙子楚近乎疯癫地叫喊起来，他的精神要崩溃了。

2

但叶萧已恢复了冷静。

"别再乱想了！我们回去找大部队吧，我会向大家解释的。"

他们不再说话了，跟着叶萧向回走去，身后是惨不忍睹的大爆炸现场。

在第一个路口左拐，很快来到了那条巷口，整个旅行团都焦急地等待着他们。

看着这五个人灰头土脸的样子，所有人的心都悬了起来。刚才发生的大爆炸声，早已传遍了整个城市。这些留守的人们也听到了，还以为发生了战争，急忙趴到地上躲避空袭。

此刻，天空依然飘荡着浓烟，大家心有余悸地问道："刚才发生了什么事？你们身上都怎么了？"

孙子楚运想要隐瞒，叶萧却如实相告："加油站突然爆炸了，我们的司机，连同我们的旅行大巴，全都完了！"

这个消息让所有人目瞪口呆，他们再看看叶萧等人的脸色，他们身上的灰尘和黑烟，再结合刚才的大爆炸声，有人禁不住失声痛哭了出来——刚才已听到了导游小方的死讯，但短短十几分钟后，旅行团的司机又被炸得尸骨无存，那谁再来带领他们逃出去呢？那么下一个牺牲品又将是谁呢？

除了女孩的哭泣声，就是男人们的沉默。现在是上午八点，他们依然被困在这不知名的城市中。黄宛然为孙子楚检查后背的伤口，幸好只是些皮外伤，上些药就好了。

谁都没注意到叶萧掖下的包裹——里面包着司机的断手，他悄悄地把它塞入自己的行李箱。

"没有了车，也没有了司机，那我们该怎么办？"

成立打破了这可怕的沉默，他穿着一件昂贵的休闲衫，抓着十五岁的女儿的手。

靠在杨谋身边的小甜哭着说："我们快点逃出去吧。"

然后，她和杨谋拖着行李回到住宅楼，要找个房间换掉满是烟尘的衣服。

"怎么逃？难道要靠我们这些人步行吗？还要拖着那么多的行李？就算是马拉松运动员，恐怕也会在这山路上累死的！"

厉书托了托眼镜架说："我建议大部队暂时留守在这里，还是不要轻举妄动的好，再由几个精干的男人出去求救。"

"我同意！"

叶萧和钱莫争都换好衣服了，迅速洗了一把脸。

不知是谁又嘟囔了一句："如果有车就好了。"

大家的目光对准了巷口，一辆丰田轿车正孤独地停在那里——屠男第一个跑到车子旁边，他摘下墨镜看了看车窗里面，回头问："你们谁能把这个车门打开？"

所有人都面面相觑，能把锁着的车门打开的，除了贼还能有谁呢？

"我能！"

旅行团里最年长的童建国走了出来，这让大家都很意外。只见他快步走到车子前，从兜里掏出了一个小东西，熟练地钻进了车门的钥匙孔。他的手指转动了几下，很轻松地就把车门打开了。这些动作丝毫不像五十多岁的长者，更像是江洋大盗、海洋飞贼。

叶萧出于警察的职业敏感，仔细观察着童建国的动作，同时搜索脑中的通缉犯相片。在十几号人众目睽睽之下，童建国已坐进了丰田车的驾驶座。当然车里也没有钥匙，他又掏出了个什么工具，钻开了方向盘底下的钥匙孔。接着他低头捣鼓了一阵，似乎有电火碰撞的声音，接着发动机就响起来了。

这是标准的偷车贼的动作——孙子楚对叶萧轻声耳语道："这个老家伙不得不防啊！"

钱莫争坐进了副驾驶的位置，而叶萧和孙子楚坐进了后排。他们让旅行团在原地等待，绝对不能离开随便走动——就像孙悟空给唐僧画了一个圈。

"你检查过油箱没有？"孙子楚擦了擦座位上的灰尘，"这辆车看起来很长时间没动过了，会不会有问题？"

童建国指了指仪表盘说："油还是足够的，至于有没有危险，只有开过了才能知道！"

说罢他便踩动油门，缓缓开上了无人的街道。叶萧回头看着大家，那个叫顶顶的女孩站在巷口，目送着他们消失在十字路口。

3

但车子并没有向左拐，而是向右进入那条大道。副驾驶位置上的钱莫争喊道："你要去哪儿？我们要出城去寻找出路，而不是相反朝里走。"

"既然已经到了这里，又有汽车代步，不如仔细看看这座城市，说不定还能遇到其他人呢。"童建国的语气异常冷静，"我还想看看加油站变成了什么样子。"

车速在他的脚下逐步加快。但这辆丰田毕竟"休息"太久了，开起来摇摇晃晃叮咚作响，发动机也响起哮喘般的声音。孙子楚紧紧抓着把手说："还是慢一些！我可不想再被炸死在车里。"

转眼间已开到加油站废墟了，火焰基本上熄灭了，但浓烟还是从瓦砾堆中冒出。四周布满爆炸形成的残迹，简直是一片狼藉，像刚经历过一场空袭。

童建国并没有下车，只是摇下车窗停顿片刻，眼睛里有种特别的东西，好像这场景似曾相识。随即他踩下油门继续向前开去，嘴里念念有词："愿我们的司机安息吧。"

加油站周围的许多建筑都不同程度地受到了爆炸的破坏，不是墙壁被震开裂缝，就是窗玻璃被震得粉碎。车子又向前开了数百米，房屋才恢复了原样。全是各种店铺和商家，许多橱窗里还摆放着各种商品。路边种植着榕树和木棉树，一夜的大雨让它们生机勃勃，就像中国南方的许多城市——但唯独看不到人。

丰田车上的四个人，全都仔细观察着四周。突然，童建国急刹车了一下，大叫道："有只猫！"

前排的钱莫争也看到了："没错，是只黑色的猫，从我们车子前面蹿了过去。"

叶萧往左边看了看，猫大概蹿进了那个小巷子。

"黑猫？"孙子楚的嘴唇有些发紫，"开车碰到黑猫真是不吉利啊，还好现在是大白天！"

这时空中飞过一群黑色的鸟，正好被叶萧的眼睛捕捉到了，他知道这是什么鸟——乌鸦。但他并没有说出来，只是看着乌鸦们在屋顶上消失。

车子继续往前开去，笔直的街道似乎永无尽头，车轮不时溅起昨夜的积水。钱莫争漠然地说："这城市还真不小呢！"

正当童建国准备要右拐弯时，叶萧大声说："不行，拐弯的话很可能会迷路的！"

方向盘停顿了一下，童建国回头看着他的眼睛说："好吧，继续直行。"

他们很快开过了路口，在清冷无人的街道上，叶萧看到一家音像店，立即喊道："停一下！"

随着刺耳的刹车声，叶萧第一个跳下车，其余三人也跟他下车了。街边的音像店门面很小，就像中国许多城市的同行一样，门口贴着最新的电影海报。

令叶萧急忙跳下车的海报是《头文字 D》——周杰伦、陈冠希、余文乐并排耍酷的照片。

"怎么了？这么神经质的？"

孙子楚拍了拍他的肩膀。

叶萧并没有回答，而是径直走进音像店。这个狭窄的店铺呈长条形，不会超过十五平方米。墙边是一长排的音像货架，散发着一股塑料气味，大概是空气长期不流通，DVD 的塑料薄膜发出的气味。大部分是美国片子，其次是港片和日韩片，还有大量的电视剧。特别是让人眼花缭乱的韩剧，《大长今》摆在最醒目的位置。当然，还有一些中国的电视剧，像《中国式离婚》和《汉武大帝》都有。倒是泰国片少得可怜，只有几部恐怖片和历史片。CD 架上也是五花八门，从大陆、香港到美国、欧洲一应俱全。这些 DVD 和 CD 的封面上全是繁体中文，片名大多也是港译，看来是港台版的。

其他三人也跟进来了，小心地扫视着音像店，墙上还贴着美国片《24小时》、《世界大战》和《恐怖蜡像馆》的海报。

"天哪，这里还有卖《索多玛的 120 天》！"

孙子楚看到了货架最底下的片子，苦笑着摇了摇头，心想这店老板也够大胆的。

叶萧转了一圈走出音像店说："我们把车开出城去吧。"

他们全都回到了车里，童建国把丰田车掉了个头，踩足油门笔直向回开去。孙子楚轻声问叶萧："刚才你怎么了？对这个音像店这么感兴趣？"

"因为一个城市的音像店，是最能反映当地的流行资讯的。而音像店门口挂的海报，通常也都是最新上映的电影。《头文字D》的公映时间是2005年6月，至少说明了这个音像店，在去年六月份仍然正常营业。考虑到偏远地区的滞后效应，以及这个海报的张贴周期，还可延续到2005年的7月或8月。"

孙子楚连连点头："对啊，我看货架上那些DVD，大部分是2005年上半年的片子，最近的也是去年夏天公映的，比如《世界大战》。但架上确实没有去年下半年的片子，像去年万圣节档期的《电锯惊魂2》就看不到。"

"也许，从那个时候开始，音像店里就没有人了！"

"那就是大约整整一年以前，可是为什么呢？"

就在叶萧和孙子楚困惑之时，丰田车摇摇晃晃越开越快，转眼就驶出了进城的大道。童建国指了指眼前的山路说："这就是我们进来的路，直接往上开吗？"

"是的，往上走！"

发动机沉重地嘶吼呼啸着，小车艰难地开上了斜坡。童建国的开车技术不错，几个人抓紧把手，很快就开到了坡上。

再回头看整个城市，与昨天下午相较又是不同景象。昨天是在大雨之中，大家处于迷路的惶恐与孤独里，突然见到这样一座异样的城市，心里既兴奋又好奇。然而，此刻再看这堆死一般寂静的建筑，却是更大的绝望。隐隐可见加油站的位置，仍然冒着一些黑烟。雨后的天空依旧阴郁，覆盖着巨大的盆地，而周围的群山朦胧一片，绿得让人心里发慌。

而在山路的另一边，隧道就在他们眼前了。

这深深的隧道，指引他们来到此地的隧道，张着黑色的血盆大口，似乎是可以吞噬时间与空间的"黑洞"。

"这洞口让我害怕。"孙子楚忽然抓着叶萧的衣服说，"昨天就像是通往生命的出口，像是胎儿在母体分娩的产道，但今天却像是地狱的入口！"

但叶萧并不回答，只是怔怔地看着前方说："开进去吧，我们别无选择。"

童建国继续踩动油门，丰田车打开大光灯，缓缓驶入了黑暗的隧道。

黑色全部吞没了车子。

他们进入一条无边无际的通道，漆黑一团的世界里，只能看到前方几米处的光亮。

这让孙子楚想起了小时候看的连环画《后西游记》，其中有一集叫《蜃腹脱险》：小行者师徒四人看到一座漂亮的城市，走进城门洞里才发现，

第四章 ■ 绝境

里面是个深深的无底洞，原来竟是一条大蜃妖的食道，一直走到它肚子里的五脏庙，差点被消化掉呢！

难道此刻见到的这座城市，也一样是蜃妖的幻境？所谓的建筑和店铺全都是假的？他们都被吸入了妖腹之中，早已成为妄想的孤魂野鬼了？

孙子楚虽然脑中还在胡思乱想，眼睛却直勾勾盯着前方。同时，几人听到前面不断传来奇怪的声音，像什么东西碰撞着，在岩石中发出浑厚的回响。他们面面相觑不知怎么回事，前方还有其他人？或者是什么特殊状况？

童建国紧紧把着方向盘，开过几个弯曲的转角，灯光里骤然跳出什么东西——

这时钱莫争几乎跳起来大叫："刹车！"

但车子还是冲向了前方，后排的叶萧才看到大块的石头，正散布在眼前的隧道里。那些石头密密麻麻地堆积着，在车子要撞上去的千钧一发之际，钱莫争拉下了手刹车。

丰田车剧烈颤抖着停下来，前轮几乎开上了石堆，童建国的额头也流下冷汗。大光灯已清楚地照亮前方——无数的石块堆积着，直到充满整个隧道。在尽头形成一道石壁，牢牢地挡在他们面前。

"好险啊，要是我们开上去的话，肯定全部完蛋了！"

钱莫争也抹了一把冷汗，小心地打开车门跳下去。他拿着一枝大号手电筒，向洞壁四周照过去。隧道已经被严重破坏了，拱顶上完全不成样子，露出了千万年前原始的岩石，还不断有水从头顶滴下来，宛如古老的喀斯特溶洞。叶萧和孙子楚也跟着跳了下来，只有童建国在艰难地倒车。

三个男人爬到石头上，前面已完全走不通了，巨大的石块堵住去路，任何人力都无法挪动。这黑暗的隧道，仿佛被人一刀剪断，又像血管突然阻塞，随时可能危及性命。

"这是怎么回事？我们昨天下午进来的时候，这隧道不是还好好的吗？"

叶萧坐在一块大石头上，车前灯照亮了他的脸，他冷冷地问："还记得昨晚那声巨响吗？"

"是啊，整栋楼都在摇晃，我们都怀疑是地震了呢！"

"不，不是地震！"钱莫争仔细看着岩石，又摸了摸到处都是的积水，"是山体塌方！"

孙子楚已然惊呆了："什么？又是泥石流吗？"

"比泥石流更可怕！泥石流不过是山上的泥土和石块倾斜而下，而塌方则可能是整座山体的崩溃，是一种严重的地质灾害。"

钱莫争有多年野外摄影的经验，自然也遇到过类似的事情，可以从隧道内的环境判断原因。

"是因为昨夜的大雨吗？"

"嗯，这一带的地质条件和中国的云南、广西等地很像，广泛发育着喀斯特地形。这个隧道很可能本来就是溶洞，人们将这个天然溶洞改造成了隧道。否则以这个隧道的长度和深度，就是现代科技也很难开凿出来！昨晚的大雨不断使水渗透入隧道，使顶层岩石不堪重负，最后导致了山体塌方。"

叶萧也禁不住点头道："原来这才是我们昨晚听到的巨响，怪不得连房子都在震动。"

突然，头顶掉下一块大石头，重重地砸在他旁边。孙子楚赶快把他拉下来说："算你命大！快点逃出去吧。"

三人飞快地逃回车上，童建国已艰难地将车掉转头了——要是车身再大一号，就像旅游大巴一样，就肯定被卡死在隧道里了。

这头顶就像下雨似的，连带着无数的小石块，童建国猛踩油门向回开去。钱莫争看着后面喊道："这个隧道很不稳定，很可能会接着塌方，我们要快点逃出去！"

话音未落，又一块大石头向他们砸来……

4

致命的隧道。

疯狂的石头。

车子更疯狂地向前开去，那块石头结结实实地砸在后备箱上，同时后车窗也被震碎了。全车人一阵猛烈晃动，颠得晚饭都要吐出来了。幸好车子还没翻掉，而后备箱基本已被砸没了。但这辆破车居然还可以开，童建国继续踩着油门，万分惊险地转过两个弯道，躲避头顶如雨的石子袭击。

三分钟后，他们终于从虎口脱险，狼狈不堪地开出了隧道。身后还

不断传来隆隆的声音，他们又互相看了一眼，彼此都是苍白的面色。

"闯关失败！GAME OVER。"孙子楚长吁了一口气，"这果然是蜃妖的肚子啊，我们差点全部埋葬在里面了。"

"真是糟糕透顶，我们已经没有出路了。"

钱莫争的额头稍微有些擦破，他旁边的窗玻璃也震碎了。

"不，我们一定可以找到其他逃生的路。"童建国仍未失去信心，他也在给其他三个人鼓劲，"只要活着，便还是有希望的。"

车子冒着黑烟开下斜坡，又一次来到进城的广告牌下，刘德华笑得更灿烂了，仿佛是对他们的嘲笑。

叶萧也苦笑了一声："华仔，你在笑我们走不出去了吗？"

9点10分，丰田车回到出发时的巷口。旅行团的其他人们，早已经等得不耐烦了。但当他们看到车子时，全都目瞪口呆——车顶上全是碎屑，后备箱已经无影无踪了，好几块车窗都碎了，整辆车好像刚从地狱的第19层回来。

四个人艰难地走下车来，个个都灰头土脸，钱莫争还有些出血了。屠男第一个冲到他们跟前问道："你们怎么了？找到出去的路了吗？"

钱莫争面无表情地摇摇头，只是低头检查包里的照相机有没有磕坏。玉灵上去给每人递了一瓶水，这是刚才在住宅楼里烧开的水，都可以放心地饮用。

叶萧大口喝着温热的水，挠着头发坐倒在台阶上，审视着周围的人们。其实他是在心里核对人数，在看到所有人一个都不少时，才告诉大家："对不起，隧道已经不通了。"

其余人一片骚动，纷纷叫嚷着问是怎么回事？

随后，孙子楚详细地解释了一遍，大家这才明白昨晚的巨响是怎么回事。

"原来不是地震啊。"林君如绝望地退到一边，"而是截断我们的不归路。"

众人已急得像热锅上的蚂蚁了，纷纷交头接耳想办法。新娘子唐小甜忍不住哭起来，杨谋只得放下DV搂着妻子。四十多岁的成立也不住踱步，回头冷冰冰地注视着妻子和女儿。只有法国人亨利什么都听不懂，坐在一棵大树下发愣。

"我怀疑这是个阴谋！"屠男忽然站到玉灵跟前，直视着这女孩的眼睛，"哪有这么巧的事情啊？一进山就发生了泥石流，后来又迷路来到了这鬼地方，转眼就导游和司机都死光了，现在只剩下你带领着我们——而你又究竟是谁？"

玉灵无辜地睁大着眼睛："你，怀疑我吗？"

"是的，我怀疑你是从哪里突然冒出来的？就连我们的导游小方，不也是第一次才见到你吗？我们的地陪究竟是谁？她的名字叫不叫玉灵？而玉灵又究竟是不是你的名字？"

这番咄咄逼人的话，让玉灵退到了墙根处，却不知道该怎么作答，这也引起了其他人的怀疑。但这时童建国拦在了屠男面前，一把将他推得老远说："别再为难这女孩了！这些怀疑都是你的想象，再胡说八道小心我对你不客气！"

旅行团里最年长者的发话，让屠男也不敢顶嘴，看架势童建国是很会打架的。屠男只能愤愤地退到一边，强忍住心底的怒火。

童建国把玉灵拉到自己身边，像领袖者一样说道："现在我们的情况确实很危险，但越是这样我们就越要同舟共济，互相帮助，一个人的事就是全体共同的事，彼此间一定不要瞎猜疑。"

叶萧和孙子楚也低头交流了几句，然后孙子楚向大家说："童建国说得没错，我们肯定会找到出去的路的。现在，我们必须要探查清楚这座城市的状况，看看还有没有其他人，或者有没有与外界联络的设备。否则我们对这里一无所知，待在这心里也不会踏实。"

"我同意。"美国女孩伊莲娜说话了，也许孙子楚的建议正符合美国人的风格，"我们现在就出发吧，恐怕还会发现更多的秘密。"

"好，但不能所有人都出去，我们必须有人留守在这里，照顾行李、伤员还有小孩。"

叶萧说完瞥了一眼法国人亨利和十五岁的成秋秋。

这时成立说道："我留守下来吧，我要照顾我的妻子和女儿。"

"好，我想分成三组出去，每一组都是三到四人，彼此保持距离不要走远。"

"第一组由我来吧！"童建国自告奋勇地站出来，"有谁愿意坐我的车？"（倒，怎么一下子就成他的车了？）

大家再回头看看那辆破丰田，除了挡风玻璃以外，似乎已经"体无完肤"了。但钱莫争还是举起了手："我愿意。"

而玉灵也走到了童建国身后说："让我也一起走吧，我有这个责任的。"

第四个人是杨谋，他放开了自己的小娇妻，举着 DV 走到破车边上："也算我一个。"

唐小甜使劲拉住了他，轻声说："这个城市很危险的，不要去啊。"

"没事的，你知道我是纪录片的编导，我一定要拍下这些宝贵的镜头。你好好留在这里，等我平安回来吧。"

"别离开我。"

她的眼泪又一次掉下来了，但杨谋依旧离别了她的新娘，第一个坐进破车的后座。随后，其余三人也坐进了车里。

在童建国发动车子之前，叶萧对他们说："请注意时间，12 点 30 分以前必须回到这里！"

说罢童建国就开动了车子，车子喷着黑烟离开了大家的视野。

叶萧又对大家说："现在召集第二组，由我来负责，谁肯跟着我走。"

正当孙子楚要说话时，叶萧抢先说了："你别插嘴，你来负责第三组。"

大伙沉默了片刻，不知道跟着他还会发生什么事。此刻，叫萨顶顶的女歌手说话了："我跟你走吧。"

这让叶萧有些意外，他走到顶顶跟前，盯着那双大而明亮的眼睛。就是这双眼睛，昨天下午从厕所出来时，从模糊的镜子里反射到的那双眼睛。确实有些眼熟，似曾相识又仿佛如此遥远。对，她叫顶顶——叶萧轻声说："我记得你的名字。"

"是的，我想参加你那一组。"顶顶耸了耸肩膀，挺着鼻梁说，"我去过西藏的阿里，现在这种地方难不倒我。"

"好吧。"叶萧点了点头，又回头问了问其他人，"还有谁愿意跟我？"

"我来吧。"

屠男又戴上了墨镜，一副黑客帝国里的模样。

叶萧看着身边的萨顶顶和屠男，再看看孙子楚说："你挑选第三组的人吧。"

孙子楚的目光掠过林君如，这女孩长得不太像一般印象中的台湾人，他嘴角一撇说："你跟我走吧？"

"走就走，有什么好怕的。"

林君如厌恶地回了一句，大步走到他的身边。接着厉书也主动加入了孙子楚的第三组。

三组人马都已经敲定了，剩下的就是留守部队了。叶萧仔细地扫视了一圈：成立、黄宛然、秋秋、伊莲娜、唐小甜，还有法国人亨利。

叶萧走到成立跟前说："这里除了受伤的亨利之外，就只有你一个男人了，你要寸步不离地保护她们，不要去其他任何地方。"

"好吧，但总不见得就待在这里吧？"成立回头看了看住宅楼说，"我们还有伤病员，建议回楼里去休息。"

"那就在二楼的房间里，有什么情况也方便出来。万一遇到了紧急事件，你可以弄堆破布在楼下点火，我们看到烟以后就会立即赶回来！"

留守人员全都听清楚了，二男四女拖着全体旅行团的行李，又回到了二楼的房间里。

现在，叶萧看着第二组与第三组的"队员"，冷静异常地说："出发！"

当叶萧与孙子楚分别出发时，童建国的第一组已开出去很远了。

破旧的丰田车颠得人头晕，坐在后排的杨谋不得不放下DV，和玉灵一起清理那些碎玻璃渣，而他们身后既没有窗玻璃，也没有了后备箱。车子并没有像早上那样驶向城外，而是向道路更深处开去。

两边的大榕树更为茂盛，每一棵都拖着长长的"胡须"。这一带似乎是居民区，两边基本都是住宅楼的入口，通常是深深的巷道，高墙里是花园的绿树。看来这里的环境还是很好的，少有的几家店铺也是为生活服务的，比如小超市和洗衣店。

副驾驶位置上的钱莫争目不转睛，还不时拿着照相机拍摄。但十几分钟过去了，始终未见一个人影。车子已穿过几条横马路，照这么看这城市还真不小。杨谋一直端着DV，他边拍边问："你还记得回去的路吗？"

童建国镇定地回答："放心，我不会忘记的。"

说着他把方向盘左转，拐进了一条更宽的马路。刚刚转弯杨谋就叫了起来："停！"

原来——在路的左侧有一家银行。

南明银行。

这四个烫金的大字镶嵌在银行大门上，童建国还没把车停稳，钱莫

争和杨谋就跳了下来，玉灵也兴冲冲地跟在后面。银行大门居然还是敞开的，四个人全都冲了进去，就像是抢银行的劫匪。

积满灰尘的银行大厅死一般寂静，这个大厅将近有一百平方米，与国内的银行营业厅很像，外面有座位里面有窗口，但没有发现 ATM 机，也许这里不需要刷卡消费。

大家每走一步都会激起灰尘，四处都传来他们的脚步声，玉灵不禁掩起了鼻子。童建国走到窗口前面，伸手敲了敲柜台的玻璃，果然是最新的防弹玻璃，看来这银行的硬件设施还不错。他们都已经懒得喊"有人吗"，而是好奇地看着银行里的一切。

他们还是头一回来到这样的银行，没有顾客没有营业员更没有保安，如此真可算是"开门揖盗"了。钱莫争拉了拉进入后台的铁门，还是紧紧地锁着的。但可以从防弹玻璃顶上翻过去，他索性爬到了柜台上面。银行的玻璃异常牢固，他单手抓着玻璃上沿，硬是爬到了接近天花板的高度，常年的野外摄影使他练成了好身手。

杨谋的 DV 镜头一直对准他，直到钱莫争爬过防弹玻璃，进入银行的柜台内部——这可是严重的抢银行犯罪了。玉灵还不忘地陪职责，冲着他喊道："你想干什么啊？"

"我还从没进过银行后台呢！今天正好能开开眼界。"

他说着便打开了后台与大厅间的保险门，将三个同伴都放了进来。杨谋不停地叹道："我也是第一次到这种地方啊。"

童建国大盗似的拉开柜台后的抽屉，里面居然还有现金！一叠叠的泰铢整齐地放着，台面上还有许多零散的账册、戳记、硬币、指纹钮等，好像营业员刚刚离柜去了趟厕所。但他随即把抽屉合起来，没有发现飞来横财的兴奋，而是越发压抑和沉重。

这里究竟发生了什么？让人们连抽屉里的巨额现金都不顾就消失了？

而钱莫争已推开了一道大门，招呼其他人跟他走进去，原来里面就是传说中的金库。

但金库大门还牢固地锁着，一时半会儿还找不到钥匙，钱莫争断定里面堆满了钱。

"你不会真想抢银行吧？"

端着 DV 的杨谋半开玩笑地问了一句。而钱莫争回头苦笑一声说："我们离开这里吧。"

四个人迅速跑出银行，回到了惨不忍睹的丰田车上。童建国在开动车子之前，又看了看银行的那块招牌："南明银行？从来没听说过，是泰国的银行吗？"

身为泰国本地人的玉灵回答了："不，泰国没有这家银行，我也从没听说过。"

然后，车子继续向前方开去。马路两边的店铺更大更多了，出现了门面很大的餐馆和火锅店，甚至还有一家日本料理店！路边也停着几辆汽车，都是泰国组装的欧美品牌车，但所有这些车都没有车牌。看来这里是主要的商业街，怪不得银行也开在这里，一定曾经繁华过吧。

他们没开多久就看到了一家邮局，门口的招牌是"南明邮政"的繁体中文字样。童建国停车下来看了看，邮局里依旧没有一个人影，大厅和窗口都积满了灰。相比较刚才的银行，他们轻而易举地进入了邮局后台。里面居然还有许多邮件，信封上贴的倒是泰国邮票，但邮戳却是"南明邮政"的汉语拼音。玉灵看了以后也摇摇头，说从没见过这种奇怪的邮戳。在包裹柜台里面，他们看到了寄往泰国其他地方，以及世界各地的包裹。

但钱莫争特别注意了一下寄件人地址，其中有个包裹是这么写的——

金三角南明市忠孝路七十八号四零三室张小纯寄

这个地址让大家都很感兴趣，杨谋端着 DV 拍了个特写说"金三角？天哪，这里居然已经是金三角了。"

"是啊，这里恐怕是泰国、缅甸、老挝三国交界之处，也是全球闻名的金三角毒品基地呢！"见多识广的钱莫争答道，"所以这个地址并没有写泰国，直接就是金三角南明市了。"

"南明市！"

"对，这才是这座城市的真正名称，刚才的'南明银行'就是这里本地的银行，而这个'南明邮政'也是一样的道理。"

但玉灵摇了摇头问："南明市？我从没听说过有这个地方。"

"至少，现在我们知道自己在哪里了——南明市，金三角的南明市！"

6

第二组的人正穿过第一个十字路口，向从未走过的正左方走去。

"我发现一个重要的问题——我们到现在还分不清东南西北！"

说话的人是屠男，他依旧戴着那副墨镜，大摇大摆地走在最前头。

随后，叶萧翻了一下背包，找出了一个简易的指南针。他发现箭头正指向自己的左手，那么左边就是南，正前方则是西。而昨天旅行团进城的大道，则是城市的正南入口。现在，第二小组正向西前进。

紧跟在叶萧身边的是萨顶顶，她看来很有野外活动经验，一路上给叶萧鼓气："这么大的地方，不可能只有隧道一条路的，肯定还有其他的出路。"

"我好像在电视上见过你？"

叶萧转移了话题，一路直视着她的眼睛。

"也许你看过我的演出。"顶顶做了个拿话筒唱歌的姿势，"最近有许多烦心的事，所以一个人来泰国旅游，你呢？"

"我？我都不知道自己来泰国的原因。"

他茫然地看着前方，远处的高山正冷酷地看着他。四周都是颜色单调的房子，大多是三四层楼高的，被浓郁的绿树包围着，看不清窗户里有什么。

三个人继续走了十分钟，直到屠男在一栋大楼前停下——这是他们在这座城市看到的最高的楼，数了数总共有十二层。

楼下并不开阔，但有地下停车场入口，看大楼门厅就很像写字楼，只是玻璃门上有厚厚的灰。屠男第一个推门进去，叶萧和顶顶也跟在后面。

果然是写字楼的格局，但大厅暗得让人心慌。十二楼的房子当然有电梯，居然还是三菱牌的。电梯是不能用了，他们走上了楼梯。屠男在楼道里打着手电，很快到了三楼。推开安全门就是长长的走廊，里面是一个个公司的办公房。

他们先走进 301 房，门口挂着块牌子"淘金网"，还差点误以为是"淘宝网"呢。里面是标准的办公室，和上海或香港的 IT 公司没什么区别。前台、会议室、总裁室、市场部、技术部、客服部……

只是没有一个人，也没有一台电脑亮着，蒙着灰尘的玻璃，透进来恍如隔世的清光。

叶萧随意翻了翻一张办公桌，上面叠着很多文件，一杯几乎干涸了的咖啡，电脑屏幕上有许多小贴纸。那些文件有英文也有繁体中文，几乎看不到泰国文的。墙上贴着网站的宣传海报，一个女生坐在电脑面前，她的脑子里想出了裙子、巧克力、光盘、图书、泰迪熊等小玩意。显然这也是一个商品买卖的网站，估计那海报里的女孩正在网上购物呢。看来这里的生活和外面没什么区别。

　　然而，屠男却莫名地难过起来，摘下墨镜露出红红的眼圈说："我想回上海。"

　　"我们会回去的，放心。"叶萧走到他身边安慰着说，而屠男此时的样子就像个可怜的小孩，撅起嘴说："我真后悔，不该来泰国！"

　　顶顶在旁边冷冷地说："后悔有什么用？"

　　"我和你们不一样！"屠男有些失态了，他抓起桌上的一叠文件，重重地扔到地上，"我必须要赶快回去！"

　　"请控制好你自己，旅行团里每个人都想快点回国。"

　　但屠男完全听不进去，感到呼吸有些困难。这昏暗的办公室，和长久无人使用的电脑，散发着金属元件的气味，让他喘息着大声说："去年，我筹备了一个生物科技公司，你们知道吗？我的发明获得了国际专利，能使干旱炎热地区的农作物产量翻一番，具有让人目瞪口呆的商业潜力。最近，美国一家世界五百强的公司,给了我一千万美元的投资。一千万啊！美元！"

　　"那恭喜你了。"

　　"我已经组建好了我的公司团队，在金茂大厦租下了办公室，一周后公司就要开张了！下个月我会去埃塞俄比亚开拓业务，通过我的专利成果和商业计划，将解决几千万非洲难民的饥饿问题，联合国会成为我的最大客户，这是件功德无量的好事情——当然，顺便也会赚到成堆的美元，过两年还可以去香港甚至是纽约上市！"

　　他像站在福布斯排行榜上，意气风发滔滔不绝，仿佛面对无数仰慕的目光。

　　可惜，只有叶萧和顶顶两个人看着他，面面相觑地说："你太激动了，冷静一下吧。"

　　"不，我必须在下周一前回到上海！否则，千辛万苦拿到的一千万美元都会付诸东流！"

　　"既然那么要紧，你干吗还来泰国旅游呢？"

屠男茫然地摇了摇头"我也不知道，只是因为……因为……一个梦。"

"梦？"

"够了，别问了。"他紧紧地捏起了双手，粗暴地推开叶萧，"我们离开这里吧，我要快点逃出这鬼地方！"

叶萧本来还想仔细看看其他的办公室，但现在也只能跟着屠男走了出来，他们又通过楼梯走出这栋楼。回头才注意到标志牌——南明国际大厦。

"南明？"

屠男眯起了眼睛，嘴角微微有些颤抖，这让叶萧和顶顶都有些奇怪。

还叫什么国际大厦？只有十二层楼就这么大的口气，就好像镇政府造得像白宫，县招待所叫大酒店。

离开这栋大楼继续向前走，屠男着急地走在最前面，远远地落下了后面两人。顶顶对叶萧耳语道："你看他是不是有些怪？"

"嗯，我们走快一些，别让他走丢就是。"

他们快步跟在屠男身后，直到来到另一栋建筑跟前，叶萧停了下来。

是的，他还没看到牌子就感觉到了，这里有令他熟悉的气味——警局。

"南明市警察局。"

屠男念出了门口的牌子，然后惊讶地看了看叶萧，萨顶顶也用胳膊肘捅了捅他说："喂，到了你的地盘了。"

叶萧怔怔地眨了眨眼睛，苦笑着走进警察局大门说："原来这里叫南明市！"

三人依次步入空旷的警局大厅，迎面竟是一排窗口柜台，大概是办理户籍民政等事务的。脚下布满了灰尘，远处传来自己脚步的回声，屠男不禁有些汗毛倒竖。身为警官的叶萧心情复杂，天底下的警局或公安局，也无非是这些样子吧。

他注意到了这里的警徽，是从没看到过的一种符号：左边是宝剑，右边是长矛，中间是太阳和弯月。

日月不就是"明"吗？大概就是这"南明"的意思——宝剑和长矛保卫着日月。

这警徽让叶萧沉思片刻，怅然若失地走向楼上。楼梯口本该有道铁门，但锁是打开着的。他们轻而易举地来到楼上，这就是警察办公室吧。

屠男和顶顶都是第一次到警局内部，平时可没胆量来这种地方，都好奇地看着四周。倒是叶萧有些尴尬，每走一步都疑虑重重，脚下木地板"咯吱咯吱"的，似乎随时会破开大洞，将他们三人吞噬。

他们走进一间办公室，里面是零乱的办公桌，没有电的电脑，敞开着的窗户，屋里一切都被吹乱了。看着这满目狼藉的地方，叶萧真恨不得立刻收拾干净。墙角衣架上还挂着警服，他伸手摸了摸全是灰尘。这警服看上去很奇特，像电影里看到的德国党卫队制服，徽章则是剑矛包围着的日月。

正当叶萧检查这件警服时，屠男好奇地拉开抽屉，发现了一个黑乎乎的家伙——手枪。

他第一次看到真家伙，两只眼睛都快弹出来了，不由自主地抓住了手枪。乌黑的金属冰凉刺骨，沉甸甸地让手不住战栗。

屠男将手枪放在眼前仔细观察，顶顶紧张地喊道："你要干什么？"

他愣了一下将枪放下来，枪口几乎对准了顶顶。

"把枪放下。"

叶萧转过头大声说。而屠男的手抖得更厉害了，仿佛已被这把枪所控制，全身的重量集中在枪身上，手指僵硬地扣住扳机，随时可能走火。

屠男的眼睛令人绝望，空气也令人窒息。

"趴下！"

叶萧一把拉倒了顶顶，两人重重地摔倒在地板上，不幸地吃了一脸灰尘。

但总比吃子弹好。

枪声在同时响起，一颗子弹呼啸着冲出枪口，从顶顶和叶萧头顶掠过，击中了对面的墙壁。

沉默。

叶萧抬起头来，只见屠男依旧傻傻地站着，右手仍保持举枪的样子，只是手枪已经不见了。

枪掉到了地板上。

叶萧迅即将它捡了起来，退到一边小心检查，枪膛里居然还有七发子弹。

而顶顶愤愤地抓住屠男的衣领，就差扇他一耳光了，失态地大喊"你想把我们都杀死吗？"

屠男好像已清醒了过来，看着自己颤抖的手，面红耳赤地说："对不起！对不起！我不是故意的！"

叶萧过来隔开了顶顶，看着屠男的眼睛说："以后不要自作主张，这把枪已经打开保险了，拿在手里非常危险，算你命大没把自己打死！"

"刚才……刚才是我太紧张了……我也不知道……不知道怎么搞的。"

叶萧拍拍他的肩膀说："好了，快离开这里吧。"

然后他给枪上了保险，轻轻放回原来的抽屉里。

屠男胆怯地问了一句："你不把枪带在身上吗？出去的路上万一遇到什么危险，有你这个带枪的警察还可以应急。"

"不用了，有这把枪才是我们的危险呢！"

说着他将屠男拉出房间，告别了这个恐怖的警察局。

黑洞洞的枪，仍静静地躺在抽屉角落里。

7

第三组：孙子楚、林君如、厉书。

在十字路口右转，沿着笔直的进城大道，继续向城市深处进发。当他们穿过加油站大爆炸的遗址，还有残余的薄烟冒出来。孙子楚想到司机的身体碎片，可能就在地上的尘埃中，不禁加快脚步冲了过去。

孙子楚早上已坐车走过这条路了，便决定走过加油站后右转。这是条更宽阔的马路，两边种植着茂盛的凤凰木和榕树，还有大大小小的店铺。远看有许多竖直的招牌，印着繁体中文的店名和广告。

路边跳出一个高高屋檐的中国式庙宇，其实前后就是一间大房子，庙上挂着"关圣大帝"的匾额，门口有个巨大的香炉，只是早就没有缭绕的香烟了。

"居然还有关帝庙！"

他们惊讶地走进庙门，阴暗的殿宇寒气森严，一尊小型的关公像就在神龛中，用上等木料雕刻而成。这位关圣帝君可能已一年未见人影，见到这三位不速之客倒也未曾发怒，只是手中的青龙偃月刀微微一抖，阵阵杀气从黑暗中袭来。

厉书第一个逃出庙门，孙子楚也冲了出来。只有林君如并不害怕，她从容地跪倒在关圣大帝面前，毕恭毕敬地三叩头，口中还念念有词。

她在拜完关公后，平静地走出来说："台北街头有许多这样的小庙，因为我爸爸以前是个军人，小时候常带我去关帝庙，关二爷就成了我的保护神。"

"你向关公祈祷什么？"

"让我快点发现这座城市的秘密。"林君如看了看四周的街景叹道，"这里可真像台北！"

厉书不免有些失望："我还以为你会祈祷让我们快点逃出去呢。"

离开关帝庙，前方停着不少车辆，有小轿车也有摩托车，大多是泰国本地组装的。孙子楚看到几家房产中介店铺，橱窗有房产买卖的牌子。全由中文繁体字写成，标价都是泰铢，路名简直是台北的翻版：忠孝路、仁爱路、信义路、和平路、中山路……

不过面积单位是平方米，孙子楚迅速换算了一下泰铢和人民币，这里的房价每平米折合五千元人民币，与中国西南的许多城市相当。但以此地交通之闭塞，这种房价也算很高了。

厉书推门进去看了看，照旧半个人影也没有，他失望地叹了口气："人都到哪里去了？"

他们现在才发现这条路居然叫"南京路"！虽然中国很多城市都有南京路，但在这样一个时间和空间，身处于这条空无一人的南京路上，感觉是命运对自己的嘲讽。

孙子楚苦笑了一下向前走去，看见一道长长的围墙，宽阔的大门旁挂着牌子：南明市公立医院。

"终于知道这里叫南明市了。"他看着大门里寂静的建筑说，"进去看看吧！"

三人小心翼翼地步入医院大门，眼前是栋四层楼高的白色建筑，茂盛的树木围绕着大楼，每扇玻璃窗都是暗暗的，令人联想起许多关于医院的传说。

林君如倒吸了一口凉气，拉了拉孙子楚的衣角："这里看起来怪吓人的，别进去了吧。"

"有我在，你就放心吧。"

孙子楚虚张声势地回答，还走到了厉书前面。医院玻璃门上布满灰尘，孙子楚用脚顶开了门，先让厉书和林君如进去。前头是个宽敞的大厅，布局和国内的医院差不多，只是没有灯光而显得异常暗淡。

虽然看不到一个人影，林君如却闻到一股浓重的药水气味。这是所

有医院共有的气味，深深埋藏在墙壁和天花板里，永难消散。孙子楚走到挂号台和收费处，里面有几台蒙尘的电脑，还挂着医生和护士的照片，全都是华人面孔。

走廊深处传来了什么声音，好像某个物件掉到了地上。三人立即警觉地靠了过去。孙子楚绷紧了脸说："别怕！"

他轻轻踏入走廊，厉书和林君如也屏着呼吸跟在左右。幽深的走廊里只有微弱的光，孙子楚打开手电。刚走几步便又听到了细微的声音，林君如轻声问："是不是还有病人啊？"

突然，走廊里蹿出一条黑色的影子，飞速扑向他们三人。孙子楚拉着林君如闪到一边，手电里照出一只硕大无朋的黑猫。

黑猫。

它浑身长着黑色的毛，只有眼睛放出绿色的精光。它的体形要比一般的猫大很多，长长的尾巴令人生畏，简直就是头迷你型的豹子。

林君如几乎恐怖地尖叫出来，却被孙子楚硬生生地压住了嘴巴，眼睁睁看着黑猫从他们身边蹿过去，转眼就消失在走廊另一头。

稍微平复一下呼吸，三人继续朝走廊里走去，尽头是一道坚固的大门。但这道门并没有封死，而是留了一道小小的缝隙，想来黑猫就是从这里出来的。厉书用力推开这道门，这道门重得就像银行的保险门。

门里还是一道走廊，他的双脚刚刚踏进去，就不知从哪里蹿出来一群野猫。这回是黑猫白猫再加花猫，呼啸着从他们脚下跑过。林君如感到脚面被猫踩了一下，还有只猫从自己膝盖处飞了过去，毛茸茸地让她浑身发麻。就连孙子楚也几乎跌倒，与厉书两个人互相扶了一下。

几秒钟后那些猫无影无踪了，他们面面相觑："怎么会有那么多猫？"

厉书的目光一下子有神起来："没有人，哪来的猫？"

"有道理！"

三人继续向里面走去，直到黑暗的走廊被一道铁门封住，野猫们或许就是从这里跑出来的。孙子楚首先推了推门，好不容易才打开了一小半。当他即将跨进去的时候，林君如突然拉住他说："什么气味？"

"嗯，我也闻到了，好难闻啊！"

厉书拧起鼻子，露出恶心的表情。

但孙子楚依然执拗地推开铁门，带着林君如和厉书小心地走进去。里面是个全封闭的房间，只能依靠手电筒照亮一部分。那味道越来越强烈了，林君如禁不住用手帕蒙住口鼻。

手电扫到一排铁皮柜子，就像档案库房里的大抽屉。厉书用力地拉开其中一个，里面扬起一层黑色的烟雾，呛得三人眼泪鼻涕直流。待到烟雾缓缓消散，手电里才照出一个人。

一个男人，一个已经死去了的男人，一个已经死去了并且几乎腐烂了的男人。

抽屉里躺着一具腐尸。

说它是腐尸，因为尸体还没有完全烂掉，可怕的骷髅还连着些头皮，深陷的眼窝里似乎还放射出垂死的目光。

那想象中的死者目光，随着手电光影而颤抖。柜子前的三个活人也目瞪口呆，直到林君如发出凄厉的惨叫声。

孙子楚立即伸手封住她的嘴巴，他担心这女人的叫喊声，会把眼前的死人惊醒。

用手帕遮住口鼻的林君如，看起来就像蒙面的女盗墓贼，此时浑身猛烈地颤栗，孙子楚使劲按住她让她不要乱动乱叫。而厉书直勾勾地看着死者，仿佛那个灵魂已附着到了他身上。

沉默了一分钟后，孙子楚把装着尸体的抽屉，塞回到巨大的铁柜中。

然后，他又拉开了旁边的抽屉。

里面躺着一个女人。

说她是女人，因为腐烂的头皮上，还连着一把长长的黑发——除此之外，她和隔壁那个男人没什么区别。

手电光线稳稳地照在那绺长发上。虽然它的主人早已化为腐尸，但头发竟还保持着乌黑与光泽，真是应了那句古语"发可鉴人"。想来她是个很注重保养头发的女人，这把秀发是如此漂亮诱人，恐怕当年还拍过某个品牌的洗发水广告吧？

此刻，林君如脑中幻出如斯画面：某个女子对着镜子梳头，从背面看上去光艳动人，乌黑的三千烦恼青丝，在梳齿间如瀑布倾泻，当她突然回过头来，却变成了一个可怕的骷髅，还顶着那头美丽的长发——白骨精。

厉书转眼已趴在地上，把早饭全呕吐了出来，林君如也拼命按住喉咙，胃里翻腾得难受。

孙子楚用力地把抽屉推了回去，黑发随着枯骨被收藏进柜子。

第四章 ■ 绝境

但是，他还意犹未尽地拉开了第三个抽屉。里面躺着一具缩小了很多的尸骨，估计还是个不幸的孩子吧。

　　"够了！"林君如终于歇斯底里般地叫了起来，"你这个人真变态！"

　　孙子楚好像已经对恐惧麻木了，冷静地说："其实没什么可怕的，这里不过是医院的太平间罢了！"

　　"太平间？"

　　也就是临时的停尸房，只是这些可怜的死者们，还没等到殡仪馆来接他们，便要永远地葬身于抽屉里了。

　　厉书拼命地将孙子楚拉出来，三人冲出医院走廊，林君如才卸下了手帕"面纱"，大口地喘息起来："好恶心啊！"

　　"这地方太诡异了，医院怎么把太平间里的死人扔下不管呢？"

　　"也许医院里的其他人也都死了。"

　　厉书忽然想到了更可怕的："怪不得会有那么多野猫，它们会不会是来吃腐烂尸体的？"

　　"啊！"

　　林君如使劲擦着自己的膝盖，刚才有野猫从上面擦了过去。

　　孙子楚绝望地看着医院走廊，这是一个怎样的城市啊？

沉重之城

第五章■美女与狼狗

正午。

12 点 30 分——约定好的归来时间。

群山中的天色依然阴沉，住宅楼的门口寂静无声。

二楼的某个房间，成立焦灼不安地踱着步，他特意将房门敞开，等待三组人马归来。受伤的法国人亨利半躺着，伊莲娜正用英语和他说话。厨房里有瓶满满的液化气，黄宛然清洗干净了铁锅，心里盘算着给大家做什么午餐。而她十五岁的女儿秋秋，孤独地站在窗前，这心事重重的样子，总让她的妈妈担心。唐小甜不停地开关着手机，奢望能收到外面的信号，但永远都是徒劳无功，只能静静等待她的新郎杨谋。

成立回到厨房，看着三十八岁的妻子在准备碗筷。她的身体成熟而丰满，又尚未发胖走形，那张脸依旧白嫩可人，浑身散发着这个年龄的女人难得的诱惑，就算是二十多岁的小伙子也会心动吧。他心里有些后悔，自己怎么这几年会忽视了身边的美人？这种愧疚感从抵达泰国的那刻起，就不停地萦绕在脑海。他不禁伸手搭在妻子腰上，轻声说"宛然，你辛苦了。"

但妻子立刻挣脱了他的手，厌恶地回了一句："别碰我！"

"我知道你不会原谅我的。"

黄宛然回头冲了他一句："要不是为了女儿，我才不会和你一起来泰国呢。"

"你声音轻一点！在外面请给我一些面子好吗？"

然而，厨房里的声音还是传了出去，成立紧张地回过头来，看到了女儿秋秋的脸。

这张十五岁的少女脸庞，完全继承了她母亲的特点，这总让成立感到几分不爽。他严厉地说："秋秋，你又偷听大人讲话了！爸爸要说多少遍你才能学乖一点呢？"

但女儿只回答了一个字："切！"

这轻蔑无比的"切"仿佛利刃，深深"切"入了父亲的心。但成立并没有对女儿发作，而是转头对黄宛然说："这就是你教育出来的好女儿？"

"你想怎么样？"

黄宛然把秋秋拉到身边，手里的切菜刀还未放下。

妻子的这副架势让成立长叹了一声："真是上辈子作孽了！"

他无奈地退出厨房，面色异常难看地穿过客厅，独自走到门外点了根烟。指间的"555"香烟燃起火星，在黑暗的走廊里如鬼火闪烁。眼前又浮起妻子刚才的眼神，好像在看一个剥光了的小偷——他承认自己是对不起妻子，但在这个社会这又不是什么大不了的。他已经四十三岁了，生活亏欠了他太多太多，他需要全部补偿回来，趁着自己还腰缠万贯的时候——

成立原来是电力局的工程师，十年前跳出国企自己创业，现在已拥有一家大型私有企业。他是公司最大的股东，雇用着上千名员工，在业内也算呼风唤雨的人物。年底他还准备控股一家水电站，那时他就能步入福布斯中国百富榜了，尽管他自己并不想要上榜。

在有亿万资产与豪宅跑车的同时，他也有不少的女人——即便妻子已经够漂亮了。除了散布在各地的小情人之外，他在苏州和杭州的别墅里，还包养着年轻美貌的"二奶"和"三奶"，最近又在深圳置了"四奶"。

两年前黄宛然发现了丈夫的出轨行为，但她没办法阻止老公，又不能像其他女人那样大哭大闹。她也想到过离婚，至少可以分走几千万的财产。但为了女儿秋秋她只能忍耐，表面上还维持着一个家庭的完整，所有的眼泪只能往肚里吞。成立当然也明白这一切，这个家庭早已死亡了。他不想和妻子吵架，妻子也是以冷战来抗议。他一年难得回几次家，等待他的都是寂静无声，就连过去最亲的女儿，也几乎不再与他说话了。

　　每次看到女儿的眼神，成立都会感到彻骨的恐惧，女儿真的恨自己吗？不，他不想失去女儿的爱，自己欠下的债不能让女儿来偿还。于是，他决心带女儿出国旅游一次。

　　除了南极与北极，成立几乎已去过地球上所有角落了。他准备了北欧四国游、南非探险游、阿根廷浪漫游和南太平洋风情游四套方案。但秋秋却说出了泰国清迈这个地名——虽然泰国已是平民阶层的旅游目的地了，可去清迈的旅行团却极少，也不知女儿是从哪里知道这地方的。

　　女儿还有一个条件：必须要带着妈妈同行——成立觉得自己平时对不起妻子，这次也该补偿一下了，说不定她还会回心转意就此认命，承认男人在外面花心的权利，从而结束家庭冷战状态。

　　黄宛然一开始不想去泰国，她丝毫没有同丈夫一起旅行的兴趣——因为成立经常带情妇出国旅游。但她还是想到了秋秋，女儿应该有这样的机会吧，做母亲的也必须伴随在左右。至于老公就当他不存在好了，反正她也不会和他睡一张床的。

　　就这样，这一家三口出发了，成立订了含有清迈游的泰国旅行团。回想起上一次全家出游，还是在女儿小学三年级时候呢。

　　然而，一路上黄宛然还是极少与他说话，就连秋秋也更沉默寡言了。当前天早上抵达清迈时，成立就开始后悔不该来这里了——女儿并没有因此次旅行而开心，更没有因此而与爸爸亲近，那种隔阂与漠然似乎更深了。

　　接下来还会发生什么？妻子和女儿会对自己怎么样？他已在沉思中吸完了三根烟。

　　突然，楼下响起一片杂乱的脚步声，将成立的注意力拉回到现实中。他马上退入房间，捡起一个铜铸哑铃，准备随时砸向不速之客。

　　当门口出现叶萧的脸庞时，大家才松下了一口气，接着是顶顶和屠男的脸。他们看起来还完好无损，只是屠男的脸色有些不对。伊莲娜第一个问："你们发现什么了？"

"没什么，唯一有价值的是，我们知道了这座城市的名字——南明市。"

"南明？"

顶顶走进屋子深处看了看说："其他两组还没回来吗？"

话音未落，门外又响起一阵零乱的脚步声，接着便是孙子楚的声音："我们回来了！"

第三小组也回到了这里，林君如和厉书跟着走进房间，却都是面如土色。厉书推了推眼镜说："这里是人间地狱！"

正当大家七嘴八舌地谈论之际，叶萧却拧起眉毛问："第一组怎么还没回来呢？他们是最早出发的，而且童建国还开着汽车，不该比我们还晚到啊。"

唐小甜也焦急地喊起来："是啊，这是怎么回事呢？杨谋他们会不会出事？"

看来她真是一步都离不开自己的新郎，叶萧淡淡地说："别担心，我先去巷口等他们。"

说罢他便走出房间，顶顶、厉书、孙子楚都跟在他身后，自然也少不了思君心切的唐小甜。

五个人走出寂静的住宅楼，来到绿树掩映的巷口，外面的街道依然死一般沉默，只能远远地眺望黑色的山峦。

他们焦虑地等了十几分钟，就连叶萧都不太敢相信自己了，第一组真出事了？这时街道那头传来汽车的声音，几个人立即冲到街上，才发现了一辆汽车正快速驶来。

居然是辆白色的德国原产宝马730！

宝马车在叶萧面前停下来，从车里出来四个人，正是童建国、钱莫争、玉灵和杨谋。

唐小甜扑入杨谋的怀抱，两个人差点摔在地上，童建国狡猾地笑道："对不起，让你们久等了。"

"哇，这是哪来的车啊？"

厉书围绕着宝马车看个不停，车上沾着厚厚的灰尘和污垢，早就可以送去洗车场了。钱莫争也苦笑着说："一言难尽啊，我们的破丰田把油烧完了，老童就在路边找了这辆宝马。"

孙子楚轻蔑地冷笑道："他可真会偷车啊！"

童建国打开了宝马的后备箱说："小兄弟们过来帮个忙，里面有很多好东西呢。"

大家聚拢过来一看，才发现里面已是聚宝盆了——各种牌子的方便面，精选泰国香米，罐装肉类和蔬菜，盐糖味精和食用油，进口巧克力和万宝路香烟……甚至还有泰国产啤酒和欧洲产的红酒！整个后备箱都塞满了，就连后座上都有一堆洗衣粉、洗发水等日用消耗品。

"天哪，这是从哪来的？"

"我们在路上发现了一个大卖场。"杨谋总算脱开了唐小甜，得意洋洋地说，"就像沃尔玛和家乐福一样，里面的商品应有尽有——就是没有人。"

孙子楚却依然提不起精神："要这些有什么用？你们想在这里长住吗？"

"也许，我们确实需要这些。"顶顶异常冷静地说，她回头问童建国，"这些都能食用吗？"

"都检查过出厂日期和保质期了，车上的食品都在保质期以内，可以放心吃。"

厉书和钱莫争已开始卖力地搬了，玉灵和杨谋也一起帮忙。几个人捧着大包小包，发年货似的向住宅楼走去。叶萧拍了拍孙子楚的肩膀说："大家都饿了，回去吃午饭吧。"

童建国就把宝马车停在路边，反正也只有他会开没钥匙的车。

众人手忙脚乱地到了二楼，把留守部队都吓了一跳。他们把吃的东西都堆进了厨房，幸好这厨房足够宽敞，否则都不知道该往哪里放了。

正愁巧妇难为无米之炊的黄宛然，看到这么多熟食总算解了燃眉之急。钱莫争和玉灵都走进厨房帮忙，液化气燃起的火焰烧沸了大锅，几包方便面都扔了进去。黄宛然不想让大家吃罐装菜，便用油锅把熟菜炒了一遍，看上去竟像新鲜蔬菜。钱莫争一直给她打下手，这粗犷的野外摄影师居然也很细心，只是从来不和黄宛然说一句话，这样的沉默被油锅的声音掩盖了。玉灵也在一旁忙个不停，原来她从卖场里拿了上等咖喱，要为大家做几个泰国菜。

虽然都早已经饿了，大家狼吞虎咽地吃下了这顿特殊的午餐，但吃完后心里却好不是滋味。并不是黄宛然他们做的不够好，而是想起了各自的家里——已经有二十四小时没和国内的家人联系了，他们一定非常担心吧，估计家里已经乱成一锅粥了。家人们给旅行社打电话了吗？有没有通知中国驻泰国大使馆？清迈的泰国警方有没有出动来救他们？

第五章 ■ 美女与狼狗

不过——现在正巧是泰国政变，军队和警察忙着站岗放哨呢，谁还有空来管这些中国游客呢？

"真倒霉啊！"

屠男本来还要吃第二碗面的，却推掉了手里的碗。自上午从那商务楼里出来，他的心情就越来越郁闷，还差点开枪走火伤人。

"泄什么气？"孙子楚就看不起他那副样子，轻蔑地说，"我们总有办法的！"

"说来听听啊！"

孙子楚好像又有了主意："中午我们已经发现很多了，虽然这座城市暂时还找不到人，但各种机构和设施都很齐全：叶萧发现了商务楼和警察局，我们发现了医院和关帝庙，而童建国发现了银行和邮局。接下来可能还会发现更多——比如电信公司、电台或电视台！"

"电视台？"

"对，无论是电信公司还是电台或电视台，它们都有一个共同点——那就是与外界的信息联系！"

杨谋举着 DV 对着他说："我明白你的意思了，但这里的电话都不通，手机也没有信号，连电力供应都没有，怎么与外界联系呢？"

"也许有卫星电视或电话收发设备？甚至是国际海事电话？这个你应该比我懂吧。就算没有交流电，我们也可以用电池的直流电！这里的每辆汽车里都有蓄电池供我们使用。"

在电视台当纪录片导演的杨谋细想了片刻，觉得孙子楚的建议确实有道理，便点了点头说"我们赶快出发吧，这里一定有电台或电视台的。"

叶萧却保持着沉默，顶顶悄悄捅了捅他说："你不说话吗？"

他还是呆了片刻才说："好吧，下午两点出发。"

2

南明。

2006 年 9 月 25 日，下午两点。

旅行团按照上午的分配，分成三组人马出去寻找卫星通信设备。成立、黄宛然、秋秋、伊莲娜、唐小甜和法国人亨利依然留守在住宅楼二层——

这已是他们的大本营了。

第一组仍然是童建国、钱莫争、玉灵、杨谋四个人，像出去兜风似的坐上了宝马，由童建国开向上午走过的那条路。

天空依然不见太阳，杨谋坐在后排端着DV，不断摄下周边的街景。刚才唐小甜缠着他不让他走，但他还是抱歉地离开了新娘。宝马很快开到了那条繁华的大街，旁边是银行、邮局、餐馆和店铺。玉灵一直记着走过的路，以免回来的时候迷失方向。这条宽敞的马路很长，车子开了十几分钟后，来到一个巨大的十字路口。

路口是个街心花园似的转盘，在绿树与落花丛中，隐隐可见一个黑衣人站在里面。

黑衣人。

童建国也见到了那个人影，便把车子停在转盘上。钱莫争第一个跳下车，冲向在这里见到的第一个人。

玉灵和杨谋也紧跟着他，穿过长满野草的街心花园小径，已经清楚地看到了那个黑衣人背影，如同雕塑般一动不动地站在那里。

"喂，对不起！"

钱莫争先向那人打了声招呼，便转到了黑衣人的面前。

那个人依然不动，脸上如雕塑般凝固着笑容。

事实上也就是雕塑。

"哎，我们真是瞎起劲啊，原来是街心花园的雕塑！"

杨谋无奈地喊道，DV镜头仍然对准了雕塑——这是一尊与真人大小相等的铜像，所以背后看起来像个黑衣人，雕像明显长着中国人的脸，戴着顶美式的大盖帽，穿一身笔挺的军装，皮带上还别着把手枪——竟像抗战时期国民党军官的装束。

黑色的铜像似有些年头了，风吹雨打中有些铜锈，但仍难掩雕像的神气。特别是那铜铸的双眼，炯炯有神直视前方，仿佛随时都会变成真人。再看那张脸的年纪，不超过三十岁的样子，英姿勃发令人景仰。

铜像脚下有块大理石碑，上面刻着一行字——

马潜龙（民国九年～民国八十九年）纪念像

除此就没有其他文字了，雕像正处于大转盘的中央，四周都是绿树

和小径，就像其他城市的雕塑——至少不是墓地，谁都不会把值得雕塑纪念的人物埋在街心花园。

"马潜龙？"钱莫争困惑地念道，"从没听说过这个名字？他究竟是什么人，值得在这里雕像纪念呢？"

这时童建国的情绪却有些激动，他大步走到雕像跟前，直视着铜像的双眼，嘴里默默地说："马潜龙——我终于找到你了！"

端着 DV 的杨谋立刻问道："你在说什么？"

"不，没什么。"

"你知道这个马潜龙吗？"

童建国却不置可否地转身离开了，淡淡地说道："这里没什么可看的，我们快点去寻找卫星收发设备吧。"

杨谋他们只得离开街心花园的雕像，回到转盘旁的宝马车上。童建国沿着转盘左拐向西开去说："注意路边房子的楼顶，看看有没有卫星的'大锅'。"

这条路同样也很宽敞，路边大多是五层以上的楼房。一个个竖直的招牌挂在外墙，写满了繁体中文的店名和广告，开头大多是"南明"两个字。

几分钟后，玉灵突然叫了起来："看，那个楼顶是什么？"

宝马车停了下来，大家跳下车看着左侧一幢大楼。这幢楼居然有十二层高，与周围相比是鹤立鸡群。顶楼有个发射塔似的钢铁支架，又高高地生出来十几米。杨谋在楼下用 DV 仰拍，镜头里还有几分气派。

再看大楼门口挂的两块牌子：**南明电视台、南明电台**。

"终于找到了！"

钱莫争使劲拍了下手掌，就要往大楼里面冲去，童建国却喊道："等一等！"

玉灵不解地问："这栋楼有危险吗？"

在大家发愣的时候，童建国走到路边，这里停着几辆汽车。他打开车前盖，搬出一个正方形的东西。

"蓄电池！"

钱莫争总算明白他的用意了，在没有电源的情况下，用汽车里的蓄电池是唯一的办法。接着，童建国又如法炮制地卸下三辆车的蓄电池，这样四个人每人手里都捧着一个。

"要发动上面那个家伙，也许还需要更多的电力！"

童建国仰头看着楼顶的发射塔，便捧着蓄电池冲进大楼。其他人也紧随其后，只是手里的蓄电池让大家都很小心，特别是娇小的玉灵有些吃力，杨谋只好扶着她一把。

　　电梯当然不能使用了，只能艰难地爬上楼梯。每走一层，童建国都会让大家停下，由他到走廊里去查看一番。他在三楼发现了一个直播大厅，看来是搞什么综艺节目的，灯光、舞台等设备都很齐全，后台甚至还有专业的化妆用品。

　　在电视台工作的杨谋最熟悉不过了，他在控制室里找到了很多器材，其中有许多录像母带——或许能从录像带里发现什么？他把这些带子装进一个大包，吃力地斜挎在肩膀上。

　　离开这一层，四个人又艰难地爬到了十二层，手里还捧着重重的蓄电池，每个人都累得气喘吁吁了。好不容易找到通往天台的小门，他们才小心地爬到了楼顶——全城的至高点。

　　这幢十二层的大楼，虽然在国内的大城市算小儿科，在这里却是"会当凌绝顶，一览众山小"。俯瞰整个城市，唯有西南片有座差不多高的楼，但楼顶没有电视塔。

　　从顶上眺望下来的感觉，完全不同于站在地面上的无助。每个人的信心又增加了，至少可以一窥城市全貌，免得在迷宫里转圈心里没底。这城市比想象中要大，四周全被巍峨的群山环抱，竟找不到一处缺口，是个典型的封闭型盆地。

　　这里是全城的正北部，正南几公里外隐约可见进城的路，盘旋曲折深入山坡，直到那致命的隧道口。在城市中心似乎还有个广场，但被楼房遮挡看不清楚。城市西部有个椭圆形的建筑，奇形怪状难以分辨。楼房与街道中有许多茂密的树冠，有的地方绿树还很密集，可能是公园或街心花园。

　　山雨欲来风满楼——乌云就像覆盖在头顶上一样。除了楼顶呼啸的风声以外，听不到丝毫的动静，也看不到任何的灯光，没有人烟活动的迹象。这里的人究竟到哪里去了呢？又一阵大风夹着雨点吹来，还好杨谋用力抓住了玉灵，否则瘦小的她真要被风吹下去了。玉灵痴痴地看着远方的山巅，不知再隔几座大山才能回到她家？

　　童建国走到电视发射塔下，这个钢铁结构的家伙，竟有几分像微缩的埃菲尔铁塔，竖在这十二楼的天台上，却异常丑陋碍眼。旁边还

有几个卫星收发装置，巨大的铁锅面对苍穹，不知能否收到太空信号。杨谋也走上来了，和童建国仔细检查电源系统。虽然完全没有电力，但他们还是试着把蓄电池搬过来。天台上搭了个小房间，里面有电源线、变压器等设备。杨谋小心地启动了蓄电池，通过变压器传输到卫星接收器上。

等待了几十秒后，接收器的信号灯突然闪烁起来，大家都睁大了眼睛——卫星正在接收信号！

同时，空中的乌云更加密集，密集的雨点已打了下来。

但杨谋难掩兴奋地喊道："我们有救了！既然可以接收信号，我们就能向外传送信号！"

他们用塑料布盖住蓄电池，免得被雨水打湿，然后在大雨倾盆之前冲下天台，跑回十二楼的走廊里。根据杨谋在电视台的经验，这里通常会有卫星信号的控制室。

果然，他们找到了控制室，电流通过楼顶传下来，许多信号灯都亮了。钱莫争在非洲拍摄狮子时，曾用过个人卫星设备。他自告奋勇来进行调试，这时屏幕也亮了起来，在电磁波的雪花飘过之后，隐隐出现了一些人影——是不是救援队呢？

屏幕上的人影越来越清晰，直到一张美国人的脸映出——杨谋觉得这张脸好眼熟，接着屏幕上出现了一片操场，一伙美国人在用英语交谈着，旁边还有两个穿着制服的人。接着，那个美国人对着镜头说了一串英文，后面穿制服的人似乎掏出了枪。

正当四个人目不转睛地盯着屏幕时，杨谋却恍然大悟，"该死的！"

"怎么了？"

"这是卫星电视转播，美国最牛的电视剧集——《越狱》。"

原来屏幕上出现的那个人，正是《越狱》的男主角 Michael。钱莫争也看过这个电视剧，他吓得差点没从椅子上摔下来。

童建国却在鼓励他们："能收到卫星电视就是好事，我们再试一下。"

窗外已是狂风大作，乌云里滚动着沉闷的雷声。

钱莫争再度镇定下来，小心地调试着各种信号，屏幕上的《越狱》也渐渐变成了雪花。他点点头说："已经可以向外发送信号了！"

大家的心又一次悬了起来，屏幕上出现了一串模糊的影像，接着便听到了一些声音，似乎是用英文在问话。钱莫争立即抓过话筒，用英文

LOST IN THAILAND

说了一大串求援的话。但对方表示没有听清楚，他只能又再说一遍。

"有救了！"

杨谋兴奋地跳了起来，连 DV 也忘记打开了。

正当这万分要紧的关头，上面传来一阵剧烈的响声，接着钱莫争眼前的屏幕便爆炸了！

在无数火花飞溅之中，大家都下意识地趴倒在地上。房间里弥漫着一股呛鼻的刺激气味，屏幕的玻璃渣子炸得到处都是。玉灵吓得都快哭出来了，杨谋只能用整个身体护着她。

几秒钟后，硝烟继续弥漫。杨谋艰难地睁开眼睛，用手电照了照黑暗的四周，只见钱莫争的脸已经被熏黑了，幸好还没有流血受伤。杨谋将玉灵也拉了起来，屋子里已面目全非，所有的电子设备都被烧坏了。

"天哪，这是怎么回事？"

钱莫争顾不得擦脸，气得差点要吐血，刚才都已经连接上了，却在这节骨眼上功败垂成！这下再也无法与外界联络了。

还好四个人都没有受伤，但刚才险些要送命了。倒底姜还是老的辣，童建国保持镇定说："我们上顶楼去看看！"

于是，四个人又冲到了十二楼的天台上。那上面已是狂风暴雨大作了，天空中不断闪烁着电光。而巨大的电视发射塔已经倾倒在地，钢铁支架发出金属烧化的难闻气味。那些卫星接收器已炸得粉碎，地上布满各种金属碎片，蓄电池里的化学液体随着雨水而奔流。

童建国绝望地仰起头说："原来是闪电！"

"刚才电视塔遭到雷击了？"

大雨让他们浑身都浸湿了，钱莫争面如土色地看着这一切——如此严重的雷击，足以造成极其严重的后果，他们四个人能活下来，也算是个奇迹了！

空中又是一声巨大的雷鸣。

杨谋却在恐惧地思考："这个大楼该有避雷针的啊？"

"理论上是这样，但也许这就是我们的天命吧。"童建国无奈地摇了摇头，"我们快点下去吧，在这里非常危险，可能还会有雷击下来。"

大家又都冲下了天台，再也不敢停留在这鬼地方，沿着消防楼梯跑了下去。

杨谋的挎包里还有十几盒小录像带。而玉灵的筒裙全都湿透了，杨

第五章 ■ 美女与狼狗

谋便脱下自己的衬衫，披在了玉灵身上。

他们大汗淋漓地跑下十二层楼，祈求着自己不要着凉，便冲出了电视大楼直奔宝马车。

三万英尺之上，依然电闪雷鸣……

3

第二组。

在那个惊雷劈下来的同时，叶萧见到了一个神秘的人影——

大雨弥漫在空城的街道上，第二组的叶萧、顶顶和屠男，在伞下绝望地扫视着雨幕。

他们沿着中午走过的路线，一直走到城市的最西边，又折回去到一个十字路口，左拐向北走了半个小时。屠男一路上都在抱怨，直到大雨瓢泼而下，幸好路边有个小超市，他们进去每人"借"了一把伞。

叶萧担心顶顶会不会着凉，但这女生满不在乎地回答："别管我，我能照顾好自己。"

"切，你怎么不关心一下我呢？"

屠男摘下墨镜露出一双黑眼圈，他已然瑟瑟发抖了。

但叶萧并不理睬他，警觉地把目光投向马路另一边。那是个幽深的小巷子，两边都是茂密的花园。

虽然大雨遮挡着视线，但巷子里仍闪现出一个人影。

叶萧的心猛烈地颤了一下，他毫无疑问地确定，这并非是自己的幻觉，也不是其他什么东西，而就是一个人。

二十多个小时来，他在这座空城里见到的第一个陌生人。

你是谁？

叶萧飞奔着冲向巷口，顶顶和屠男还摸不着头脑，也只能紧紧跟在后面。

越过四周飞溅的雨花，那人影越来越清晰了，小小的身体像个女孩子，裙摆在雨中微微飘动，一顶黑色的雨伞覆盖着她。

就是她——叶萧越跑越快，脚底溅起的水打湿了顶顶和屠男的衣服。

然而，当他跑到巷口的时候，那个撑着黑伞的女孩却消失了。

叶萧虽然目瞪口呆，但他相信自己绝对没有看错。顶顶和屠男也跑到了身边，两人异口同声地说："那个女孩是谁？"

果然，他们两个人也看到了！叶萧瞬间想起今天早上，在加油站的对面，唐小甜说她看到了一个女孩，也是在一个类似的小巷里——正是这女孩吸引他们离开加油站，从而躲开了那可怕的大爆炸！

早上，其实是她救了叶萧他们的命。

难道就是刚才那神秘的女孩吗？

不，不能再让她逃走了。

叶萧向小巷的深处冲去，看到右侧有一条岔路，视线尽头是个黑色的伞影。

"在这里！"

他招呼着顶顶和屠男跟上，三个人迅速地跑进去。小巷两侧是住家的围墙，都是独立的两层小楼。

黑色的雨伞渐渐要被追上了，伞下女孩的背影也越发清晰。

三人的心跳骤然加快，丝毫顾不得雨水溅湿自己，屠男还扯着嗓子大喊："喂！站住！"

但那女孩反而加快了脚步，叶萧拼命地向前跑去，但水花模糊了他的视线，怎么也抓不到眼前的女孩。

突然，黑伞下的女孩回过头来。

时间在雨中凝固。

叶萧看到了那张二十岁的脸，同时脑中浮起某部小说里的文字——

"记得小时候看白话本聊斋，每当读到《聂小倩》时，眼前就会浮现起一个古装女子的形象：她无声无息地出没于古老寺庙中，有着披肩的乌黑长发，纤细修长的腰肢，美丽狐仙似的瓜子脸，还有一双春天池塘般的眼睛，最诱人的是她眼神里淡淡的忧伤，仿佛是微微划过水面的涟漪——"

空城里的聂小倩。

雨中初绽的花骨朵。

就是她。

她穿着的碎花布子的衣裙已被雨水弄脏了，细细的发丝黏在脸上，红唇紧紧地抿着，还有一对无限惊恐的眼睛。

黑色雨伞下的幽灵？

叶萧他们三个都怔住了，像被电流触过全身似的，在狭窄的空城雨巷里，在戴望舒笔下的诗意里——她是谁？

第一个回过神来的是顶顶，她冲上去一步要抓住那女孩，没想到对方轻巧地一闪身，便消失在旁边的一条岔路中了。

叶萧和屠男也紧跟了上去，没想到斜刺里冲出来一个黑色的东西，在雨中向他们狂吠起来。

是一条狗。

不，是一条纯种的德国黑背，体形非常巨大，气势汹汹地拦在了他们身前。

屠男几乎被吓趴到地上了，叶萧也不由自主地打了个冷战，眼前这黑家伙发起火来可不是好玩的。这狭窄的巷道根本无处逃生，三人只能缓缓地后退几步。

这东西是从哪里蹿出来的？是来保护那神秘女孩的吗？

狼狗的眼球放射出精光，要比路上遇到的山魈还要可怕，嘴巴里隐隐露出森白的利齿，唾液随着雨水而滑落。

但叶萧紧紧抓着顶顶的手，轻声说："别怕！"

狼狗也盯着他们的眼睛，却突然转身回头跑去。叶萧则紧紧跟在狼狗身后，屠男喊了一声："你不要命啦？"

顶顶犹豫了两秒便跟了上去，屠男也不敢一个人站在原地，只得继续跟着狼狗走。

狼狗四脚溅起无数雨水，长尾巴半夹在股间，很快带着他们冲出了小巷。眼前一下子变得豁然开朗，一排巨大的建筑物横了出来。

居然是个体育场！

三人目瞪口呆地冲出小巷，只隔着一条小马路，便是椭圆形的体育场外面了。高大的钢筋水泥支架有十几米高，里面就是大看台了。

狼狗蹿进体育场一道敞开的门。

叶萧和顶顶也飞奔了进去，身后只听到屠男的叫声："喂，等等我，我跑不动了。"

但他们并没有丝毫等待，径直穿过体育场里的门洞，迎面就是一条红色的跑道。

两人一口气冲到跑道上，对面就是一片绿油油的足球场，疯长的草几乎有膝盖那么高，简直可以藏进一个人了。

"狗呢？"

顶顶焦急地向四方张望，回头见到了宏伟的球场看台——全是橙色的座位，如波浪般延伸到高处，上面有巨大的顶棚遮挡着雨，整整一圈环绕着体育场，至少能坐三万人吧！

"天哪！"

正当她被这场面震慑住时，跑道尽头又出现了那条狼狗。

狼狗旁边站着那黑伞女孩。

雨中的大球场。

红色的跑道上。

一条狗，一个人，一把伞。

叶萧也看到了这一幕，跑道那端的女孩笔直地站着，而那条狼狗也不再凶猛，竟如宠物狗般安静听话。

为什么要把他们引到这里来？叶萧和顶顶缓步向前走去，雨水溅落在跑道上，又迅速地渗透下去。

对面女孩的目光直视着他们——真不可思议，如此柔弱的二十岁女孩，居然养一条那么凶猛的大狼狗，估计狗的体重要超过她本人吧？

当两人靠近到她十米远处，女孩扭头钻进了旁边的小门，狼狗也紧紧跟随着主人。

"别走！你是谁？"

顶顶着急地大喊起来，她第一个冲到了小门口，但里面却黑压压一片，不知道藏了些什么东西。

叶萧紧紧拽住她的手说："不要进去，里面可能有危险！"

顶顶喘着粗气停下了，睁大眼睛回头说："她究竟是谁？"

"天知道。"

她依旧盯着那黑黑的小门，里面什么声音都没有，那一人一犬就像蒸发了似的。

叶萧忽然想起了什么："屠男呢？"

身后是空空荡荡的跑道和球场，哪里有什么屠男的身影。

"糟糕，我们把他一个人抛下了。"

两人又冲到了体育场入口，外面也没有屠男的影子，顶顶大叫了几声："屠男！屠男！"

声音在巨大的球场内回荡，但并没有失踪者的回答。

第五章 ■ 美女与狼狗

叶萧仔细想着刚才发生的一切，他和顶顶追逐着那条狼狗，冲进了这神秘莫测的体育场，而屠男则在后面叫跑不动了。然后就听不到屠男的声音了，他可能也跟着跑进来了，但怎么会见不到他呢？就算他仍然留在外边，也不可能走远的啊！

他们撑着雨伞四处寻找屠男，但偌大的场内只有他们自己的身影。

"他失踪了？"

顶顶紧紧握起了拳头，猜测屠男可能遭到的危险。

难道刚才那条狼狗，只是为了吸引他们的注意力，将叶萧和顶顶带到球场里，趁着屠男落单的机会下手？

"调虎离山计？"

"可究竟又是谁干的呢？"

叶萧猛摇着头："不，不可能是那个女孩。"

"他会不会到看台上去了？"

顶顶焦灼地回头望着看台，三万个座位藏个把人实在太容易了。于是，叶萧跟着她跳过隔离沟，从一个垂直的梯子爬上了看台。

虽然顶上有天棚，但座位上还是有些积水，他们仔细地扫视着周围，见不到任何有人的迹象。

两人沿着阶梯一直往上爬，一直爬到整个看台最高的位置，从这里可以俯瞰整个球场。顶顶手搭凉蓬四下张望，雨水似乎减弱了一些，但雨雾模糊了视野，对面的座位看得不是很清楚。

"也许，屠男也在焦急地找我们吧。"

叶萧无奈地叹了口气，找了个相对干净的位子坐下。顶顶也感到疲惫不堪了，索性坐在了他的身边。

一分钟过去了，两个人保持着沉默，一起呆呆地看着球场，雨水从天棚上落下来，洋洋洒洒地飘在茂盛的草地上。

还是顶顶率先打破了寂静："看来南明市并不是空无一人的。"

"嗯，至少还有一个年轻女生。"

"还有她的狗。"

顶顶苦笑了一声："这么说来也不算是件坏事——起码这里还有人活着，并非被死亡统治的人间地狱。"

"只是看到她的一刹那，那种感觉真是好奇怪啊，似乎很早就见到过。"

"啊，你也有这样的感觉？"

叶萧点了点头，眯起眼睛说："我们一定要把她搞清楚！"

又是片刻的沉默后，顶顶说话了："我读过很多关于你的故事。"

"哦，很多人都读过了。"

她没想到叶萧会如此平静，似乎早在他意料之中，于是她胆子更大了："你知道吗？你让我感到很失望。"

"哦，是吗？"

他依然是满不在乎地回答，好像只是在敷衍了事。

体育场里的雨越来越小了，坐在看台最上端的顶顶，也开始咄咄逼人起来："书里的你非常坚强，没有你做不到的事情，你是个很优秀的警官。但现在你却打不起精神，所有的事情你都会害怕，就和屠男那样的家伙没什么区别。"

"你是说我平庸？"叶萧轻轻叹了一声，仰望球场上方椭圆形的天空，"没错，世界上每个人都很平凡，我也是。"

顶顶低下头有些难过，几天前抵达曼谷时她惊讶地发现，旅行团里居然有一位小说中的人物——叶萧警官，那些故事都是真实的？

但现在她的心却凉了："可能是我想当然了。"

"我可没有书里写得那么厉害，请不要相信那些小说。我只是个平凡而普通的男人，希望过宁静安详的生活——只是许多突如其来的意外，和不可思议的恐惧事件，总是打破我们原本安稳的生活，而我作为警察则必须要卷入其中。"

"这不是你想要做的事情吗？"

叶萧紧盯着她的眼睛，冷冷地回答："你怎么好像记者采访似的？"

"对不起。"

顶顶仿佛受到了委屈，眼前这个年轻的男人，虽然只有二十九岁，心却已经像四十岁的人了。

坐在空旷的看台上，两人又一次无语。天棚上落下的雨点敲打着跑道，在巨大的体育场里形成奇异的共鸣——似乎还有两支足球队在绿茵场上厮杀，他们身边坐满了狂热的球迷，纷纷挥舞着旗帜和彩带。

他们是在为南明队加油吗？主教练是谁？主力前锋是谁？守门员是谁？时间在缓缓地倒流，从消失的人们到喧闹的城市，一切都是为叶萧准备的？

突然，他激动地站起来说："我们下去找屠男！"

第五章 ■ 美女与狼狗

109

顶顶看到他的眼睛里充满了杀气。

4

雨停了。

第三组，孙子楚、林君如和厉书，他们已在书店避雨许久了。一个钟头前，他们三个沿着中午走过的老路，越过那座充满死尸的医院，一步步深入全城的中心。突如其来，电闪雷鸣，一场瓢泼大雨落到头顶，只能狼狈地找地方躲雨。正好林君如发现街边有一个书店，几人便冲进这黑色的小屋。

这间书店的门面不大，装饰着黑色的古朴外墙，看上去更像档案馆或研究会之类的机构。小小的橱窗里陈列着一些旧版书，其中一半都是外文书。书店的名字很别致，叫"西西弗书店"，更古怪的是门牌号码——**查令十字街 84 号**。

厉书在门牌前停顿了一下，仿佛回到了伦敦的街头，那一封封感人至深的书信，难道是寄到这偏远的泰北山城来了？

"你还在外面淋什么雨啊！"

孙子楚一把将他拉进书店，厉书的眼里却满是不可思议——几十平方米的店面，黑色的木架上摆放着各类书籍。书本如军队般整齐有序地列阵，似乎刚刚开张迎接客人，店员就站在收银台后腼腆地微笑。

"查令十字街 84 号——Charing Cross Road。"厉书连英文街名都念了出来，用朝圣者般的语气说，"这条街在伦敦，1949 年纽约女子海莲·汉芙为寻找绝版书，给伦敦查令十字街 84 号旧书店的老板弗兰克·德尔写了一封信，两人从此隔着大西洋鸿雁往来二十年。"

"像古典版的《第一次的亲密接触》。"

林君如想起六年前在台北——那年她刚考进台大，为了得到痞子蔡的一本签名书，在烈日下站了两个钟头。

"贫困的海莲·汉芙终身未嫁，二十年后她将书信结集出版，意外地成为畅销书，才得以前往伦敦。然而，当她来到魂牵梦萦的查令十字街 84 号时，弗兰克已因病去世了。这个故事被拍成过电影，安东尼·霍普金斯主演。至今还有很多书迷情侣，相约在那个门牌前接吻。"

林君如赶紧皱起了眉头说："拜托别吻我。"

"我是搞出版的，今年去伦敦参加国际书展，还特地寻找过查令十字街84号——没想到早已物是人非，书店原址变成了一家必胜客。"

厉书说着又看着书架，大部分是台湾出版的中文繁体书，也有一小部分是大陆出的简体书。这个书店以文学书为主，还有些人文社科类的，经管书非常少，而大陆常见的教材教辅书，在这里则毫无踪影。

不知道这些书是从哪个渠道进来的。他翻了翻书的版权页，大多是2004年及以前出版的。少数有几本摆在醒目位置，是2005年上半年出版的，但没有发现2006年版的新书。

有个书架专卖外文书，香港的书店里都有这种地方，他看到了丹·布朗的《达·芬奇密码》原版书，还有奥尔罕·帕慕克的《我的名字叫红》的英文版。书店最深处的一个书架，装饰得考究华丽，简直像维多利亚时代的古物。上面放着珍贵的旧版和绝版书，书店的主人有收藏的习惯吧。

外面的世界正豪雨倾缸，小小的书店里也充满了潮湿气息。若是平常这样的雨天，孙子楚倒乐意在书店里消磨时光，现在却感到掉进了陷阱，完全没有心思看书。林君如居然找了把椅子坐下，悠闲地读起了一本成英姝的书，就差再烧一壶咖啡了。厉书跑到英文书架前，他的英文是旅行团里除了伊莲娜外最好的。还有些国内不易见到的外版书，让他的心也痒了起来。

孙子楚在书店里转了一个钟头，等到雷阵雨停了，急忙招呼林君如和厉书出去。在他们走出书店门口的刹那，眼角瞟到一叠文件——居然是地图。

在进门处一个不起眼的角落，有几十张世界各国的地图，大多是台湾和泰国出版的。但唯独有一张让三个人惊万分，那是南明市政府发行的南明市地图。

孙子楚重重拍了一下手掌，比起那些珍贵的绝版书起来，这本地图才是他们的无价之宝呢！

他轻轻展开地图，油墨味充塞于鼻息，一条条线条构成的街道，以及整个城市的全貌映入眼帘——

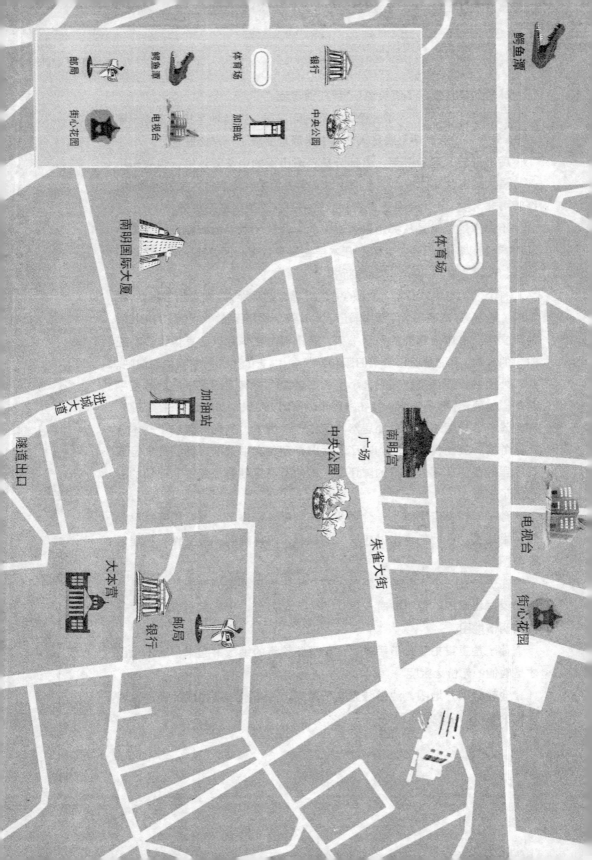

第 一 季

沉睡之城

第六章 ■ 万物生

屠男还活着。

但叶萧和萨顶顶也没有找到他，此刻屠男依然在巨大的体育场里，当然从看台上是发现不了他的，因为他在看台底下。

这是球场大看台的内部——头顶是钢铁的横梁，身边是水泥的支柱，光线从外面狭小的缝隙射进来，黑暗的密闭空间无边无际，稀薄的空气压得人喘不过气。

屠男背靠在一根水泥柱子上，不知道外面的大雨停了没有？不远处的地面还在滴着水。

眼前那些黑色的东西又开始闪烁了，像碎片扎进眼球扎进脑子，身体即将破碎成无数片，某个声音从梦境的记忆里缓缓滋生，温柔地对他耳语道——

这就是厄运

从一年多前就已注定了？鬼使神差般地在新公司开张前夕，跑到这个鬼地方来受罪？屠男狠狠地掐着自己大腿，希望能从噩梦中痛快地醒来。

然而，这不是梦。

一个钟头前，他见到这座巨大的体育场。当时叶萧和顶顶在追逐那条狼狗，飞快地冲进球场的入口。这两个家伙跑得太快太急了，把屠男远远抛在身后。

等他即将跑进球场时，叶萧和顶顶早就没影了，他心里一着急竟脚下绊蒜，重重地摔了下去。也活该是屠男倒霉，旁边正好是看台与跑道间的隔离沟，他整个人掉到了深沟里！

这沟深达两米，是为防范球迷跳进球场闹事用的。屠男摔得天旋地转、头晕眼花，半晌没回过神来。幸好他屁股上肉多，只是身上擦破了些皮，没到伤筋动骨的地步。

等到屠男悠悠地挣扎起来，却怎么也爬不出深沟了。倒霉的是那副心爱的墨镜，也在口袋里摔成碎片了。他只能尝试着呼喊求救，期望叶萧和顶顶可以听到。但他发现自己完全叫不动了，微弱的声音像小猫似的，根本传不出深深的隔离沟。

屠男绝望地看着沟上的天空，窄得只剩下半米宽，依稀可见看台顶上的天棚。许多雨水流进了沟底，虽然有排水系统，但双脚和袜子都被浸透了。他艰难地沿着沟壁摸索，但这条沟就如旅行团遭遇的深谷，居然走了数百米都不见头——直到他看见一扇小门。

总算有救了！屠男用尽全身力气才推开这扇门，里面是球场看台的内部通道，他一头就扎进这暗无天日的空间。他一边用手摸索着墙壁，一边尝试推开各种各样的门，在迷宫般的通道里转了几十分钟。

突然，一道门里亮出光线，原来是个半地下室的房间，接近天花板有排气窗，正好朝向排水沟，雨天的光线幽幽地射了进来。房间里有一圈座位，当中有小桌子和黑板，一排更衣箱和药品箱。这是运动员的更衣室，足球比赛中场休息时，教练就是在这里训队员的。

更衣室离出口不远了吧？他兴奋地向另一个门冲去，那是运动员出场的通道，却被一道卷帘门牢牢地封住了。屠男拼命地拍着卷帘门，但声音并没传出去多远，直到他双手都拍得通红，只能绝望地回头走去。

走廊尽头有道消防楼梯，他吃力地爬上楼梯，却是一片巨大的黑暗空间。眼前什么都看不到了，再想下楼梯却不敢了——根本就看不到楼梯口，他只能硬着头皮向前，好像一下子双目失明成了盲人。

他伸手往前摸到了一个物体，像一堵墙但又没那么大，原来是根水泥柱子。他用刀向四周喊了几声，便听到了自己空旷的回声。这里是体育场建筑的内部，柱子就是看台的基础，上面便是几万个座位了吧。屠男再也没有力气走动了，背靠柱子坐下来，闭起眼睛等待某个人的降临。

在一年多前的夏天，他 MSN 上的名字还叫"流浪四方"。那时他每夜都泡在网上聊天，忽然有个陌生的号码加了他，对方的名字叫"一朵南方的雲"。他不知道那个人是谁，图片是个绿油油的山谷，显示文字是繁体中文。他问对方为什么加他，回答是随便搜索的 HOTMAIL 号码。

屠男的 ID 是 TO SOUTH，顾名思义是"屠"就是 TO，"男"的谐音是"南"=SOUTH，屠男 =TO SOUTH= 给南方。

他问对方干吗要搜索这个号码？

"一朵南方的雲"：因為我在南方，很南方，很南方。

屠男：难道你在南极？

"一朵南方的雲"：一個比南極更南的地方！

屠男：有趣，地球上有这个地方吗？

"一朵南方的雲"：有。

屠男：哪里？

"一朵南方的雲"：南明。

屠男：南明？地图上可没有这个地方哦！

"一朵南方的雲"：是的，世界上任何一幅地圖都找不到這裏，但這裏確實存在。

屠男：好吧，遥远的朋友，你是个女生吧？

"一朵南方的雲"：是的。

屠男觉得越来越有趣了，准备施展网上泡妞的绝技：云儿，我可以叫你云儿吗？

"一朵南方的雲"：好的，我喜歡。

屠男：云儿 现在已经子夜十二点了。如果你还未成年，请你早些睡觉休息吧。如果你已经是成年人了，那么我们还可以聊更多的话题。

"一朵南方的雲"：但我這裏的時間只有十一點鐘。

屠男：奇怪，是因为时差？你不在中国吗？你是中午还是晚上？

"一朵南方的雲"：是晚上十一點，我當然不在中國。

屠男：比北京时间晚一个钟头的话，你在越南？

他曾去过越南旅游过，还记得在胡志明市下飞机时，大家都把手表拨慢了一个钟头。

"一朵南方的雲"：不是啊，我就在南明。

屠男：南明是个国家？

"一朵南方的雲"：南明既不是個國家也不是個城市，南明是一個墓地。

屠男看到这里心里骤然一抖，难不成今晚 MSN 闹鬼了：你说你在墓地里？

"一朵南方的雲"：也許，即將，很快吧……

屏幕有些闪烁，对话框里的文字似乎悠悠地飘了出来。开着空调而锁紧的窗户，也被一阵不知名的风吹开了，屠男的背脊滑下一道冷汗：你，你到底什么意思啊？

对方却停顿了许久不说话，屠男又催促了一遍问她在不在，"一朵南方的雲"才回答：太晚了，我要去睡覺了，很高興認識你，我還會來找你的。

屠男还想让她等等，但这朵南方的云却先脱机了。他重新关好了窗户，呆呆地坐在电脑屏幕前，看着 MSN 记录上的文字。虽然 99% 的可能性是她在耍他，也许她根本就是在上海，只是在用繁体字的软件，还假装是在很遥远的地方。反正网上的一切都是虚拟的，除非见面，否则一切都不必当真。

但刚才那些对话仍令他感觉异样，隐隐觉得那可能真是个南方的幽灵。不过，幽灵是不会在晚上睡觉的吧？想到这里他对自己苦笑了一下，明早醒来就会忘掉吧。

第二晚，屠男又在线上看到了"一朵南方的雲"，他犹豫片刻之后说话了：云儿，在吗？

"一朵南方的雲"打出了笑脸的符号：在呢，TOTO。

屠男：你叫我 TOTO？真有趣，还是第一次有人这么叫我呢。

"一朵南方的雲"：因為這裏沒人陪我說話。

屠男：你是说南明还是墓地呢？

"一朵南方的雲"：差不多吧，除了小枝。

屠男：小枝又是谁？好像有些耳熟。

"一朵南方的雲"：嗯，不和你說這個了，最近我心裏很煩，就像我生活的這個地方。

屠男：发生什么了？

"一朵南方的雲"：你相信這個世界上有幽靈嗎？

屠男的心又被震了一下：也许吧，你相信吗？

"一朵南方的雲"：我相信，它們就在我身邊。

屠男：云儿，你几岁了？

"一朵南方的雲"：十九歲。

屠男：你好小啊，读大学了吗？

"一朵南方的雲"：下個月就要開學了。

屠男：学什么？

"一朵南方的雲"：靈學。

屠男：好奇怪啊，大学里会有灵学专业？是学习通灵术吗？

"一朵南方的雲"：等一等，天哪！又出事了！

屠男几乎想要把屏幕扯破，看看藏在 MSN 后面的人是谁：怎么了？

"一朵南方的雲"：不，對不起，我现在不能再和你說話了，他們來敲我的門了。

随即女孩就脱机下线了；屠男又一次呆呆地坐着。而紧锁的窗户也又一次鬼使神差地开了，夜风吹透了他的身体。

"一朵南方的雲"——她究竟是谁？是个女骗子？还是女学生？是一场可笑的行为艺术？还是针对他的策划已久的阴谋？

那一夜，他第一次为了一个从未谋面的女子彻夜难眠。

次日屠男没有去上班，而是在家里的电脑前守了一天。但他一直等到半夜，MSN 上仍未见到"一朵南方的雲"。他真正开始感到害怕的是，自己的心已被这女孩缠上了，似乎越来越离不开她。那是好奇还是同情呢？抑或是对于未知世界的探险欲？南明——那是墓地还是某个异域空间？

他就这样等待了三天，直到农历七月十五那天——中国传统的"鬼节"。

"一朵南方的雲"终于出现了，她的图片也换成了真人照片，是个脸圆乎乎的小女生，梳着一个常见的学生头，说实话她的笑容还是蛮迷人的。

屠男立即打字道：云儿，这是你吗？

"一朵南方的雲"：是啊，好看吗？

屠男：很漂亮呢！你知道吗？我都等你三天了。

"一朵南方的雲"：以后不要再等我了。

屠男：到底怎么了？我真的着急了！你到底在哪里？哪个城市？

第六章　万物生

他突然产生一种冲动，跑到她身边去看看她，究竟是人还是鬼？

"一朵南方的雲"：别！别再靠近我了！也别再靠近南明！对不起，是我对不起你，我不该找你说话，也不该打扰你的生活。

屠男：不，我不放你走，我一定会找到你的。

"一朵南方的雲"：啊，他们又来了！请忘记我吧，保重！

屠男刚要拼命地打字挽留她，屏幕上却毫无反应了，键盘和鼠标都定住了似的。好不容易打开 WINDOWS 任务管理器，但电脑瞬间就死机了！

他一激动把杯子都打翻了，刚开的热水溅在大腿上，却丝毫都感觉不到疼痛。看着重新启动后的屏幕，他的表情已呆若木鸡。

等屠男反应过来重新上线，"一朵南方的雲"已经脱机下线了。再翻看 MSN 的对话记录，却发现自己和"一朵南方的雲"间所有的对话，都消失得无影无踪了。

怎么回事？他急得满头大汗，就差要把电脑主机拆开来了，在 MSN 的联系人地址栏里，"一朵南方的雲"也已不翼而飞。他只能凭借记忆，重新输入女孩的 HOTMAIL 号码，添加她为自己的联系人。

然而，这个农历七月半"鬼节"的夜晚，却是屠男与"一朵南方的雲"之间的最后一夜。

他又痴痴地等待了许多天，MSN 上再也没有出现过那个女孩，她就像从未到过这个世界上一样，在他的电脑里没留下一丝痕迹。屠男还是不甘心，他在各种搜索引擎上拼命搜索"一朵南方的雲"与她的 HOTMAIL 地址，但却没有任何蛛丝马迹——

只是自己的幻觉？根本就没有这么一回事？难道是最近创业的压力太重，使得精神出现了问题？屠男百思不得其解，但与"一朵南方的雲"在 MSN 上说的每一句话，他都牢牢地记在心上，无论多久都没有忘记半个字。当然，也包括七月半之夜见到的她的照片，她的笑容常萦绕在他梦中。

一年之后，那个梦变得越来越强烈，每天凌晨都造访脑海。"一朵南方的雲"在梦里是他的云儿，虽然遥远却思念不绝的女孩。她就在那空旷的城市里，茂密的树叶下滴着雨水，四周是陈旧斑驳的街道，幽深小巷里飘起白色烟雾。屠男就这么跟随着她，来到那个最秘密的地方。骤然间头顶射下奇异而遥远的光芒，无数个声音在周围响起，那些不同的面孔都显露忧伤，眼泪汇集到众人的脚底，又变成一条抑郁的河流，逐渐淹没他的身体。云儿紧紧抓着他的手，直到两人被眼泪之海吞噬……

自德国世界杯结束以来，屠男每夜都重复这个梦，直到云儿在梦中说出几个地名：泰国、清迈、南明——这些地名反复纠缠着他，像是注定的宿命一般，永难摆脱的生命召唤。

虽然他的公司即将开张，事业即将迈入新的天地，他很可能成为新一代的中国首富。但屠男仍然决定去泰国清迈，报名参加了这个旅行团。

自踏上飞机的那一刻起，他就有种朦胧的感觉：他将见到"一朵南方的雲"。

经过曼谷的政变之夜，到离开清迈的惊险之旅，再到闯入这神秘的空城之中。屠男目瞪口呆地经历了这一切，这里果然是南明——云儿所说的比"南极更南的地方"。但这里居然没有一个人？不，至少还有一个女孩和一条狗。

但那撑着黑伞的神秘女孩，明显不是他的云儿，照片里的云儿要丰满许多，脸形和眼睛也都不一样。最重要的是云儿一定会认出屠男的，因为他给她发过许多自己的真实照片，就算从没见过也有这种感觉，他甚至能够想象出云儿身上的气味。

此刻，他却被困在这巨大的体育场里，暗无天日的看台底下，背后是冰凉的水泥柱子，四周是绝望窒息的空气。他的云儿仍无影无踪，而他的未来则被禁锢于此。

屠男想起自己还有手机，打开屏幕一看还没有信号，已是下午五点钟了。他用手机照了照前面，露出一片幽暗空间。他强迫自己爬起来，趁着手机没断电，或许能照出逃生的路。

循着那线幽光蹒跚向前，他感到体力有些恢复，四周滴水的声音还在继续，仿佛回到初生时的产道。

忽然，头顶射下一道更为猛烈的光，某个影子强烈地映在了眼前。

他看到了那个人。

那张脸。

那双眼睛。

抱歉，那不是"一朵南方的雲"。

而是——

瞳孔，屠男的瞳孔骤然放大，世界如坍塌的宇宙汇集在视网膜底……

2

南明的黄昏。

第一组，宝马车载着失望而归的四个人，回到了"大本营"外的巷口。

突然，小巷里蹿出一个人影。

坐在副驾驶位置上的是钱莫争，他警觉地从车上跳下来，向那个人影飞快地跑去。其他三个人还来不及下车，他却已跑得没影了。

钱莫争冲进了对面另一条巷子，眼前那人影灵活的闪躲姿势，让他想起在草原上拍摄的野兔。虽然已经四十岁了，但他的速度仍像年轻时那样，渐渐靠近了他的小猎物。那是个少女的背影，还没有完全发育成熟，短袖 T 恤裸露着纤细的胳膊，仿佛一手就能把它捏碎。

终于，在一个破旧的屋檐下，钱莫争抓住了那只胳膊。

"哎呦！"

一个细嫩的叫声响起，冰凉的皮肤摸着像块易碎的玉。随后，他看到了一张少女的脸——秋秋。

"怎么是你？"

钱莫争还以为抓住了这空城里的某个隐蔽的居民，虽然秋秋在猛烈挣扎，但他的大手仍未有半点放松。

"放开我！你弄疼我了！"

"干吗要乱跑出来？"

钱莫争稍微松松手，但仍然不会放过她。

十五岁的女孩执拗地别过头说："不关你的事！"

"你知道这样有多危险？不是关照让你们待在房间里不要乱动吗？"他就像训斥自己的女儿一样，大声地警告秋秋。

"对，这个城市到处都有危险，在房间里不是一样有危险吗？"

没想到这女孩挺会顶嘴的，他摇摇头说："至少有你爸爸妈妈在保护你。"

"我讨厌他们。"

听到秋秋轻蔑而不屑的回答，钱莫争心里头微微一凉。他紧盯着女孩的眼睛，隐隐生出一种奇怪的东西，让他自己也像是被电流穿过似的。

于是，他的大手反而抓得更紧了，好像要磨破她薄嫩的皮肤，尝一尝少女温热的血。

奇怪的是，秋秋却反而停止了反抗，也直勾勾地盯着他的眼睛。这情景反而让钱莫争感到恐惧，急忙甩脱她的手说："你这孩子怎么不听话呢？你妈妈一定着急死了！"

这时，身后传来母亲凄厉的叫喊声："秋秋，你在哪里？"

"你妈妈在叫你呢！跟我回去！"

钱莫争又抓起了她的手，带着秋秋走出了小巷。回到外面的街道上，心急如焚的成立夫妇，立即紧紧搂住女儿的肩膀。

黄宛然松下一口气，有些尴尬地对钱莫争说："非常感谢。"

"怎么回事？你们要看住小孩啊。"

三十八岁的美妇人面露难色，正在她欲言又止之际，成立接过了话茬："对不起，给你们添麻烦了，不会再发生这样的事了，我们会照顾好秋秋的。"

说罢他们就带着女儿回到楼里了，钱莫争则呆呆地站在原地。杨谋和玉灵经过他身边时，轻声地说："多半又是夫妻吵架了吧？"

第一小组回到二楼房间，留守者们看到四个人疲惫的表情，便知道他们是空手而归了。只有伊莲娜还以美国式的天真问道："你们找到卫星设备了吗？"

钱莫争的脸一板："别提了！"

唐小甜又一次扑到杨谋怀里，看到他全身上下都湿透了，急忙将他拖到卫生间去换衣服。法国人亨利听不懂他们说什么，只能继续坐在房间里发呆。而成立夫妇则牢牢地看着女儿，不能再让秋秋乱跑了。

几分钟后，孙子楚、林君如、厉书的小组回来了。

他们三人的表情倒十分自然，好像还颇有收获的样子，这又燃起了伊莲娜的热情："发现什么了？"

孙子楚还来不及喝口水，便从包里取出一张大幅地图，摊在客厅宽敞的茶几上。

"南明地图！"

钱莫争第一个叫了出来，从隔壁房间换好衣服出来的童建国和玉灵，也把头凑了过来。转眼间茶几周围已挤满了人，就连不懂中文的亨利也煞有介事地看着。

这是整个南明的城市交通图，周围是一圈绿色的山峦，当中围绕着

一个不规则的圆形的盆地，城市建筑就在这片盆地中展开。地图上布满了密集的街道，建筑物都用红色方块标出，城市绿地和公园则是浅绿色，周围的深绿色便是自然界的森林了。地图上的文字是繁体中文，标出了几乎每一条街道，以及一些主要建筑和场所。

地图右上角标注着南北方向，地图下端是他们昨天进城的入口。孙子楚的手指沿着这条街往上，在第一个十字路口转向右侧，仅仅移动了两厘米，他便拿出一枝红笔画了个圆点："这就是我们现在的位置！"

常在野外生存的钱莫争频频点头："太棒了！这幅地图对我们非常重要，可以防止我们在外面迷路，也能帮助我们全面了解这个城市。"

"我找到电视台大楼了！"

童建国单腿跪在茶几前，手指在图上点点划划，像军人在看作战地图似的，就差没放沙盘模型了——在地图的上端，也就是整个城市的正北方，有个红色方格里印着"電視臺"三个汉字。

"平时出门旅游还没感觉地图的作用，现在它却成为我们的宝贝了！"

现在说话的是厉书，他也经常出国旅游，开始后悔干嘛没多收集些地图，或许可以玩得更加尽兴。

孙子楚一脸得意地说："还是我们这一组收获最大吧。书店里总共只有七幅南明地图，我把它们全都装在包里带回来了，大家要好好保存这些地图，千万别给弄坏了，更绝对不能弄丢了！"

他随后又回头扫了一眼："咦，叶萧那一组怎么还没回来？"

3

傍晚六点。

第二小组的叶萧、萨顶顶、屠男仍未归来。

"大本营"都已经等不急了，虽然孙子楚一再反对，他们仍然热闹地做起了晚餐。还是由黄宛然主厨，打下手的是唐小甜和林君如。

几十分钟后饭菜都做齐了，虽然没有餐馆里的丰盛，却让这几天提心吊胆的人们，暂时忘却了遍布身边的险恶。黄宛然又听到了一片夸赞声，但在她丈夫阴郁的目光注视下，却低着头不敢说一句话。

第一组与第三组彼此交流下午的经历，特别是当杨谋说到那声惊雷，打坏了电视发射塔和卫星接收器，还差点要了他们的性命时，所有人都惊出一身冷汗。

林君如拍了拍心口说："看来我们组还是很走运的。"

烛光晚餐之后，大家清点了人数，现在房里总共十三个人。孙子楚根本没吃好，他焦虑地说："我们当中有三个人还没回来，亏你们还吃得下饭？"

童建国拍了拍他的肩膀："我们大家都很着急，但必须得吃饱了才能想办法。"

但孙子楚一把推开了他的手："我看你才是最笃定的！来路不明的老家伙。"

"嗯，我是旅行团里年纪最大的，所以也轮不到你来做主。"

"你说什么？"孙子楚立时怒气冲冲地站起来，"要是叶萧他们有什么三长两短怎么办？由你顺理成章地带领我们突出重围？"

厉书马上拉住他的胳膊，苦笑着说："现在这种非常时刻，我们十几个人必须要同舟共济，与其在这里互相责怪窝里斗，不如坐下来一起想想办法吧。"

孙子楚这才愤愤地坐下，林君如识相地给他递了杯热水。

"好了，虽然叶萧、顶顶和屠男还没回来，但我们也不能干等着浪费时间。"伊莲娜接着又用英文说了一遍，似乎是专门说给亨利听的，最后用中文说，"大家先好好想想现在的处境吧。"

这美国女孩的话让房间安静了下来，每个人仿佛都在低头沉思，为什么要到这里来？为什么会发生这一切？这是自己注定的命运，还是生活中的一个小插曲？

忽然，钱莫争大声说："我们确实被困住了，困在一个空无一人的城市里。这个城市叫南明，位于泰国北部的崇山峻岭，四面都被深山和丛林围抱。我们失去了同外面的一切联络，被迫住进主人不在家的民宅，依靠一年前留下来的食物生存。我们不知道这里还会藏着什么，也许在这座城市的无数栋建筑里，每个房间都有自己的故事，都曾经或依然有各自的主人。现在，我第一个想搞清楚的问题是，为什么这座城市空无一人？"

最后一句话响过之后，全体旅行团都鸦雀无声。这个问题实在太重要，又实在太难解答了。所有人目光集中在钱莫争身上,他将脑后的长发束起，从齐秦变得像动力火车了。

"我来说说我的想法吧！"成立的突然说话，让大家都很意外，"很简单，这城里的人都死光了。"

他说完如释重负般地长出一口气，紧紧抓着妻子的手，而黄宛然的面色却更难看了。

"这是最简单也是最愚蠢的想法！"钱莫争却跟他较上了劲，"死光了？怎么死的？是谁干的？要知道按照这城市的规模，至少生活过十几万人！有哪个魔头那么大的本领，随便一杀就杀个十几万？"

"会不会是中子弹呢？下午我走过这城市的街道时，就隐隐有了这种感觉，这里仿佛经历过一场特殊的核战争，比如说中子弹，就可以让建筑物完好无损，但一切的生命却会瞬间消灭。"

孙子楚也加入了战团，看来他总是定不下心来。

"至少还有猫！你忘了中午我们在医院里的经历吗？"

说话的是林君如，一想到在太平间里看见的那些尸体，她胃里就恶心得想吐。

"不会是瘟疫吧？"

美国女生伊莲娜又站了起来，然后她用英文念出了一大串病毒和细菌的名称，最后是 2003 年那场著名的 SARS。

大家又沉默了半晌，杨谋自始至终都端着 DV，记录着这场重要的讨论，他终于忍不住插话了："继续讨论啊！"

"不排除这一可能！"厉书赞同了伊莲娜的意见，"历史上许多著名古代文明的毁灭，其实都是因为瘟疫的袭击，使得其居民大部分死亡，城市从此就成为废墟了。"

成立却粗暴地打断了他的话："都已经二十一世纪了，怎么可能呢？"

"我曾经是个医生，确实还有许多未知的病毒和细菌，可能会让人类瞬间陷入灭顶之灾。"

黄宛然平静地说了出来，仿佛打了自己老公一记耳光。成立惊讶地回过头来，得到的只是妻子的冷漠眼神。

"等一等，你们小时候有没有看过一部美国的电视剧，好像叫《狮胆雄心》，说纽约的地下还有个世界，许多人就生活在地下空间里。"

孙子楚又想出了他的第二种推理。

厉书记起了那个美国电视剧，惊讶地抬了抬眼镜架："你是说南明城的居民们，全都转入地下生活了？"

"有可能啊，也许他们就在我们的脚下——"孙子楚做了一个噤声的手势，表情夸张地指了指地面，悄悄地说，"偷听我们之间的对话？"

"无稽之谈！"

成立又轻蔑地骂了一句。

但是，孙子楚仍然自顾自地说："还有一种可能，南明城的居民集体隐形了，他们都喝下了隐形药水，使得我们看不到他们，其实他们就生活在我们旁边。"

"啊？"林君如恐惧地看着他的眼睛，仿佛自己身后就站着一个本地居民，正端着咖啡对她一脸坏笑，"你去死吧！"

厉书觉得孙子楚简直是在捣乱了，或者是科幻小说看多了。厉书最近刚编辑出版了一套阿西莫夫全集，他索性也来想象了："会不会是第三类接触呢？"

"外星人？我倒。"

"嗯，全城居民遭到了外星球生命的攻击，结果全被外星人劫持到了外太空。"

最郁闷的当属法国人亨利，他茫然地看着这些人的对话，伊莲娜只能逐字逐句翻译给他听。当他听到孙子楚最后的推论时，不禁想起了另一位伟大的法国人：儒勒·凡尔纳。

眼看这场事关大家生死存亡的争论，已渐渐演变为科幻小说创作讨论会，童建国大声打断了他们的扯淡："好了，我告诉你们一个最大的可能吧——我们根本就没有来到南明，也没有经历这里所有发生过的事情。此刻，我们正坐在精神病院里，纯粹在脑子里想象这一切！"

童建国的结论是：世界本不存在，或者说世界本存在于人的心里——同理可推，空城本不存在，或者说空城只存在于旅行团成员们的心里。

简而言之：旅行团全体成员自己疯了。

4

疯了？

也许所有人都疯了。

按照正常的逻辑和可能性，这里发生的一切都不会存在，然而却无

比真实地呈现于眼前。那么唯一的逻辑便是观察者自己疯了，他们观察到的并非真实的存在，而是自己脑中的幻想。

寂静中的大家面面相觑，这房间仿佛成了疯人院。

突然，一阵急促的敲门声打破了沉默。

"谁？"

孙子楚立时打了个冷战，想起一部号称世界上最短的小说——

"当全世界还剩下一个人的时候，他听到屋外有人在敲门。"

就在众人疑惑犹豫之时，钱莫争小心地抓起根棍子，缓缓打开房门。

一个衣衫褴褛满身污泥的人站在门外。

"鬼啊！"

不知哪个女生轻声叫了一下，大家马上紧张地缩起来，钱莫争也强作镇定道："喂，你是谁？"

门口的人身材高大，衣服已被撕成了碎片，露出肚皮和大腿，活像个讨饭的叫花子。孙子楚却在暗想，是不是这房间的主人回来了呢？

没想到那人抹了把脸上的烂泥，露出一双黑黑的眼圈，大家这才认出了他——屠男！

他浑身颤抖着走进来，接着脚底一软瘫在地上。

钱莫争迅速拉住了他，玉灵给他倒了杯热水，林君如拿毛巾来给他擦脸。众人手忙脚乱了一阵，总算让屠男恢复了过来。

他坐倒在沙发上大口喘气，目光呆滞地看着大家，随即又变得异常恐惧，像刚经受过 BT 者的 SM 酷刑。

"你怎么一个人回来了？"孙子楚抓着他的肩膀大声问，"叶萧和萨顶顶呢？"

屠男的眼神直往后面缩，好像面对着一头喷火的恐龙，嘴角颤抖着发不出声音。

"算了。"伊莲娜怜悯地说，"他都已经这个样了，一定受到了过度惊吓，你不要再刺激他了。"

厉书忽然想到："叶萧他们在外面？"

说罢他飞快地冲出房间，一种可怕的预感是——可能叶萧和顶顶受到了更大的伤害，而由受伤较轻的屠男回来求救。孙子楚也跟着他跑了出去，两人拿着手电筒在楼道里乱照，又冲出去跑到外面的街道上。

　　已是晚上七点多了，一轮新月在云朵间忽隐忽现。空旷的街道上寂静无声，他们的宝马车还停在路边，哪里有什么叶萧的踪影？

　　他们又在附近仔细搜寻了一遍，最后只得失望地空手而归。

　　回到二楼房间，才发现屠男已经可以说话了："对不起……我……我和叶萧他们……走散了……"

　　杨谋放下 DV 耐心地问："怎么会走散的？"

　　"发现了一个女孩……还有一条狗……"

　　"什么？女孩和狗？"林君如也着急地问道，"是这个城市的居民吗？"

　　屠男又喝了一大口水："不知道……但肯定是活生生的真人……她撑着一把黑伞……还有条大狼狗……狗带着我们到了体育场……"

　　"体育场？"

　　孙子楚赶紧摊开南明地图仔细搜寻，果然在城市西北角发现了体育场的标注。

　　"是的……很大的体育场……叶萧和顶顶先跑了进去……我跑得慢了……就掉到了沟里……"

　　这些话虽然断断续续，但大伙基本上都听明白了。特别是听说那神秘女孩的存在时，至少证明这里并非绝对的"空城"。几个人异口同声地问："然后呢？"

　　"然后——"

　　屠男皱起了眉毛，眼睛也使劲眯了起来，似乎在看远处的什么东西，童建国注意着回头看了看，那是窗外晃动的树影子。

　　"快说啊！"

　　"然后，我就什么都不记得了。"

　　屠男索性闭上了眼睛，嘴角不停地战栗着。童建国摇了摇头，拿出自己的一件宽大外衣，披在他几乎半裸的身上。

　　孙子楚却不依不饶："你连自己怎么走到这门口的都不记得了吗？"

　　但屠男仍然是摇摇头，身体蜷缩得像个小孩。

　　"他该好好地休息。"

　　黄宛然拉开了孙子楚，又给屠男盖上一条毛巾毯。

　　"但叶萧和顶顶怎么办？"孙子楚还是不能放弃任何一个人，尤其是好朋友叶萧，'我们还没有他们的任何消息，会不会出事了？我们要不要

第六章　■　万物生

127

出去找他们？"

但是，童建国迅速表态："我不同意，黑夜里出去太危险了，晚上我们必须守在这里，静静地等待叶萧他们回来。"

孙子楚再也不说话了，他知道没人愿意晚上跟他出去冒险。

"好了，大家不要再多想了，免得晚上睡不着觉影响体力，必须早点休息，明天一早起来再想办法。"童建国继续向大家发号施令，"这栋楼里的房间，我们今晚还要继续使用，再重新挑选分配一下吧。"

旅行团的行李都已经在这个房间里，现在还得再重新拿到各自房间。而且，由于今天发生了重大减员——导游小方和司机的意外死亡，还有叶萧与顶顶的至今未归，使得一些房间空了出来，人员要重新搭配组合了。但原则上还是两个人一间房，万一有什么情况可以互相照应。

屠男还需要休息，就让他睡在这个房间，照料他的任务落在了孙子楚身上。

而二楼隔壁那个空房间，则继续充当杨谋与唐小甜的"蜜月爱巢"。

三楼有两套空房。法国人亨利的伤势已无大碍，不需要黄宛然的日夜照料了。因为厉书的英文水平很好，便和亨利住了同一套房间。另一套留给了伊莲娜、林君如、玉灵三个女生，她们昨晚住的就是这间，现在也只能三个人挤挤了。

四楼最大的那套三室一厅，仍归成立、黄宛然、成秋秋一家三口。钱莫争对他们千叮咛万嘱咐，一定要把秋秋这女孩看住。

五楼倒是有三个房间，但有两间空了出来，剩下一间由钱莫争和童建国住了进去——楼顶天台还躺着导游小方的尸体，也只有他们两人敢住在五楼。

这是旅行团在空城的第二夜。

叶萧与顶顶在哪里？

放心，他们还活着。

难得见到南明城上的月亮，这似乎永远都在阴霾中的城市，总算露出了一些妩媚温柔。月光透过茂密的树叶洒落在顶顶头上，仿佛落了许多串珍珠。叶萧也深吸了一口气，或许能吸收这月夜的魔力。

眼前是条幽深的小街，两边的花园栽满榕树，再往后便是二三层建筑的阴影，很像上海一些老花园洋房的马路。叶萧打开手电筒，前方的小道依旧没有尽头，就连月光也沉睡了。顶顶紧张地扫视四周，所有的建筑都在黑暗中，无法期待某个窗户里的烛光。

"我们已经在这里转了两个小时！"

叶萧看了看时间，目光变得疲惫而松散——他觉得自己快支持不下去了，他并没有别人想象中那么坚强。但想到身边还有一个女人，他又只能顽强地向前走去。

其他两组人马回到"大本营"了吗？大家还在焦急地等待他们吗？是的，他能想象孙子楚现在的表情。

他们迷路了。

这是叶萧做梦也想不到的，自己作为警官居然迷路了！

下午，他和顶顶发现了一个神秘的女孩，又随着一条狼狗，进入一座巨大而空旷的体育场。但同时屠男又失踪了，他们两个人四处寻找屠男，但始终都没有他的半点踪影。一直折腾到黄昏时分，他们才无奈地从体育场撤离。

当他们走进一片幽静的街道，又转过几个三岔路口的转角时，才发现自己失去了方向。原来体育场有两个进出口，而且外观看来几乎一模一样，叶萧在完全无意识中走错了。

但愿这不是致命的错误——然而，当叶萧他们往回走时，却发现越走越远，四周完全是陌生的环境，找不到任何有用的标志，就连巨大的体育场也看不到了。还好顶顶一直在安慰他，更多时候是她走在前面，充当向导和探路的角色。

此刻，当叶萧陷于绝望时，顶顶忽然仰头指着月亮说："我们可以通过它辨别方向。"

叶萧狠狠掐了自己一下，心里骂自己怎么连这个都忘了。

"去年我在西藏的时候，也有一次在荒原上迷失了方向，就靠着月亮找到了回大本营的路。"顶顶倒显得很兴奋，她指了指左边说，"瞧，那边是南！"

"我们是从城市的南面进入的，只要笔直向那个方向走，就会找到旅行团了。"

第六章 ■ 万物生

顶顶点了点头说："没错，但我们的视线都被这些房子和树挡住了，最好找个高一点的地方，能看清周围的形势再走。"

叶萧想不到这个二十五岁的女歌手，居然还有这么大的本领。身为曾经破案无数的警官，他的脸都快挂不住了。

两人先折向南走了两条街，总算看见了一栋四层高的建筑，顶上有个高高的水塔，比起周围算是鹤立鸡群了。他们先在路边做了个记号，以便回来时不再迷路，然后便冲了进去。

晚上也看不清是什么地方，两人打着手电跑上楼梯，一路听到自己的脚步声，只觉得身后像有什么东西在追赶。他们飞快地跑到四楼，停下来喘气才发现，走廊两边全是教室——尘封的屋子里课桌椅仍然整齐，黑板上甚至还写着暗淡的粉笔字。

叶萧手中的电光闪过黑板，依稀有繁体的"中國歷史"字样，仿佛历史老师已化作幽灵，仍站在讲台前侃侃而谈，从北京猿人到光复台湾……

"发什么呆啊？"

顶顶硬把他从教室门口拉走了，在走廊尽头爬上一道小楼梯，便是这栋建筑（准确地说是学校）的天台。

月光洒在空旷的楼顶，但这里的高度还是不够，旁边一些大榕树有五六层楼高。他们又只能爬上楼顶的水塔，从一根几乎生锈了的铁梯子上去，终于占据最佳的至高点了。

但水塔顶上根本难以站立，他们只能互相抓着保持平衡，稍微有个意外掉下去就会 GAME OVER。

月光下的城市竟如此安宁，四周的群山只看得到轮廓，宛如婴儿梦乡边的摇篮。方圆数百米外没有更高的地方了，只有城市南端有栋十几层的高楼，那就是上午他们造访的"南明国际大厦"。而在城市遥远的另外一端，则有一栋几乎同样高度的大楼。就在他们身后的不远处，巨大的弧形圆顶掠过夜空——这是体育场看台的天棚，尽管刚才走了两个钟头，但始终都在它的眼皮底下。

"要是所有的灯都能亮起来的话，想必是很美丽的景象吧！"

顶顶坐在高高的水塔上幻想起来，只是身边不是她的阿拉丁，水塔也不会变成飞毯。

但某种声音从心底响起，似乎将她的身体变轻，像羽毛一样随风飘浮，插上一对薄薄的翅膀，缓缓凌驾于水塔之上，在数百米高的云端，鸟瞰底下这沉睡的空城，和曾经存在过的芸芸众生，还有迷途的自己和叶萧。

于是，那个同样沉睡了几千几百年的旋律，自周身的黑夜空气中传来，汇集到萨顶顶的心里，又升到咽喉和唇齿之间……

对！就是这个古老的旋律，就是这首神秘的歌，令血液和神经凝固，令世界万籁俱寂，令宇宙变为尘埃，化为一个微小的光点，由此某个漫长的旅程开始——万物生！

> 从前冬天冷呀夏天雨呀水呀
> 秋天远处传来你声音暖呀暖呀
> 你说那时屋后面有白茫茫茫雪呀
> 山谷里有金黄旗子在大风里飘呀
>
> 我看见山鹰在寂寞两条鱼上飞
> 两条鱼儿穿过海一样咸的河水
> 一片河水落下来遇见人们破碎
> 人们在行走身上落满山鹰的灰
>
> 蓝蓝天哪灰灰天哪爸爸去哪了月亮是家吗
> 睡着的天哪哭醒的天哪慢慢长大的天哪奔跑的天哪
> 红红的天哪看不见啦还会亮吗妈妈天哪
> 是下雨了吗妈妈天哪别让他停下妈妈天哪

在黑夜的水塔之上，顶顶情不自禁地纵声歌唱，神秘的音符似咒语一般，自她的唇间倾泻而出，这首歌的名字叫《万物生》。

她的歌声飘荡在空旷的星空下，似乎这城市的每个角落都能听到，也包括每个沉睡的灵魂、天使，抑或恶魔。

而叶萧则睁大了双眼，被身边的顶顶惊呆了，这年轻女子单薄的身体里，竟能发出如此响亮高亢的声音，与她平时说话的音色截然不同，好像不是从她嘴里发出的，而是来自另一个世界，另一个时代？

虽然他看不清顶顶的脸，但能感到她的轮廓和目光，随着歌声穿透空气与自己的身体，迎来那轮想象中的异乡明月。

几分钟后，当《万物生》的一曲终了，顶顶满足地闭上眼睛，天地重新陷入黑暗，万物确已在此生根发芽，成长为一株参天大树，变为这沉睡的南明城。

"你……你……是怎么唱的？"

叶萧怀疑这根本不是凡人能发出的声音，或者也不属于这个平庸的时代，而只能从一千年前的"智慧女"口中唱出。

顶顶暗示似的眨了眨眼睛："你觉得我是在唱歌吗？"

"我说不清楚，又像是唱歌，又像是——咒语？"

"本来就是咒语嘛！"

"什么？"

咒语——这两个字让叶萧打了个冷战，在这黑暗的水塔之上，山风掠过他的头皮，凉凉地沁入大脑之中。

"是古印度梵文的'百字明咒'，又称百字真言、金刚百字明，或金刚萨埵百字明，在西藏尼泊尔等地流传很广。刚才我唱的是汉文歌词。另外，这首歌还有个梵文版本。"

顶顶说这些话的时候，仿佛四周都是她的回音，在深深的洞窟中回荡，又像是做过特技音效的处理，宛如来自另一个世界。

"奇怪，这么好听而特别的歌，我怎么从来没听到过？"

叶萧猛然摇了摇头，让自己清醒冷静下来，要一不小心从水塔上摔下去，那就真的到另一个世界去了。

"这是最近刚写好的歌，公司正在和我一起制作，专辑的名字叫《万物生》。"

"万物生！"他回想刚才听到的旋律，心跳又莫名地加快了，"只是专辑的名字——"

"怎么了？"

"既然我们到了这个地方，恐怕叫《天机》更好吧！"

顶顶睁大了眼睛，目光在星空下闪烁："天机——不错的名字啊，或许我下一张专辑就叫这个。"

天机？

究竟是什么？

答案是——不可泄露。

两人不再说话了，沉浸在片刻的安宁中。寂静又覆盖了叶萧的心，他俯视这片沉睡的世界，想到的却是另一幅可怕的油画——

黑夜里所有灯光亮起，这城市的罪恶全部显现，四处都是腐烂的尸体，野草浸淫着鲜血生长，等待天火来把这一切扫荡殆尽。

就在这幅地狱般的画面中，亮起了一点幽暗的光。

叶萧立即揉了揉眼睛——没错，在几百米外的一片黑暗中，有点白色的光亮在闪烁。

"瞧，那里是什么？"

几乎同时顶顶也注意到了，在这黑夜里地面上只要有一线光，也会刺激到她的瞳孔。

就在他们的水塔底下，大约隔着一条街的花园里，有栋两层楼的建筑，闪烁着一点白色幽光。

有光就有人！

尤其是在这没有电的城市里——叶萧和顶顶看准了方向，手忙脚乱地爬下水塔，飞快地跑下四层楼。

他们在学校外找到标记物，又按记忆穿过一条街道，来到发出光源的那个花园。

没有夜莺在歌唱，只有暗夜里绽放的传说中的荼蘼花，天知道顶顶是怎么认出这花的？

两人屏着呼吸跨过木栅栏，脚下碾过一片残损的落花。渐渐靠近花园中央的小楼，透过随风摇曳的树枝，叶萧看见了那点白光。

光——也是黑夜里的花朵。

顶顶的动作如母猫般轻巧，她走到那扇敞开的窗户前。就是这里发出来的光线，刺激到了水塔上的两双眼睛。

她的视线掠过月夜的窗台，触到那枝即将燃尽的蜡烛，白色烛火散发出的光晕，让这个房间像古代的洞窟，而三千年前壁画中的少女，正拿着木梳整理那一头乌发。

不，那不是一幅壁画，而是活生生的真人，一个正在梳头的黑发少女。

少女背对着窗户，烛光倾泻在她的头发上，和碎花布子的连衣裙。她的体形是纤瘦的，微微露出的后颈，就像玉色的琵琶，随即又被黑发覆盖。她的手腕呈现出特别的角度，轻举着木梳抚弄发丝，从头顶缓缓滑落到发梢，仿佛抹上了一层黑色油脂。光线便从她身上弹起来，宛如四处飞溅的水花，刺痛了偷窥者的眼睛。

第六章 ■ 万物生

于是，顶顶的牙齿间轻轻碰撞了一下。

这点音波虽然轻微，却仍足以穿透空气，让那只握着木梳的手停下。

白色的烛光下，少女转过头来。

她——

叶萧睁大了双眼，再一次看到那张脸，就是她。

黑伞下的眼睛，狼狗边的眼睛，壁画里的眼睛，聊斋里的眼睛，她的眼睛。

没错，就是下午见到的神秘少女，撑着黑伞穿行在雨巷中，在体育场里有忠犬相伴。此刻，却在这荼蘼花开的院子里，在这冷漠幽谧的烛光下。

她也在看着叶萧和顶顶，或许也在思考着相似的问题。

窗外的人与窗里的人，分别对峙在阴阳的两端。

时间凝固了吗？

一阵花香隐隐飘来，少女转身向另一道暗门走去。

第一季

沉..之城

第七章 ● 木乃伊

夜晚，九点，大本营。

四楼，最大的那套房间里，成立的手机再也不亮了。今天他又反复开了几次，没能盼望到手机信号，倒是把最后一格电耗尽了。肚子里憋满了火，真想把手机摔在地上，虎落平阳遭犬欺——在上海的公司里他就是皇帝，人人要看他的眼色行事，女人们恨不得把脸蛋贴在他屁股上。但到这鬼地方他却什么都没了，就连妻子和女儿也瞧不起他，他不过是个平庸且发福的中年人罢了。

秋秋依然不和他说话，现在一个人闷在屋里。成立枯坐在客厅吞云吐雾，烟灰缸里是密密麻麻的烟头。这时卫生间的门打开了，黄宛然端着蜡烛走出来，穿着一件白色的睡袍。她刚用冷水擦了擦身，湿润的头发让成立的心微微一颤。已经很久没仔细看过妻子了，尤其当烛光照耀她的身体时。光晕让欲望从毛细孔中溢出，牵扯他站起来要伸手触摸。

黄宛然却闪身躲开了，将蜡烛放到茶几上说，轻声说："你早点去洗洗睡吧。"

"对不起，我知道我待你不好，我也不是一个好男人。但现在我后悔了，我发觉你一直都没有变，依然是当年那个让我心动的女人。宛然，你能原谅我吗？"

一向颐指气使惯了的成立，头一回那么低三下四地说话，但黄宛然并不领他的情，轻声说："秋秋已经睡了，别吵醒她。"

成立却完全理解到另一个方向去了，他一把抓住她的胳膊，想把她收进自己怀里。黄宛然完全意想不到，她被逼退到房门后，双手拼命挣扎，却又不敢发出声音来。

最后，她重重地扇了丈夫一个耳光。

在成立捂着脸颊发愣时，黄宛然打开房门逃了出去。

来到外面黑暗的走廊里，她的眼泪忍不住流出来，似乎身后仍跟着一头野兽。慌乱中她难以辨别方向，抓着楼梯栏杆就往上跑。

她一直跑到五楼走廊，撞上一扇刚打开的门。

额头被门重重地撞了一下，黄宛然倒在地上什么都看不清，只觉得头上火辣辣地疼，全身仿佛掉入深渊。

然后，一只有力的大手抓住了她。

那力量是如此巨大，让她难以抗拒地被拽起来，随即贴到一个胸膛前。那温暖的胸膛那么坚硬，是记忆里曾经有过的吗？

虽然依旧没有光线，但她却看清了那双眼睛。

某种东西在闪烁，她听凭自己的胳膊被揉疼，泪水继续打湿睡袍。一个男人的气息，热热地扑在她脸上。

"天哪，怎么是你？"

钱莫争也看清了她的脸，又将她拉进隔壁的空房间，关紧房门后点上蜡烛。

昏黄的烛光照着他们的脸，彼此相对却沉默了片刻。

"我恨你！"

还是黄宛然先开了口，她的眼神却是柔和的。

"不是说好了晚上不能出来的吗？干吗要一个人上来？"

"放开我。"

钱莫争的手还抓着她的胳膊，这才缓缓松了开来，轻声说："对不起，你老公在找你吧？"

"我想一个人待一会儿。"

"不行，在这里独处是最危险的！"

黄宛然径直到房间最深处，阴影覆盖了她的脸，嗔怨道："你还知道危险？"

"唉，我知道你还记恨着我。"钱莫争端着蜡烛靠近她，烛光重新照亮了她的睡袍，她的身体还没有走形，适度的丰满正是女人最有魅力的轮廓，"我不是故意和你同一个旅行团的，谁知道天底下有这么巧的事？"

黄宛然的脑海中浮现起一周以前，上海浦东机场的那个清晨，旅行团在国际出发大厅汇合。钱莫争跌跌撞撞地最后一个赶到，几乎没有赶上领登机牌。在大家的抱怨声中，他见到了某张似曾相识的脸，居然是……钱莫争又揉了揉眼睛，努力调动记忆中的全部细节，老天爷，你不会搞错吧？

刹那间他的眼神凝固了，而黄宛然的脸也变得煞白——岁月并没有使她改变多少，反而更成熟而光彩。就当钱莫争想要冲上去时，却发现她手里还牵着个少女，旁边是个身着阿玛尼西装的中年男子。毫无疑问这是一家三口，她的老公看起来非常有钱，她的女儿也长这么大了，个头都和妈妈差不多高了。

于是他愣在了原地，只能远远地看着她，还有她的老公和女儿。最后，还是导游小方把他拉进了安检。一路上他都拖在最后，不敢靠近黄宛然一家，不敢接触她的视线。上了飞机他们居然是前后排，而他硬是跟人换了座位，躲到了最远的地方。

到泰国后的全部旅程，钱莫争都在心神不安中度过。他居然没有和她说过一句话，倒是和她的老公聊过两句——那是个令人厌恶的家伙，自以为有钱就摆着一副臭架子。直到他们误入了这座空城，一起被囚禁在这巨大的监狱里，或许这便是命运的安排。

此刻，他们的脸相隔只有几厘米。他渐渐靠近她的唇，跳跃的烛火几乎燎到下巴，才让他将头扭了过去："宛然——不，成太太，请原谅我的失礼。"

第七章 ■ 木乃伊

"请叫我宛然。"

她这声平静的回答，让钱莫争心底又是一跳，他盯着她眼角的泪痕说"为什么哭了？"

"我没哭。"

"你为我哭过吗？"

"不。"黄宛然冷冷地摇了摇头，然后推开他说，"对不起，我要回去陪女儿睡觉了。"

钱莫争只能目送她走出房间，但他随即又紧跟上去，端着蜡烛陪伴她走下楼梯，轻声道："请照顾好自己，晚上不要再跑出来了。"

她只是淡淡地点头，回到了老公和女儿的房间。

走廊里卷来一阵冷风，钱莫争手中的烛火便被吹灭了。

他独自站在黑暗中，眼眶微微湿润。

2

而在几公里之外，茶蘼花开的小院。

烛火也熄了。

那个轻巧的身影没入黑暗。

"别走！"

叶萧大声喝了出来，他用一只手撑住窗台，推开窗户跳进屋子。

是的，那少女并不是幻影，前头响起杂乱的脚步声。他大踏步地追上去，同时用手电照射她的背影。碎花格的衣裙忽隐忽现，长长的发丝几乎撩到追赶者的脸上。

里面是迷宫般的走廊，四处扬起厚厚的灰尘，手电光束艰难地穿越烟雾，紧紧地追着少女的后背。尘土不断涌入叶萧的口鼻，让他的肺里异常难受，眼前的走廊更让人头晕，仿佛是梦中早已出现过的场景。

突然，少女冲出了屋子。外面正是花香弥漫的小院，月光哗哗地洒在她身上，像镀上了一层白银。叶萧在冲进花园的刹那，脚下被什么绊了一下，重重地摔倒在花丛中——糟糕！又要让她逃走了？

等他挣扎着爬起来，却发现少女又掉头向他跑来。原来顶顶已堵在了门口，少女一出门就几乎被逮个正着，只能慌不择路地向回跑。

她终于自投罗网了，四周的花丛布满荆棘，令她乖乖地束手就擒。

面对无路可逃的小猎物，叶萧的手却在剧烈颤抖，整个身体都近乎僵硬，他便问了个愚蠢的问题："你是谁？"

月光掠过少女的眼睛，渐渐勾出几滴忧郁，又迅速变成不安与狂躁。

她开始反抗了。

不知哪来的力气，她竟一把将叶萧推倒在地。当少女要从他身上跳过去时，躺在地上的叶萧抓住了她的裙子。

这碎花布的裙子异常结实，任凭少女怎么挣扎都没有破碎。叶萧吃力地跳起来，整个身体将她扑倒在地。顶顶也冲上来帮忙，和他一起紧紧压着少女，直到她再也无法动弹。

少女在底下发出嘤嘤的哭泣，叶萧使劲压着她耳语道："对不起，我们不能让你走。"

叶萧好不容易才站起来，换由顶顶将少女扶起。他心里忽然有些害怕，警觉地扫视着花园，那条吓人的狼狗哪儿去了？那个大家伙在的话，就算三个叶萧都抓不到她吧？

顶顶感到少女浑身都在战栗，只能安慰着说："别害怕，我们都是好人，不会伤害你的。"

她抬头看了顶顶一眼，眸子冷得可以让海洋结冰。月光下，她的脸色更为苍白，虽然看起来只有二十岁，却全然没有这个年龄该有的青春。

顶顶也被她的眼神吓了一跳，手抓得更紧："告诉我你的名字？"

但少女聋子似的毫无反应，双眼寒冷地盯着她。

顶顶接着问："你听得懂中文吗？"

女孩依然是懂懂的表情。

"你不肯说是吗？我知道你听得懂！"叶萧插话了，一副审问犯人的架势，"这是什么地方？"

女孩的耳朵果然没问题，她转头看了看四周的荼蘼花，黑夜里正绽放到美的极致。但她随即摇了摇头，似乎在叹息这花朵即将凋零。

叶萧继续板着脸审讯："你的大狼狗呢？怎么把你扔下不管了？"

女孩继续冰凉地看着她，脸上没有丝毫的表情。几片树叶落到她的头上，整个人像尊静止的雕像，或许连鸟儿都会来停靠。

"你这样会吓着她的。"顶顶皱起眉头，抚摸着女孩的头发说，"算了，看来她是不会回答的了。"

第七章 ■ 木乃伊

叶萧也以冷峻的眼神盯着她，其实他心里也异常忐忑，女孩的目光令他感到畏惧。他回头看看黑乎乎的洋房，再扫视一圈寂静的花园，低声说："此地不宜久留，我们快点回去找大本营。"

顶顶点点头，对女孩柔声说："对不起，我们现在要带你去另一个地方，那里也都是些好人，你不会有事的。"

然后，她拉着女孩离开了花园。叶萧走在她们的前面，和顶顶一前一后夹着女孩。顶顶的手始终抓着她，随时提防她逃跑。

他们像押解逃犯似的，将女孩带到街道上。叶萧找到刚才留的标记，很快就辨清了方向，月色中高高的水塔很是醒目。

"笔直往南走，就能找到那条路了。"

他目光犀利地扫视四周，不知从哪里捡起一根钢筋条。他担心黑暗中会蹿出一条大狼狗，以锋利的牙齿和爪子攻击他们——假设这女孩真是狼狗的主人的话。

此刻，女孩再也不反抗了，影子似的跟在叶萧后面。晚风吹过她的碎花布裙摆，顶顶也产生了某种错觉，好像这只是一幕午夜电影的散场。

真正的电影，才刚刚开场。

3

2006 年 9 月 25 日，22 点 30 分。

孙子楚。

一把雪白的利刃刺入大脑，浆液和细胞全部碎裂，整个身体分解成无数块，满世界的鲜红色……他抱着脑袋东摇西摆，似乎真的头部中弹了。眼前依旧是无边的黑暗，他仔细摸索直到撞上墙壁。下面好像有个金属编织物，一格格细小的铁条组成，像个长方形的铁笼子。墙上还挂着些铁链条，冰凉的钢铁支架，可移动的担架床——

孙子楚的心里咯噔了一下，铁笼、链条、担架，所有这些都指向一种可能性：酷刑！

难道自己被人绑架了？抑或这里还有专搞 SM 的 BT？他背后的冷汗冒了出来，似乎自己已被拷打得体无完肤了。

他赶紧摸了摸身上，幸好没什么伤口，也没有被折磨过的迹象。这里并不是二楼房间，而是个陌生的黑暗屋子。孙子楚大喊了一声："喂！有人吗？"

没有人，只有鬼？

忽然，他摸到口袋里的手电筒，便急忙打开手电，看到迎面是幅南斯拉夫斑点狗的照片，另一面墙贴着《导盲犬小Q》的海报。再看下面的铁笼子里有许多黄毛，那些链子都是给狗准备的——原来是一家宠物美容店。

他终于松了一口气，手电继续往前照去，直到出现一块玻璃橱窗，外面就是清冷的街道。

孙子楚冲出这家店铺，大口呼吸外面的空气。月亮又一次躲入云中，榕树的根须垂在身后，就像多年前的一次宿醉街头。

街道彼端亮起一点幽光。

他反而把自己的手电关了，藏在黑暗中揉着眼睛，直到对面的光圈越来越大。光点悬浮在半空中，不规则地移动，后面依稀还有两三个黑影。孙子楚按捺住恐惧的心跳，悄悄藏身于榕树背后，等待那幽灵的光影渐渐靠近。

十秒钟后，他猛然从树后跳了出来。

那光线也剧烈颤抖起来，随后孙子楚的胸口挨了重重的一拳，他惨叫着倒在地上。

"孙子楚？"

一个熟悉的声音响起，他却痛苦地躺在地上，只见对面的手电光线里，露出了叶萧的脸。

刹那间，孙子楚是又惊又喜："妈的，居然是你小子！"

"太好了，总算找到你们了。"

叶萧伸手把他拽了起来，孙子楚捂着刚被打过的胸口嚷道："哎呀，你出手好狠毒啊！"

"你干吗跑出来吓我？我还以为是歹徒袭警呢。算你走运，要是我用飞腿你可就惨了。"

"咦，你后面是谁？"

这时，孙子楚注意到了叶萧背后，那穿着碎花布裙子的神秘女孩，她身后则是萨顶顶。

叶萧也不知该如何作答，只能对他耳语道："我回头再跟你细说。"

"她到底是谁？"但孙子楚不依不饶的执拗脾气又来了，"是这座城市的居民吗？你们找到这里的人们了？南明并不是一座空城？"

女孩依旧冷静地看着他，好像所有这些问题都与她无关。

顶顶厌恶地打断了他："够了，让我们先回大本营好吗？"

"好的。"

孙子楚茫然地回过头来，没有月色的街道更难以看清。他用手电四处照了照，远处一辆汽车忽隐忽现。他们立即跑了过去，神秘女孩夹在中间也被迫快跑。

他们来到那辆汽车旁，发现正是他们自己的宝马车，停在"大本营"所在的巷口。

"到家了！"

孙子楚说完又觉得有些怪，真的就一辈子跑不出去，要把这鬼地方当"家"吗？

叶萧和顶顶都是一阵激动，他们已经迷路五六个钟头，千辛万苦终于跑回来了——而且还带回来一个"俘虏"，抑或战利品。

四个人走进住宅楼，顶顶在女孩耳边说："别怕，我们暂时住在这里，里面都是普通游客。"

叶萧在走楼梯时问孙子楚："大家都还好吧？"

"都好，我和童建国一组都平安回来了，就缺你们两个了。"

"哦，我要告诉你一件大事。"叶萧还郑重其事地宣布，"我这一组的屠男失踪了。"

孙子楚却苦笑了出来："其实失踪的人是你们啊，人家屠男早就自己回来了！"

"啊？他已经回来了？"叶萧着实没有想到，屠男居然有这么大的本事。"人在哪里？"

"就在二楼，今晚他和我住一个房间。"

说着已经到了二楼走廊，孙子楚原本是想要敲门的，却发现房门是虚掩着的，大概是刚才出门时没关好。

他们轻轻推开房门，用手电照了照客厅，屋里仍然寂静无声，屠男那家伙一定睡得正香。顶顶把门关好，寸步不离地盯着神秘女孩。孙子楚在厅里点了蜡烛，然后轻手轻脚地走进卧室。

果然，屠男正躺在床上睡觉呢。

那身破衣烂衫早就换了，他穿着干净的睡衣，像个婴儿般睡着。孙子楚拍了拍他的屁股，喊道："醒一醒，你看谁回来了？"

但屠男依旧躺着，毫无反应，叶萧不禁警觉地走上来，将屠男的身体翻了过来。

然后，他用手电照了照屠男的脸。

屠男也在看着他。

两只眼睛睁得非常大，眼球几乎都要弹出眼眶了；头发全部竖直起来，宛如刺猬灵魂附体；鼻孔扩得很大，根根鼻毛清晰可见；就连嘴巴也大张着，似乎在拼命地呐喊……

这是一张死人的脸。

他是第三个。

深夜，十一点半。

屠男死了。

二楼的这个房间里，已经挤了十几号人。差不多整个旅行团，活着的成员全都在这里了，包括受伤的法国人亨利。只有四楼的成立夫妇没有下来，他们必须要保护秋秋，不能让女儿看到可怕的死者，这会伤害孩子的心灵。

除了对屠男尸体的恐惧外，大家还对另一位新朋友很感兴趣——神秘的少女。

顶顶始终坐在她身边，希望其他人不要围着她们。每个人都以异常的目光看着女孩，但无论提出任何问题，她都不会理睬回答。以至于伊莲娜打出了手语，但女孩并不是聋哑人，她冷漠地看着所有人，随后继续低头不语。顶顶受不了他们的骚扰了，好像在观赏外星人似的。她只能把少女带进了一个小房间，然后紧紧关上了房门。

旅行团的新朋友——有来便有去，正如有生便有死。

生者心底产生了无数悬疑，死者身上引来了数只苍蝇。

叶萧静静地站在床边，屠男依旧张大了嘴巴，躺在床上倾诉他的绝望。

几分钟前他仔细勘察了现场，并没发现什么可疑情况。除了门虚掩着以外，窗户都关得非常牢固，地上也没有特别的脚印，屠男甚至都没流血。

这里只有警察，没有法医，但就算法医到场了又能如何？

屠男到底是怎么死的？是自然死亡还是外力致死？是自杀还是他杀？他杀的话凶手又是谁？这位凶手是人还是鬼？

或者，这只是对整个旅行团的诅咒的一小部分。

他缓缓把头转过，看着旁边孙子楚的脸。这位 S 大历史老师的脸色更加难看，因为死者起码在今晚是他的室友，当他独自出去闲逛的时候，室友却惨死在了床上。

"对不起。"

孙子楚在众人的注视下，低头退出了房间，坐倒在沙发上抱着头。那把利刃仿佛又刺入脑内，将整个身体分割成两半。

"你还好意思坐下？"童建国毫不留情面地吼起来，就像长辈在训斥晚辈，"不是说好了不准单独外出的吗？你为什么擅自跑出去，把屠男一个人留在屋里？你没看到晚上他回来时的样子吗？应该重点照顾好他才是！"

"够了，人都死了，再怪来怪去有什么用呢？"

杨谋来打圆场了，他刚才用 DV 拍下了屠男的死相，这场面将来变成纪录片，一定会是最顶级的！

"你说他回来时什么样子？"

叶萧却突然插嘴问道，目光依然停在屠男身上。

"衣衫褴褛，惊慌失措，好像个叫花子似的，连话都说不清楚了。"

这时钱莫争捏起拳头说："他一定是见到了什么！很可能与他的死有关。"

"他也见过那个神秘女孩吗？"

说话的是林君如，她的声音压得很低，指了指顶顶和少女所在的房门。

叶萧点了点头："是的，但至少屠男的死，与那女孩没有直接关系。因为在屠男死亡的时候，这女孩已经与我和顶顶在一起了。"

"好了，现在还有个新问题——我们如何处理死者？"

钱莫争走到屠男的床边，挥手驱赶着可恶的苍蝇。

厉书不禁想起了什么："是啊，还有我们的楼顶天台，导游小方至今躺在那里吧？估计小方现在的模样更惨。"

"我们不动尸体的目的是什么？是为了方便警察的勘察，以免破坏了现场。"杨谋举着 DV 边拍边说，"但问题是如果警方一直不到呢？任由尸体长时间在高温环境中，也会被昆虫和细菌所破坏的。"

"对，与其这样的话，不如我们自己先给死者做些处理。既能多保存几天时间，在伦理道德上也说得过去，否则我们将来怎么向死者的家属交代呢？就说我们眼睁睁看着屠男被苍蝇的蛆吃掉？"

林君如大胆地加入男人们的话题，而其他女生都害怕地躲到了一边。

杨谋接着她的话说："我可以先用 DV 记录下现场环境，钱莫争也可以做现场拍照，叶萧不是现成的警官吗？这里没有政府也没有警察局，一切都必须由我们自己来完成！"

"我同意！"

沉默许久的童建国举起手，旅行团中最年长者的意见，无疑具有很大的权威。

叶萧怔怔地看着他们，其实他的脑子里已一片空白，只是下意识地点了点头。

于是，童建国打开主人的大橱，撕掉许多被单之类的布料。然后他把屠男的尸本翻过来，熟练地用布料缠绕起来。旁边的人们都目瞪口呆，女人们纷纷闭起眼睛，只有杨谋端着 DV 使劲拍着。

在这空城的黑夜，将近子夜时分，屋子里烛光闪烁，宛如来到古埃及金字塔下。一个在恐惧中死去的人，迅速被包成了"木乃伊"形状。

然后，童建国又在厨房里，找了一些药水和调料。他说这些东西混合在一起，可以起到防腐剂的作用。他将这些东西洒在屠男身上，床的四周也摆放了许多。屋子里很快弥漫起一股怪味，像停尸房里的福尔马林溶液。

所有人都看傻了，吃不准童建国到底是什么来头。是在火葬场工作的呢？还是职业的盗墓贼？

处理尸体的工作很快完成，童建国吹灭蜡烛，紧紧关上房门说："这个房间不要再用了，相信也没人再敢住这里了。"

此刻，叶萧紧紧盯着他的眼睛，一团硝烟渐渐升起在瞳孔中。

5

子夜，十二点。

所有人都离开屠男死亡的房间，童建国把大门锁了起来——里面就是屠男的临时坟墓。

五楼还有两个房间空着，一间留给了萨顶顶和那神秘女孩，还有一间给了孙子楚和叶萧。

　　现在，二楼只剩下杨谋和唐小甜了，新娘恐惧地依偎在杨谋身上，因为隔壁房间里还躺着个死人，杨谋只能一个劲地安慰她。

　　顶顶押送着女孩去五楼，在她们进入房间后，顶顶把房门反锁了起来。她将要和这神秘的陌生女孩，度过在空城里的第二夜了。

　　在外面黑暗的走廊里，叶萧让孙子楚先进房间休息，然后他伸手拦住了童建国，轻声说："我们能不能谈谈？"

　　"谈什么？"

　　童建国靠在墙壁上，眼睛露出两道精光。

　　"这里说话不方便，我们去楼顶的天台吧。"

　　于是，两人悄悄摸上了楼顶，仰头便是浩瀚的星空。站在这五楼顶上，夜风立即吹乱了头发，同时捎来一阵异味。

　　他们这才想起天台上还躺着一个死人——导游小方。

　　但黑夜里实在看不清了，不知道尸体躺在哪个角落，也不知小方是否又变了模样？经历了整个白天的风吹雨淋，叶萧实在难以想象了。

　　童建国却似乎毫不在意，反而点起了一根香烟："说吧,有什么事情？"

　　"你究竟是什么人？"

　　"这是审问吗？"

　　烟头火光在黑暗中闪烁，他的整个脸都没入阴影，远处是连绵的山峦，这失去月光的午夜，能看到的只有这些了。

　　"我只是很好奇，你怎么能开动一辆没有钥匙的汽车？又怎么像包扎木乃伊一样处理尸体？这些都是普通人做不到的。"

　　"叶萧，在这里你不是警察，只是一个旅游观光客，我们在这里是平等的，请不要以看犯罪嫌疑人的眼神看着我！"

　　"对不起，但无论是警察还是平民，我想在这种特殊的情况下，每个人都需要负起责任，同舟共济来摆脱现在的困境。"

　　童建国冷笑一声："你真想知道吗？"

　　"这对我们大家都很重要，否则有许多人都会怀疑你的，我不想在我们内部有互相猜疑的事情。"

　　"好，我告诉你吧。"他又猛吸了一口烟，燃烧的光点渐渐后退，"我上过战场。"

"战场？"

叶萧不禁后退了一步，脑子立刻转了起来——童建国是 1949 年出生的，如果年轻时当兵的话，那就是六十年代末到七十年代初，但那几年中国并没有过战争啊！难道他曾是军官，参加了 1979 年对越南的边境战争？

"不是越南！"童建国知道叶萧心里在想什么，"而是金三角。"

"你参加的是什么军队？"

"金三角革命游击队。"

"什么？"叶萧完全没有听明白，"游击队？"

童建国轻叹了一口气："说来话长了，我是上海老三届的知青，1968年去了云南生产建设兵团，在西双版纳的一个傣族村子里插队落户。我就是在那个偏僻贫穷的地方，度过了自己最重要的青春年华——我真是很羡慕现在的年轻人，你们不会理解那个时候的。"

叶萧却想到了一部曾轰动一时的电视剧——《孽债》。

"我可没留下'孽债'！"

童建国居然又一次猜到了他的心，这让叶萧后背心一阵发麻，童建国会不会有读心术？可以通过眼睛就知道别人的思维？

"那里的傣族姑娘虽好，我的心却不在那小地方，更不想一辈子荒废在水田里。"童建国完全陷入了对往事的追忆，他扔掉手里的烟头，仰头看着星空，"我是个从小有野心的人，我从不甘心自己的境遇。当时边境的那边正在打仗，一边是金三角的政府军，另一边则是革命游击队。有许多中国知青偷越边境，投奔境外游击队闹革命去了。"

叶萧想了起来："哦，我从公安大学毕业那年，就是在云南边境缉毒队实习的，也听人们说过那段历史。"

"那时的年轻人都很有理想，我插队的那个傣族村子，算上我总共只有两个知青，另一个也是来自上海。我们两个从小在一条弄堂里长大，都是满腔热血的理想主义者，不甘心在安静的小山村里虚度一生。于是，我们在一个月黑风高的夜晚，结伴私越过了丛林密布的边境。"

"就像切·格瓦拉？"

"我可没他那么伟大！只是听说许多知青都在游击队做了领导，我也想在那里轰轰烈烈闯一番天地。但是真正面临到战争的时候，就知道'残酷'两个字怎么写了。我所在的部队有三分之一是中国知青，有些甚至是我在上海的同学。我们终日潜伏在丛林中，冒着枪林弹雨与敌人周旋，

你一定看过许多美国拍的越战片吧？"

叶萧像听一场传奇故事似的，傻傻地点头："是的。"

"我们要比越南人艰苦得多，我亲眼见过的死人可以组成一个团！我亲手打死过的敌人也可以组成一个连。每天都有战友受伤和牺牲，每时每刻都目睹身边的死亡——各种各样的死相，有被子弹打爆了脑袋，有被炸弹炸成了碎片，有踩了地雷被炸掉了下半身……"

"所以你知道怎么处理死者？"

"对，战场上的环境瞬息万变，战友牺牲以后的惨状，也是你们无法想象的。经常人刚死就引来一大堆苍蝇，并在几天时间内腐烂掉。但无论战斗多么惨烈，无论尸体多么恐怖，我们都绝不抛弃一个战友，绝不让战友的尸体落入敌人手中，更不会让战友留在荒野中成为野狗的晚餐。我们不惜一切代价拖走尸体，通常是用布匹牢牢地包裹死者，以免受到昆虫和野兽的破坏。等战斗结束后，我们把尸体运到根据地的村子，安葬在'烈士陵园'——秘密的坟地，以防敌人来掘墓。"

"于是，屠男就变成了木乃伊。"

天台上又一阵凉风吹来，叶萧浑身都起了鸡皮疙瘩，尽管去前线战斗是他从小的梦想。

"你这个混蛋！"童建国突然猛推了叶萧一把，"干嘛让我说这些！我早就不想回忆这些烂事了，每次想起我的脑袋就像要爆炸了一样！"

叶萧一开始以为自己要被袭击了，随即又淡淡地说："对不起。"

"今晚我又要睡不着了！"

童建国骂骂咧咧地走下天台，叶萧不知该如何回答，只能也回到五楼的走廊。

其实，今夜叶萧也难以入眠。

6

凌晨两点。

叶萧果然还没有睡着。

他睁着眼睛，看着黑暗的天花板。屋子里有一股霉烂气味，无孔不入地钻进他的身体。他已很久没这种感觉了，眼睛睁大着却什么都看不到。

仿佛自己成了盲人，一切都是那么无助绝望，寸步难行，如海伦·凯勒那样渴望"假如给我三天光明"。

其实到了南明城里，就等于变成了盲人，能看到的只有眼皮底下一点，世界再一次无法捉摸，陷于亘古的混沌之中。

他翻身从床上跳起，趴到窗口看外面的花园，视野里只有些模糊的树影。叶萧摸到蜡烛点起来，床头有一排简易的书柜，他借着幽暗的烛火，看着那些蒙尘的书脊。

忽然，他看到了两个熟悉的汉字——病毒。

正是那本蓝封面的书，《病毒》两个字异常醒目，作者署名正是他那位作家表弟。这本书是 2002 年 4 月在大陆出版的，书里恰巧也有"叶萧"这个人物，记录了他当年刚做警察时，接触的一件异常离奇而恐怖的事件。

想不到这本书居然流传到了这里！放在卧室的床头书架上，主人一定很喜欢这本书吧。叶萧摸着书的封面，心里的滋味难以言状，只能烦躁地在屋里踱着步。

是的，那些故事对他来说几乎都是真实的，命运总是在跟他开玩笑，让他撞到并亲身经历这些不可思议的事情——如同这坟场般的城市，像个巨大的监狱笼罩在头顶，他们将被判处多少年的监禁？还是无期徒刑？甚至死刑？

至少，导游小方、司机和屠男，他们三个人都已经被执行死刑了。

下一个进地狱的会是谁？

或者这里已经是地狱了。

喉咙里像烧起来一样疼，他走到客厅里喝了口冷水，却见到另一个黑影也在摇晃着。他小心地拿蜡烛照了照，却是一张同样憔悴的脸——孙子楚。

"哎呀，你又把我给吓了一跳！"

叶萧有些哭笑不得："你也睡不着觉吗？"

"是啊，还在想屠男的死——到底是怎么回事呢？还有，我为什么一个人离开房间呢？而且大半夜的跑到街上，这完全不符合逻辑啊！"

"这个问题只有你自己才能回答。"

"我就是不知道为什么啊？真的记不清楚了，我连自己怎么下楼都忘记了。"孙子楚使劲拍了拍脑袋，"惨了，惨了，我会不会得早老症了呢？"

叶萧拧起了眉毛："是够惨的，如果在这个地方发了病，还没法送医

第七章 ■ 木乃伊

149

院呢。"

"妈的，怎么办？怎么办？"

孙子楚已经抓狂了，在客厅里不停地转圈，旁边还点着一枝蜡烛，不知道的还以为他在搞什么巫术祭祀。

"其实，我也记不得了。"

"什么？"

叶萧眯起了眼睛，盯着那点烛光，回到记忆的起点："我只记得昨天——不，是前天。前天上午十一点，从旅游大巴里醒过来，我问你是几月几号在什么地方？"

"对，我还以为你在故意吓唬我呢！然后，我们就到了公路边的少数民族村子，吃到了那个该死的'黄金肉'！"

"你觉得我是个会乱开玩笑的人吗？"

"当然不是！"孙子楚隔着烛光，仔细打量着他的眼睛，"你当时真的全部忘记了？"

"不，我还记得你的名字，知道你是我的好朋友，我还知道自己的职业，我是上海的一个警官。但我完全不记得现在的时间和地点，不知道自己为什么会在大巴里？我还下意识地以为是在国内某地，根本就没想到是泰国清迈。"

孙子楚靠近了他的脸，伸出一根修长的食指，摇摆在叶萧的双眼之间，催眠师似的问："你也得了失忆症？暂时失去了记忆链中的某些环节？"

"我不知道，我头疼得厉害！"

叶萧突然抱着脑袋，咬紧牙关额头冒出冷汗。

"别——"孙子楚安慰着他，又给他喝了口水，"你能想起前天中午以前，最近最清晰的记忆吗？"

"我甚至……甚至连自己是怎么来泰国的都不知道！"

"该死，再往前呢？让我帮你回忆一下——你记得德国世界杯吗？是哪支球队拿了冠军？"

"白痴，当然是意大利！我还记得决赛那晚，我吃多了西瓜拉肚子了，没看到齐达内头顶马特拉齐。"

孙子楚被平白无故地骂了句白痴，很是尴尬："那八月份那次我们一起吃烧烤呢？我记得那天是农历七月十五'鬼节'。"

"记得，你说烧烤店的服务员小妹妹很漂亮，还给人家留了张名片，后来你们又联系过吗？"

"这个嘛，喂，个人隐私！"孙子楚不敢再多问了，"看来你记性蛮好的啊，你还记得我们去旅行社报名付费吗？"

"去旅行社？"

叶萧终于又皱起了眉头，痛苦地挠了挠头皮，又在房间里紧张地踱着步，最后绝望地摇了摇头。

"不记得了？我和你一起去旅行社的，我卡里的钱不够了，你还借给我两千块钱，到现在——"

孙子楚没敢把"到现在我还没还钱"说出来。

"完全不记得了，脑子里一点印象都没有。这是哪一天的事？"

"9月10号或者11号吧，9月19号我们就飞泰国了。"

忽然，叶萧的眼神有些可怕——

"前天是9月24日，也就是说，我至少失去了两个星期的记忆！"

这个结论如一根绳索，结结实实地套在了叶萧脖子上，迅速高高地升起来，将他悬挂在绞刑台上。

记忆力——是叶萧长久以来最引以为豪的。

从小他的记性就特别好，许多人和事的微小细节，隔了多年都能清晰地回忆。像人名、地名、时间、门牌、电话号码之类，经常可以随口念出。他这一辈子从记事起，每个日日夜夜几乎都有印象，从来不曾中断过，也从来不敢想象会中断。

但现在叶萧必须承认，自己的记忆被撕裂了。就像有人用锯子切开他的腰，然后再切开他的胸口，最后取走了腰和胸之间的部分。

哪怕缺少了一小时的记忆，就好像被抽掉了生命的一半，更何况是两个星期！

恐惧的冰水从头到脚浸泡着叶萧，这是怎么发生的？

是自己的大脑提前衰退了？

还是某个致命的阴谋？

就当他头疼欲裂之时，耳边又响起了孙子楚的声音："可怜的家伙，你会不会是最近工作压力太大，导致暂时性的记忆失常呢？"

"不，不可能，一定是有原因的，一定——"

正当叶萧低头沉思寻找原因时，一阵凄惨无比的嚎叫声，打破了这栋楼房的寂静。

第七章 ■ 木乃伊

声音从暗夜的远处传来，似乎连墙壁都在震动，叶萧和孙子楚的心跳都骤然加快，是哪个人出事了？

那声音还在继续，却超出了人体所能发出声响的极限——更近似于某种野兽的嚎叫！

凌晨两点半的狼嚎？

全体旅行团肯定都被吵醒了（除了躺在二楼的屠男和天台上的导游小方），可以想象他们惊慌失措的表情，但愿他们不要开门更不要下楼。

可怕的吠声不断涌进叶萧耳朵，他突然听出了一些端倪："不，这不是狼，而是一条巨大的狼狗！"

"巴斯克维尔猎犬？"

孙子楚却想到了福尔摩斯遇到过的一桩案件，因为楼下那个动物的叫声太阴森吓人了。

但叶萧却知道那是一条什么狗——少女与狼狗。

下午他已经见过那家伙了，巨大而凶猛的德国黑背，却是神秘少女的小宠物。幸运的是，晚上它并不在主人身边，所以叶萧才能抓住女孩把她带回来。

此刻，狼狗一定发现主人不见了，它灵敏的鼻子循着少女的气味，一路追踪到了这里。

叶萧能想象那家伙的样子，威风凛凛地站在楼下，仰起乌黑的眼睛盯着五楼的某个窗户——它那美丽而年轻的主人，就在那个屋子里被囚禁着。但这栋楼里还有十几个人，其中可能有人身怀绝技，它还不敢贸然地闯进来。聪明的狗会等待时机拯救主人，而现在的嚎叫不过是一种警告，所谓先礼而后兵，希望能够兵不血刃地解决问题，让楼上的人们自动把女孩放出来。

不，他不能把女孩还给狼狗！

今夜就让它去叫吧，如果它敢硬闯上来，他就会对它不客气了，叶萧还是相信人的智慧的。

狼狗继续在楼下嚎叫，不知顶顶和那女孩怎么样了？

但愿她能开口说话。

7

"啊！是谁？"

厉书从大汗淋漓中惊醒，耳膜被什么刺痛了，某个可怕的声音，从楼下剧烈地传来——是某种野兽在嚎叫？

他想起前天来空城的路上，遇到的那只鬼魅般的山魈。天知道这鬼地方还有哪些怪物，什么史前巨鳄剑齿虎猛犸象霸王龙全都出来吧！

嚎叫声令他心头阵阵狂跳，翻身下床走到厅里。在三楼的房间里听得更清楚，他只能伸手捂住耳朵。

几分钟后，那声音终于停息了，整个住宅楼又陷入了寂静，但脑子里似乎仍回荡着狼嚎。

那野兽喊累了回窝睡觉去了吧？

缓缓呼出一口气，他想去上趟厕所，却发现卫生间的门紧闭着，门缝里露出一线微光。

难道亨利在里面？

厉书又看了看法国人的床，果然是空着的，他只能站在外面静静等待。

他迷迷糊糊地等了十几分钟，卫生间的门仍然是紧闭着，但他又不好意思去催人家。只能悄悄靠近门口，却听到里面传出轻微的声音。

好像有人在说话？厉书益加屏住呼吸，侧耳贴着门缝。卫生间里是亨利的声音，这屋子里没有第三个人，他显然是在自言自语。

那是说得飞快的法语，厉书完全听不懂。亨利的语气还很着急，就像是在念什么咒语——半夜里关在厕所和自己说话，难不成有精神病？

突然，卫生间的门打开了，正好撞在厉书的脸上，他当即倒在了地上。

亨利脸涨得通红地冲出来，上半身赤着膊，异常激动地在客厅里转圈，嘴里念念有词，仿佛面对着一个不存在的人。

他身上还包扎着绷带，明早黄宛然就会为他解除。但厉书担心他这样会自己把伤口迸裂，爬起来拉住亨利，用英语说让他冷静下来。

但亨利根本没听进去，一把又将厉书推倒。这下把厉书惹毛了，冲上去压住了亨利。一个受伤的人怎是健全人的对手，但亨利依旧拼命反抗，嘴里喊着一些奇怪的法语单词，眼睛通红通红，整个人就像是"鬼上身"了。

两人在地上扭打了几分钟，直到亨利再也没力气为止。厉书气喘吁吁地把他扶到床上，用英语说："是我们救了你的命啊！请你爱惜自己的生命，也请尊重我们。"

这话说得就像外交辞令，却让亨利渐渐平静了，闭上眼睛深呼吸，眼泪缓缓滑落。

厉书心想真没出息，男儿有泪不轻弹，怎么遇到这点事就哭了？该不是突然觉悟，感受到中国人民的爱心了？

亨利念出了口渴的法语单词。厉书正好还听懂了这个词，便扶他起来喝了口水。亨利的脸色也恢复正常了，轻轻说了声 Thanks。

厉书用英文问道："你刚才怎么了？"

亨利却保持了缄默，他那双棕色的眼睛里，藏着许多深深的秘密。

"你现在好些了吗？"厉书继续用英文问，"为什么很少说话？"

"已经好多了，非常感谢你。"

他总算是回答了，但身体还是有些虚，说话的声音很轻。

"对不起，刚才我可能弄疼你了。对了，你是法国哪里人？第一次来泰国旅游吗？"

"我是波尔多人，二十岁以后就在巴黎读书了。我已经第七次来泰国了。"

"第七次？"

亨利点了点头，仅仅两天功夫，他脸上已爬满胡须了："我是巴黎大学的教授，主要研究东南亚的宗教艺术，所以经常来泰国、越南、柬埔寨等国。其实，我不是来泰国旅行的，而是来专门考察兰那王陵的。那天去王陵的车正好坏了，便搭上了一个法国旅行团的大巴，却不想遇到了这种事情。"

"好有缘分啊。"厉书又想起那晚亨利所说的路上遇险的故事，"真的是因为诅咒吗？"

"或许——是真的，我是研究这方面专业的，在东南亚的宗教故事中有个传说，凡是前往寻找兰那王陵的人，都会在半途中遭遇诅咒。"

"我们都被诅咒了？"

凌晨暗夜的斗室里烛光跳跃，厉书与亨利两人的脸色都很阴沉。

"一年前我去吴哥窟考察，主持发掘了一座七百年前的寺庙，在一块石碑的铭文上，记载着兰那王陵诅咒的传说。而且，铭文里还提到了一则预言——在佛历两千五百五十年，会有一群来自中国的人们，造访兰那王陵。但王陵的大门不会向他们敞开，他们将得到一座奇异的城市，认识一个奇异的女孩，并受到永久的诅咒。"

"佛诞两千五百五十年？是哪一年？"

"换算成西洋历法，就是公元 2006 年。"

"难道说——"厉书一下子把中文蹦了出来，赶紧又跳回到英文，"吴哥窟铭文预言里'一群来自中国的人们'，就是我们这个旅行团？"

亨利神色凝重地点了点头："历史上有许多神秘的预言，看来七百年前吴哥窟里也有一位伟大的预言家。"

"得到一座奇异的城市？是的，我们已经得到了，而且也足够奇异了。"厉书激动地在屋子里徘徊，"认识一个奇异的女孩？不就是今晚叶萧和顶顶带回来的那个神秘女孩吗？天哪，这则预言真的非常准确，我们会受到永久的诅咒吗？"

两人面面相觑，目光里满是恐惧。

8

凌晨五点。

黎明前最后的黑暗。

五楼，某个窗户里，一个声音在轻轻叹息。

她是萨顶顶。

这宽大的卧室里有张双人床，她睡在靠门那一侧，而她身旁就躺着那神秘女孩。根据叶萧的指示要寸步不离，于是连睡觉都要同一张床了。

顶顶担心女孩半夜要逃跑，自始至终都提心吊胆，强打精神不敢睡着。特别是凌晨两点多时，楼下响起了那条狼狗的嚎叫，让她浑身都冒出了冷汗。她明白那条狼狗呼唤的人，就是躺在自己身边的女孩，她担心狼狗会冲上五楼来敲她的门，不知紧锁的房门能否顶住它的冲击？

但出乎意料的是，女孩一整夜都非常安静，在她身边睡得很熟。听着女孩均匀的呼吸声，顶顶也越来越困，不知不觉间居然睡着了。

又不知过了多久，顶顶耳边响起某个清脆的声音，如童年挂在屋檐下的铃铛，随风摆动出金属的撞击声。沉睡的耳膜被铃铛敲开，意识的

大门缓缓打开。身体里的精灵们都被释放，它们轻巧地舞动蝉翼，围绕在她的耳边轻轻呼唤：

"萨顶顶……萨顶顶……萨顶顶……跟我来……跟我来……跟我来……"

于是，顶顶也睁开眼睛，跟着精灵们起身，离开身边依旧熟睡中的少女。

精灵们的翅膀引导着她，来到楼道的走廊中，继续迈步走下黑暗的楼梯，一直来到底楼的小巷。

月光，继续被扼杀在浓云背后。

只留下她孤独的一个人，行走在漆黑寂静的街道里。然而，她的眼睛却能清楚地看到四周每一个角落的细节，仿佛都与白天换了模样，被人彻底地清洗了一番。

还是那座叫南明的无人空城吗？

突然，街边亮起了一点幽光，居然是家 24 小时的小超市，里面隐隐晃动着人影，门口挂着最新的报纸和商品，里头传出收银机抽屉打开的响声。

又有一个窗口亮起了灯光，那是路边的四层楼房，三楼临街的窗户里，映出一个灯下读书的女孩。

她还听到了一种熟悉的声音，从对面的小店铺里传来，哗哗地宛如流水冲刷，再仔细侧耳一听——居然是搓麻将的碰撞声！

那店铺随之亮起了灯光，玻璃门上出现三个字：麻將室。

同时玻璃里映出四个人的身影，正围绕着一张方桌"挑灯夜战"，骤然传出一个中年妇女的大喝："罡头开花！"

瞬间，瞳孔被数十道光线刺激，顶顶茫然不知所措，难道这些人影都是鬼魂？抑或主人们全都野营归来了？

就在她失魂落魄的时候，迎面的黑暗里显现了一个身影，不知从哪里打出来的白光，正好笼罩在那个人的身上。

他是个七八十岁的老人，虽然满头白发却腰板挺直，身材高大如黑夜的金刚，竟穿着一身笔挺的军装。

老人几乎是突然出现在顶顶面前的，相隔还不到一米的距离。他的脸庞在白光下极其冷酷，目光里透射出无尽的威严，让任何年纪的人都望而生畏。

"你是谁？"

顶顶慌乱地问道，脚底却像被大地黏住了，再也无法后退半步。

老人的眼神是如此逼人，任谁都无法逃避，像一团火焰燃烧顶顶的瞳孔。

天哪，她感到全身的血液都要被烧干了，就当她要声嘶力竭地呼喊救命时，老人却高声说话了——

"罪恶之匣，已被打开。"

时间，停顿一分钟。

月亮，悄悄地露出半张脸，随后再度被浓云绑架。

时间，重新开始，没人发觉这多出来的一分钟。

而这抑扬顿挫的八个字，继续回荡在黎明前的街道上，回荡在顶顶的脑细胞里——罪恶之匣，已被打开。

老人面色依旧凝重，接着对她点头示意，似乎在问她：你听明白了吗？

顶顶下意识地也点了点头。

她相信自己总有一天会明白的。

也许这一天会很快，也许这一天会很远。

但老人已从她身边走过，带起一阵阴冷如坟墓的风，卷过她身体的右半边，她的半个肩膀都似乎僵硬了。

转眼间，老人消失在身后的黑雾中。

她独自站在街道中央，无数幽灵般的灯光交织在黑夜里，路边仍然响起收银机和搓麻将的声音。某个临街的窗户里，有个文学青年正彻夜未眠，他打开电脑音响，陈升与刘佳慧合唱的《北京一夜》，悠扬地飘散到街角路口——

one night in Beijing 我留下许多情……不敢在午夜问路 怕触动了伤心的魂……one night in Beijing 我留下许多情……不敢在午夜问路怕走到了地安门……

就当旦角唱起的时候，顶顶自己的手机竟然响了！

电磁波，在黎明前肆虐地飘荡。

不管有还是没有信号，她都茫然地接起了电话。

半秒钟后，手机里传来一个沉闷的男声——

"GAME OVER！"

第七章 ■ 木乃伊

157

第 一 季

沉睡之城

第八章 ■ 山间公墓

1

随着最后一声鼻音，顶顶猛然睁开了眼睛。

没有漆黑的夜空，没有幽暗的灯光，也没有麻将室与小超市，更没有手机信号，她仍然身处五楼的房间里，躺在一张宽大柔软的床上。

原来，是个梦。

梦？

顶顶额头却全都是冷汗，像是从游泳池里出来一样，她惊慌失措地喘息着，双手紧紧地捏成拳头。

拳头里捏着自己的手机。

手机不知何故已经打开了，屏幕上却收不到任何信号，耳边犹响着那声"GAME OVER"。

虽然自己仍然活得好好的，但心里颇

有些遗憾：为什么仅仅是梦？又为何这个梦做得如此怪异？

但她对自己的异梦早就习以为常了，只能苦笑着摇了摇头。

这时她心里突然一沉，这下完蛋了，神秘女孩趁机逃跑了吧？

她紧张地回头，却发现女孩仍然熟睡着，碎花布裙子上盖着毛毯，也许明早该给她换身衣服了。

又是虚惊一场。

顶顶深呼吸了几下，总算从梦境中解脱了出来，思量着明天该怎么办？这神秘的女孩究竟是谁？如何才能让她开口说话呢？她真的不懂中文吗？不过，女孩的存在至少可以证明，南明城并非空无一人，可能还会发现其他人，旅行团并不是孤独的。

她又翻了一下身，不小心碰到了女孩的后背，女孩响起一声轻微的呻吟。糟糕，把她弄醒了吗？顶顶一动都不敢动了，屏声静气得像个木头人。但女孩继续发着声音，轻得就像猫叫似的——

"妈妈……妈妈……"

顶顶依稀分辨了出来，女孩居然在叫"妈妈"？是在说梦话吧，顶顶只比她大五六岁，实在无福消受这个头衔。

但她无法确定是否是华语，因为人类大部分语言里的"妈妈"，都是差不多相同的发音。

这时女孩又翻身过来，与顶顶面对面了，嘴巴里依旧喃喃自语："不要……死……不要……"

黑暗的房间里看不清她的表情，只有那嘤嘤细语声。这下顶顶可以确定了，女孩说的就是华语，而且是相当标准的。

人们在梦中说出来的话，肯定是自己的母语。

突然，神秘女孩睁开了眼睛。

虽然几乎看不见，但顶顶可以感受到那犀利的目光。

四目对视，在同一张床上。

又是如同在体育场里的对峙，白天与黑夜并无什么区别。

终于，顶顶决定说话了："你梦到了什么？"

女孩在暗夜里睁大了眼睛，牙齿似乎还在颤抖，半晌未吐出一个字来。

"刚才我听到你的梦话了，你在说汉语，请不要再装聋作哑了，能和我说说话吗？"

女孩的眼神柔和了下来，尽管顶顶无法看到，却能感受到对方的心跳。

顶顶的声音也柔和了许多："对不起，我吵醒了你的梦是吗？就当是我们都很寂寞，需要互相说话来摆脱孤独吧。"

几秒钟后，她听到了女孩的声音："你想和我说什么？"

这二十岁女孩的声音，细腻而富有磁性，如甘甜的露水穿透黎明，来到这五楼房间的大床上。顶顶第一次微笑了："什么都可以说，亲爱的。"

"谢谢你。"

"为什么谢我呢？"

顶顶还以为女孩会恨她呢。

"因为你打断了我的噩梦，把我从地狱里救了出来，在梦里我快要死了，是你救了我的命。"

她的华语字正腔圆，听不出有任何口音，但又不似北方人说的普通话。

"好吧，我还准备向你道歉呢。"顶顶觉得自己与她的距离拉近了，索性用手托着下巴说，"我们再聊些别的吧，比如——你的名字？"。

女孩沉默了片刻："我能不回答这个问题吗？"

"既然你不告诉我的名字，那我就叫你'无名女孩'了。"

"无名女孩？"她的语气有些古怪，随后柔声道，"我喜欢这个名字。"

顶顶无奈地苦笑一下："好吧，无名女孩，你几岁了？"

"二十一岁。"

"你从哪里来？"

"我不知道。"

女孩冰冷地回答，但顶顶并不气馁："看来你还是没把我当朋友，你一直住在南明城吗？"

"嗯。"

"你的家人呢？爸爸妈妈呢？"

"我不知道。"

顶顶知道她在故意回避问题："好吧，'无名女孩'没有父母，但总有住的房子吧？住在哪呢？"

回答依然是："我不知道。"

这个标准的一问三不知的"无名女孩"，忽然把上半身撑起来了，长发垂在枕头上，扫过顶顶的脸颊。

"那条狼狗是你养的吧？"

"是的。"

谢天谢地，这次她总算没回答不知道。

"它叫什么名字？"

"天神。"

顶顶不禁赞叹道："好特别的名字啊，是你起的名字吗？"

用"天神"来形容那条惊人的大狼狗，也确实是名副其实。顶顶想象它匍匐在黑夜中的形象，竟真如传说中的神犬下凡，实非普通的狗所能比拟。

"是的，它无所不能，无处不在，刚才还在楼下等待着我。"

"可它怎么和你分开了呢？"

无名女孩淡淡地回答："晚上，它去给我找吃的去了。"

"它给你找吃的？天神可真厉害啊。"

"天神无所不能。"

顶顶再也不想谈狗了，还是说说人吧，"你身边还有其他人吗？"

"有。"

"谁啊？"

顶顶兴奋地问道，却没想到无名女孩回答："你不就躺在我身边吗？"

"哎呀，我是说除了我们旅行团的人以外。"

"那就——我不知道。"

老天，又是一个"我不知道"，干脆把她从"无名女孩"改名成"我不知道"吧！顶顶都快受不了了，她并不是个特别有耐心的人，只能继续躺着观察对方。

窗外，黑夜正悄悄流走，一点白光缓缓地浮上天空。

微暗的晨曦穿透玻璃，如薄雾披在无名女孩身上。昏暗的逆光就像摄影作品的底片，让顶顶清晰地看着女孩的轮廓。

没错，她本身就是一幅完美的作品。

轻柔的光线在身体外沿轻轻散发，除了稍微偏瘦外，女孩身体发育得很好，腰肢和胸膛都颇诱人。如果再稍稍打扮一下，足够去做电影明星了，刘亦菲、黄圣依当年也不过如此吧。

幸好躺在旁边的人不是"洛丽塔"，否则她定然会惹火上身。

无名女孩下床走到窗前，看着铁栏杆外的黎明，天空仍然是深蓝色的，鸟儿即将骑上枝头歌唱。

顶顶也走到她的身后说："这是个罪恶而美丽的城市。"

2

　　清晨六点。

　　进入空城后的第三个白天。

　　四楼，在整栋楼最大的那套房里，床上同样睡着两个女子。

　　黄宛然与成秋秋。

　　这对母女背靠着背，母亲面朝着窗户，清晨的天光先射到她的脸上。她缓缓睁开眼睛，瞳孔被猛然刺激了一下，才发现泪水早已打湿了枕头。

　　眼眶一定还是红红的吧，她轻轻抹了抹眼角的泪痕，千万不能被女儿看到。黄宛然自己也没想到，居然在梦中流了那么多眼泪，谁才能让她如此伤心呢？至少不是躺在隔壁的成立。

　　她看着窗外的大树，一阵风卷过几片叶子，将它们带到某个并不遥远的地方，或许是她彩云之南的故乡——昆明。

　　十七年前。

　　尽管她总是逼迫自己忘掉，但又常常顽固地在梦中跳出来。那年黄宛然只有二十岁，刚从昆明医学院毕业。因为父母都只是普通工人，没法像别人那样托关系走后门，结果她被分配到了一个最偏远的县——今天被称作香格里拉，当年却穷得揭不开锅。在大山深处的一个乡村医院，她开始了自己的职业生涯。

　　虽然是个穷乡僻壤，病人基本都是藏族和纳西族的牧民，没有电话和电视，对外通讯全靠每周来一次的乡邮递员，但那里的景色却美得出奇，开门就是高耸入云的雪山，山下是一大片芳香的草原，牧民骑着骏马领着藏獒驱赶羊群。而医院所在的建筑，当年是一座古城堡，乃是丽江土司木天王所建。她很快就爱上了这里，宁愿独自享受孤独，也不愿再回到城市中去了。

　　几个月后，牧民们送进来一个骨折的病人，说是从悬崖上掉了下来。情况非常紧急，来不及再往外面的医院送了，黄宛然只得硬着头皮做了外科手术。没想到手术异常成功，病人的腿侥幸保住了，而且还没有留下后遗症，否则很可能要截肢。

　　她觉得这个病人很怪，年纪轻轻却留着长头发，永远抱着一个摄影包。

他怎么会爬到悬崖上去呢？就连当地采药的藏民都不会去那里的。因为石膏至少要打两个月，他只能住在医院里，每天都和黄宛然聊天——当然，她是他的救命恩人。

他的名字叫钱莫争，是个职业摄影师，立志走遍中国拍下最壮丽的风景。他很偶然地来到这片山谷，这里的无比美丽让他想起一部美国小说描述的地方——香格里拉。他被这美景深深震撼，便想尽办法要拍摄下来，甚至不顾危险爬上悬崖，只为了拍摄一朵珍贵的雪莲。不过他不走运，失足摔了下来，差点断送了一条腿。

黄宛然对他的一切都很好奇，因为他去过西藏、内蒙古和新疆，听他说那里的风景和故事：在可可西里拍摄藏羚羊，在蒙古草原遭遇狼群，在喜马拉雅山下险些被雪崩埋葬。那年已开始流行齐秦了，黄宛然也通过在昆明的同学，搞到了一些齐秦的卡带和照片。她发现钱莫争的样子好像齐秦，特别是当他在半夜里，爬到古堡顶上为她唱起"我是一匹来自北方的狼"时，她感动地流下了眼泪——那年的雪山上的月亮真美。

当钱莫争拆下了腿上的石膏，便拉着她去山里拍照片了。她成了他的御用模特，在雪山草原深潭的背景下，她第一次感到自己是如此之美，只有大自然才可衬托她身上的气质。他为她拍了数百张照片，每一张她都含情脉脉，也令摄影师耳热心跳。他们都明白彼此的心，根本不需要语言来表达，因为这里本就是人类的伊甸园。正如亚当与夏娃，他们在夕阳的草地上漫步，在杜鹃花丛中嬉戏，在古堡残垣后接吻……

然而，美好的时光终是短暂的。

半年以后，钱莫争的家人寄信来告诉他，他投稿给美国《国家地理》杂志的照片被采用了——正是那张以雪山为背景的照片，黄宛然穿着当地藏族少女的服饰，嘴里衔着一支杜鹃花，风情万种地躺在镜头前。这张名为《雪山·杜鹃·美人》的照片，获得了当年的世界艺术摄影大奖，《国家地理》杂志特邀他去纽约领奖。

犹豫了三天之后，他最终决定离开香格里拉，前往另一个天堂——美国。

虽然黄宛然流了许多眼泪，但她并没有阻挠他离开，而是一路送他出了山谷，直到县城的汽车站。钱莫争也哭了，他知道若是没有黄宛然，自己早就失去了一条腿，更不会有机会去美国——何况她本就是获奖照片的模特，这张照片能够征服全世界，一半要归功于她在镜头前的魅力。

第八章 ■ 山间公墓

163

钱莫争踏上长途汽车后，又从车窗里探出头来，大声喊道："宛然，请再等我半年。我钱莫争对天发誓：半年后我一定从美国回来，娶你！"

黄宛然只觉得周围一切空白，只剩下他在车窗上说的这句话，久久地环绕在她的脑海里。

她真的等了六个月。

这是度日如年的六个月，她夜夜都对着月亮盼望他早日归来，每周都按照他留下的地址写信。但是，她没有收到过一封回信。

漫长的半年终于过去了。在她认为钱莫争将要归来的那天，她在村口系了许多黄色的布条，权当做高仓健演的那个电影里的黄丝带吧，村民们还以为她在做什么宗教法事呢。

然而，他没有回来。

黄宛然以泪洗面地又等了半年，他依然音讯渺茫。

钱莫争的誓言犹在耳边，本来是每天夜里的美梦，如今却变成了噩梦。

最后，她认定自己所爱的男人，已经葬身于遥远的异国他乡，否则他绝不会违背誓言！

在他们第一次接吻的废墟里，黄宛然给他掘了一个小小的坟墓，将他留下来的东西都埋葬了进去，这是她的爱人的衣冠冢。

她对未来感到无比茫然，不知道自己该去向何方，眼前的山水依然美丽，却似乎已不再属于自己。

这时，她的妈妈来到了她身边。妈妈是上海人，六十年代支援三线建设而去了云南。她不甘心让女儿在山里待一辈子，正好黄宛然的舅舅在上海做了处长，便通过这层关系把她调回到了上海。

她依依不舍地离开香格里拉，来到了完全陌生的上海，在一家街道医院做了医生。舅舅很喜欢这漂亮的外甥女，便把同事的儿子介绍给了她——那时成立已是电力局的工程师了，有一份令许多人羡慕的金饭碗。他们只谈了半年的朋友，就闪电般地结婚了。

一晃已过去十五六年，当年轰动美国《国家地理》杂志的雪山杜鹃的美人，而今已是三十八岁的成熟妇人。女儿都长成了大姑娘，正熟睡在她的身旁。

黄宛然翻身朝向女儿，才发现秋秋已经醒了。母女俩面对着面，晨光洒在十五岁的秋秋青春的脸上，简直是她少女时代的翻版。

她伸出手抚摸着秋秋，这时女儿也不再倔强了，温顺得如一只小猫，依偎在母猫温暖的怀中，毛茸茸的小爪子搭着妈妈的肩膀。

"秋秋，你要听妈妈的话。"

秋秋睁大着眼睛，像个受了委屈的小女孩说："你们总是吵架，爸爸也总是对你不好，我知道他不是个好男人。"

"对不起，妈妈没有给你一个和睦的家。"

她的眼眶又有些红了。虽然女儿一直都在自己身边，但她知道秋秋其实是孤独的，一直对父母封闭着心灵。她害怕将来女儿会变得更陌生，看到青少年抑郁症的报道，都让她心惊肉跳地担心。

"我已经不在乎了。"

"秋秋，等我们回家以后，我会好好考虑和你爸爸的关系。"黄宛然紧紧搂着女儿的脖子，"如果是最坏的结果，我们母女俩从此就相依为命吧，我大不了再去做医生，或者去私人诊所干也行。"

女儿却冷冷地回答："我们还回得了家吗？"

"一定可以回家的，旅行团里所有人都在努力，说不定泰国警方很快就能找到我们了。"

"不，我们已经被困在这里了，我们出不去了。"

她说这句话时异常平静，与她十五岁的年龄完全不符。

"你说什么？"黄宛然有些生气了，她不允许女儿自暴自弃，"你想一辈子待在这里吗？"

"也许——是的吧。"

"你这孩子到底在想些什么呢？"

黄宛然都有些气糊涂了，而秋秋的回答让妈妈更吃惊：

"因为我喜欢这个城市！"

3

同时。

镜头移过黄宛然与秋秋的房间，穿越床底下的水泥地板，来到楼下三层的屋子里。

有一双眼睛，正无神地盯着天花板，似乎感应到了秋秋的声音。

她是玉灵。

第八章 ■ 山间公墓

同屋的伊莲娜继续熟睡，玉灵却天刚亮就醒了过来，在泰北农村长大的她，从小就养成了早睡早起的习惯。

窗外的雾气正在渐渐散去，但那感觉依然缭绕于眼前，又像昨天清晨那样充盈着心底。让玉灵的身体越来越轻，整个人缓缓浮升起来，被森林中的露水和白雾包围，回到那个十六岁的清晨。

被打断了的回忆在继续，还是那片最黑暗最诡异的森林。永远不见天日的大榕树底下，四周飘满了腐烂的植物和动物的气息，无法超度的亡魂们聚集于此，静静等待某一场天火降临。

十六岁的玉灵，瘦弱的身体在筒裙里颤抖，像猫一样的骨骼之间，发出轻微的顿挫声音。

因为，她见到了一个英俊的十八岁的僧人。

"另一个世界。"

少年僧人平静地说出这句话，他的嘴唇隐隐发紫，黝黑的脸颊异常削瘦，唯独声音是如此洪亮有力。

玉灵不知该如何回答，这才注意到在他的身后，还坐着另一个僧人。

那是个老年的僧人，老得都不知道有多少岁了，白色的长眉毛垂下来，脸上布满了皱纹和老人斑，皮包骨头的样子竟与骷髅差不多。

老僧入定？

他穿着一身破烂不堪的黄色僧袍，盘腿坐在一片经年累月的枯叶上，双手合十放在胸前，眼睛闭着，似乎还在苦思冥想。

那弥漫在森林中的白雾，似乎就是从他身体里发出的，正通过他周身不断地飘出来。老僧瘦小的上半身却挺得笔直，就连干枯的十指也毫不含糊。整个人仿佛一尊千年前的雕塑，岿然不动在这阴暗的世界里。

"他睡着了？"

玉灵小心翼翼地走到老僧跟前，虽然村里也有许多僧人，甚至男孩们都会在寺庙里剃度出家，到了十六七岁再还俗成家。但眼前的这两个僧人，一老一少，却与印象中的僧人截然不同，难道这就是传说中的森林云游僧？

当她要伸出手去触摸老僧的眉毛时，少年僧人走到她身边说："别！别碰他！"

"怎么了？"

英俊的僧人面无表情地回答："他回家去了。"

"回家？在哪里？"

"另一个世界。"

玉灵不解地问："又是另一个世界？"

"我们从'另一个世界'来，又将回'另一个世界'去。"

这句话虽然还是云里雾里，但玉灵心里却隐隐有了丝感觉，她打量着眼前年轻而英俊的脸庞，而看看地下盘腿而坐的老僧，轻声问："他是不是死了？"

"不，师傅圆寂了。"

圆寂——不就是去了另一个世界吗？

"不，是'回'了另一个世界。"

再看那老僧恐怕有一百岁了吧，在这种险恶的森林深处，正是他命定的归宿吧。

而从他身体里飘出的白雾，是否是所谓的灵魂？

少年僧人脚下一晃，几乎跌倒在玉灵身上。原来他已经不吃不喝，守在师傅身边三天了，怪不得骨瘦如柴。

玉灵赶紧挽扶着少年僧人，他再也没有力气拒绝她了，两个人互相依靠着走出森林，渐渐摆脱了黑暗和白雾，回到了稻田围绕的村子里。

村民给了少年僧人许多食物，村寺里几个胆大的僧人，由玉灵他们带路进入森林，找到了圆寂的老僧人。他们就在原地将老僧人火化，骨灰还给少年僧人保管起来。

少年僧人的身体太虚弱了，他被迫在村里休息了几天。玉灵每天都来看他，为他送些米饭和蔬菜。

他说从小就不知道父母是谁，是老僧人将他领养大了，带着他在泰国各地云游化缘。他们属于一支特别的宗派——森林僧，从十九世纪起就在泰国的森林中修行。但近几十年来森林被大量砍伐，失去了家园的森林僧也就销声匿迹了。那位圆寂的老僧在五十年前，曾是泰国最著名的森林僧，他从没有接受过政府的馈赠，坚持在森林中艰苦地修行，远离喧嚣的尘世。而随着森林越来越稀少，老僧人也向越来越偏远的地方云游，直到进入这片泰北最后的森林。

而这十八岁的英俊少年，则是老僧人最后的弟子。他在师傅圆寂前接受了衣钵，可能成为森林僧唯一的传人。

玉灵看着他的眼睛，多么漂亮而柔情的男人的眼睛啊，它已经占据

第八章 ■ 山间公墓

167

了十六岁少女的心。

是啊，他才只有十八岁，完全可以像村里的男孩们一样，从寺庙里还俗回家。

但少年僧人拒绝了她，他的生命是老僧人赐予的。他曾经在老僧人圆寂前发誓，要永远留在森林里修行，将森林僧的衣钵传授下去，在森林的最深处寻找世界的真谛。

三天后，玉灵流着眼泪送别了他。

她知道他的心里也在流泪，只是装作满不在乎的样子，只因为那身僧袍和森林里的誓言。

一直送他到森林边上，他终于回过头来盯着她的眼睛，说："我会记得你的，如果我还不能忘掉我自己的话。"

玉灵真想抱着他的肩膀大哭一番，但却怔怔地站在那里什么也没做，只有让眼泪缓缓地打湿自己的手背。

少年僧人从怀里取出一个小本子，交到玉灵的手里说："这是师傅留下来的，我把它全部看过并记在心里，已经不需要它了，就把这个本子送给你吧。"

玉灵接过小本子揣在胸口，抹去眼泪目送他转身离去。少年僧人再也没有回头，走入莽莽的森林深处，直到被落叶和藤蔓吞噬。

在那之后的几个月，她每天都会在森林边等待，期望那张英俊的面孔出现。

然而，玉灵从十六岁长到二十岁，再也没有见到过这少年僧人。

他也回到另一个世界去了吗？

4

清晨，七点半。

除了萨顶顶和那神秘女孩外，所有人都聚集到了二楼，杨谋和唐小甜的房间。虽然，隔壁还躺着屠男的木乃伊，大家依旧要填饱肚子。用厨房里的液化气，和昨天从大卖场"借"来的各种食品，搞了一顿还算丰盛的"冒险早餐"。

今天的气氛很沉闷，也许因为昨晚又死了个同伴，或是凌晨时那狼狗的嚎叫，每个人似乎都没睡好，大多成了无精打彩的"熊猫眼"。好几个人的手机电池用光了，其余的人都不敢再开手机，尽管从来都没收到过手机信号。

"这已经是我们在这里的第二顿早餐了！"伊莲娜以美国人的直接发泄了情绪，随后吐出一个好莱坞电影里的常用词，"Shit！"

厉书一边吃着方便面，一边用英语回应道："但愿不要再有第三顿了。"

"除非我们今天都死了！"钱莫争却兜头浇了他们一盆冷水，"还是做好吃第三顿早餐的准备吧。"

杨谋首先吃完早餐，马上端起 DV 开始纪录了。忽然，他听到有人抽泣的声音，镜头转向声音的来源，却是玉灵躲在墙角掉眼泪。

林君如安慰着她说："别哭了，我知道你心里不好受，但这不是你的错。"

"我是你们的地陪导游，小方和司机出事了以后，我就更要担负起全部责任。"玉灵仍穿着傣族的筒裙，只是好像已洗过了一遍，她低下头，长发遮住脸庞，向大家道歉，"对不起。"

杨谋放下 DV 走到她跟前说："你的家人也在着急地找你吧？从现在起你就和我们一样，也是我们大家庭中的一员，我们会把你当做自己的妹妹来看的。'

唐小甜有些醋意地拉了拉老公的衣角，杨谋只得又退了回去。

等到吃得差不多时，叶萧又到厨房下了一锅面条，然后端着热腾腾的锅上了五楼。

他是给顶顶和"无名女孩"送早餐去了。

走进五楼的房间，他发现那女孩的脸色好了许多，顶顶还给她换了身干净衣服，一件很合身的 KAPPA 运动 T 恤。

叶萧把锅放在桌子上："饿了吧？快些吃吧。"

"你可真是个好男人啊。"

顶顶把头发都梳到脑后扎了个马尾，看起来更加精神了。她拿出两个洗干净的碗，给自己和"无名女孩"盛了面条。

虽然那女孩长得一副不食人间烟火的天仙 MM 的样子，但吃起面来食量还蛮大的，很快就把一大碗面吃得底朝天了。

顶顶吸着面条说："你昨天晚上吃什么了？"

她眨了眨眼睛，怯生生地回答："我不知道。"

"又来了！"顶顶无奈地向叶萧摆了摆手，"她总是'我不知道'。"

"耐心一些，她会告诉我们一切的。"

叶萧说起来很有自信，他紧盯着女孩的眼睛，那眸子总是似曾相识的感觉。他觉得已开始掌握主动了——再坚硬的冰块也有融化为水的时刻。

这时顶顶也吃完了："上午你准备做什么？"

"嗯，我想去城市周边转转，探探有没有出城的其他道路。"

"我也要跟你们去！"

"不，你留在这里，好好地守着她——"叶萧转眼又看了看"无名女孩"，微笑了一下说，"对不起，我知道你会很乖的。"

"如果我把她也带上呢？"

叶萧只能把顶顶拉到另一个房间，耳语道："第一，她可能会逃跑；第二，她出去会引来那条狼狗，那我们所有人都要惨了。"

顶顶无奈地叹了一声："好吧，那今天我就牺牲一下，留在这里做个典狱长。"

"对，你们就待在这个房间，哪里都不要去，离那条狼狗越远越好！"

"万一它冲上来呢？"

"把门锁好再用柜子顶住，我不相信狗会自己撬锁！"

她淡淡地回了一句："我也不相信。"

两人回到"无名女孩"面前，她依旧安静地坐着，正翻着房间里的一本旧书。叶萧看了下封面，是个对镜梳妆的古代女子，竟与昨晚发现她的场景一模一样。再看书名却是《聊斋志异》，是台湾出的繁体字版，自上而下的排版更近似于古书。

"干吗看这个？"叶萧疑惑地问了声，"没读过吗？"

"不，从小就读，已经读了一百多遍了，但还是喜欢读。"

叶萧撇了撇嘴角："你怎么和我表弟一样？"

"我知道你的表弟是谁。"

女孩这句干脆的回答，让叶萧为之一震。但他不想再纠缠这种问题了，低头轻声说："昨天早上，加油站对面小巷里的人，是不是你？"

对方沉默了十几秒，终于幽幽地承认道："是我。"

"谢谢你！"

叶萧长长地吁出一口气，神色异常地古怪，转身便向门外走去。

"为什么谢我？"

女孩仍执拗地追问道，而旁边的顶顶也觉得很奇怪。

"因为你救了我们的命。"

叶萧边说边走出房间，飞快地跑下五楼——是的，昨天上午在加油站对面，正是这神秘女孩的出现，吸引了叶萧等人的注意力，他们才离开了危险的加油站，跑到马路对面的巷口去。否则，他们都会和司机一起被炸得粉碎的！

五楼，顶顶重新把门锁好，回头看着女孩的眼睛，宛如面对两个深不可测的黑洞，正喷出旋涡，吞噬一切时间与空间……

5

八点十五分，探险队从"大本营"出发了。

由于昨天发生的许多变故，决定把三组人变成两组人，这样每组人数增加，也可以互相照应。

童建国、钱莫争、杨谋、玉灵、成立构成第一组，五个人正好坐一辆宝马车，向城市东部进发。

叶萧、孙子楚、林君如，伊莲娜构成第二组，他们四人步行去城市的西部。

两组人的目的只有一个：就是找到通向外面的道路。

决不能留在这里坐以待毙！两天时间过去了，仍未有半个救援人员出现，与其等着像屠男那样一个个死去，还不如冲出去试试有没有活路。何况昨晚找到的神秘女孩，说明南明城里还是有人的，说不定能找到其他人，起码要搞清这里的状况。

这回再也没人反对了，就连一向缩在妻女身边的成立，也主动要求随队出去探险。

留守部队也分配好了，除了顶顶在五楼照顾神秘女孩，其余的人都留在二楼——厉书、黄宛然、秋秋、唐小甜，还有法国人亨利。

厉书也想一起出去探险，但叶萧决定把他留下。大本营里有五个女人，但只有一个男人亨利，而且是个伤病员，必须再留个男人防范万一。考虑到厉书的英文最好，与亨利的沟通没问题，便让他"镇守"后方了。

第一组人坐上宝马，带着南明地图浩浩荡荡地出发了。

第二组人则步行拐向另一个方向，孙子楚手里拿着地图抱怨道："叶萧，你也该弄辆车来开开，省得我们天天练马拉松。"

"我不觉得在这里有必要开车，而且坐在车上只是走马观花，很可能遗漏掉许多有用的线索——假设昨天我也开车的话，就不可能发现那神秘女孩了。"

林君如不禁附和道："有道理啊，你这个公安还真不简单。"

"切。"自负的孙子楚不以为然，他摊开地图说，"好了，别自己瞎走了，还是看看地图该走哪条路吧。"

叶萧却是胸有成竹地说："我在昨晚走过的那条路上做过标记了。"

"昨晚？你走的哪条路？"

"押送之路。"

四个人笔直向西走了十分钟，叶萧忽然在一条路口右拐了。

孙子楚立即叫住了他："去哪儿啊？"

"看那边地上。"

他们低头看着人行道上，有三块排成品字形的砖头，伊莲娜急着问道："这就是你的标记？"

"昨晚，我和顶顶带着女孩回来的路上，每经过一个路口都留下这样的记号，以便下次不会迷路。"

"GOOD！"

叶萧带着他们向北走过好几个路口，都看到这种品字形的砖头阵。孙子楚仔细研究地图说："喂，我们方向不对了，应该向西才能出城。"

"先跟我去个地方再说。"

他们拐进一条更小的街道，路边种了些不知名的树木，两边都是花园洋房，看起来异常幽静，足够做恐怖片的外景地了。

林君如想起台北也有这种小街："看来是有钱人住的地方啊。"

终于，叶萧在一个花园前停下来，低矮的木栅栏后面绽开着荼蘼花。

这就是昨晚捕获神秘女孩之地。

眼前的房子也如那女孩一样神秘吗？

四人轻易地跨过栅栏，穿过布满花丛的小径。那蔷薇似的枝叶上，簇拥着无数白色的花团，散发着浓郁诱人的香气，伊莲娜惊讶地问："这是什么花啊？太漂亮了！"

"荼蘼花！"

身为大学历史老师的孙子楚回答了她的问题。

"怎么从没听说过？"

"嗯，确实极其罕见，过去只存在于传说中。茶蘼花，学名悬钩子蔷薇，拉丁名：Rosa rubus。一般在春天花期结束时开放，无比奢华艳丽。因为是花期最后时节，百花即将凋零，所谓茶蘼过后，无花开放，《红楼梦》里即有'开到茶蘼花事了'。"

孙子楚得意洋洋地炫耀了一番，居然把拉丁语都翻出来了。

但林君如看着那些白色的花朵，困惑地摇摇头："可现在是九月啊！"

"这个嘛……这里是东南亚，气候当然与中原不同了，不能以春夏秋冬来划分。茶蘼花开代表女子青春已逝，也意味着一段感情的终结。爱到茶蘼，生命中最灿烂、最繁华也最刻骨铭心的爱即将失去，在古人眼中是美丽与灭亡的共同体！"

"死亡爱之花？"

"加十分！恭喜你有长进了！"看到林君如与自己产生共鸣，孙子楚更来劲了，"套用《暗香》的歌词便是'让心在灿烂中死去，让爱在灰烬里重生'。"

林君如继续以崇拜的眼神看着他："好忧郁好特别的花啊。"

"昆曲《牡丹亭》杜丽娘游园中也有'那茶蘼外烟丝醉软'的唱词，正暗示她刚目睹春天的美丽，便将要郁郁寡欢而死的悲剧。"

他说得眉飞色舞，就差提嗓子吟唱"原来姹紫嫣红开遍，似这般都付与断井颓垣"了。

叶萧实在看不下去，厉声喝断了他："够了！我们到底是来探险，还是来听你讲古典文学普及课的？"

孙子楚总算闭上嘴巴，四个人踏过花园，来到小洋房的正门口。

整个屋子都灰蒙蒙的，寂静得让人心里发慌，屋檐上长满野草，伴着四周的茶蘼花香，伊莲娜拉了拉叶萧的衣角说："这房子让我想起《闪灵》。"

"别怕，我进去过。"

叶萧第一个推开房门，顶上立时掉下来许多灰，屋里升腾起一片黑色烟雾。他遮着头跑进去，又挥手招呼其他人，他们只得硬着头皮进去。里面一团漆黑，叶萧打起手电筒，照出一条残破不堪的走廊。

墙壁上的石灰大半剥落了，地上的灰尘也积得厚厚的，四处弥漫着

陈腐的气味。林君如掩着鼻子说:"天哪,这里怎么可能住人呢?"

　　说罢她就被灰呛得咳嗽了几下。叶萧也没想到居然是这副景象,昨晚怎么没这种感觉呢?他想到小时候看过的《聊斋》,书生晚上见到的华丽屋宇,到白天却成了破庙与荒冢,原来这都是女鬼或狐精的障眼法。

　　推开旁边一道房门,是个面对花园的小屋。窗户敞开可以闻到花香,叶萧才注意到这窗户装饰极其精致,是植物几何图案的阿拉伯风格,宛如来到一千零一夜的异境。房间里没什么家具,只有张小桌子放在当中,上面有一枝蜡烛的残迹。

　　没错,昨晚神秘少女就在这间屋里,他也是从这扇窗户跳进来的。

　　伊莲娜突然叫了一声,大家都紧张地回过头来,原来墙上还镶嵌着一面镜子——椭圆形的镜子蒙着灰尘,看起来很久没擦过了。伊莲娜站在镜子前,无法看清自己的脸,只能看到一个模糊的女子轮廓。

　　昨晚的女孩就对着这面镜子梳头的吧?但那么模糊怎么看得清呢?也许只是面对一点烛光?

　　这时,最令人吃惊的事发生了——伊莲娜离开了镜子,但镜中女子的身形却仍然没变!

　　一开始只有叶萧注意到这点,他目瞪口呆地看着镜子,仿佛面对着一张幽灵照片。直到孙子楚莫名其妙地转向镜子,却吓得几乎坐倒在地上。林君如和伊莲娜也回过头来,见到那镜中女子,莫不是面如土色。尤其是伊莲娜,刚才分明是她站在镜子前,难不成自己在镜子里生成了副本?

　　叶萧缓缓走近镜子,伸手擦了擦肮脏的镜面。原来里面印着一个女子的形象,由于被灰尘遮盖而十分模糊。镜中女子低着头,长发垂下遮住半张脸,一只玉手拿着木梳,正是昨晚神秘女孩的姿势。

她是镜子里出来的幽灵?

6

　　第一组。

　　宝马车驶过空无一人的街道,很快到了城市的最东侧。穿过最后一排建筑,道路隐没在荒凉的野草丛中。

　　车轮再也不能往前滚了,童建国他们跳下车来,手搭凉蓬向四周眺望。

南北两面都有稀稀落落的房子，唯独正前方是片荒草地，青纱帐似的疯长着。再往后便是郁郁葱葱的森林，顺着斜坡布满整座山峦。有些奇异的巨石从平地升起，就像桂林阳朔等地突起的山峰，这景象让大家都很吃惊。

"不知道这座山有多大？或许翻过山就能找到路了！"

杨谋端着 DV 边拍边说。

"你错了　"钱莫争的表情异常冷峻，"山的外面，还是山。"

这句王家卫电影里的台词，再度打击了众人的情绪，还好玉灵走到杨谋跟前说："别害怕，我带大家往前走！我从小在山里长大，这样的山难不倒我。"

她将筒裙的裙摆稍稍捋起，在杨谋的 DV 镜头里，是个典型傣家女子的背影，那纤瘦的腰肢和高挑的身段，出没在这荒野中真似神话。

童建国也佩服地点了点头："这女娃儿真不错！"

四个男人跟在她身后，一同步入未知的山林。茂密的树冠覆盖了他们，乌云下的天空，变作更阴暗的丛林世界。四周响起各种鸟鸣，藤蔓从大树上垂下，脚下布满网状的树根，每个人都把心提了起来。

成立走在最后面，是五个人里最害怕的，每走一步双脚都在颤抖——他也是旅行团里最有钱的，自然格外珍惜自己的每根毛发。他更担心这些团友都来路不明，万一把他这千万富翁绑架了怎么办？更恐怖的是妻子女儿也都在这里，随时都有可能变成人质，到时候谁来救她们？

但他还是决定跟着大伙出来探险，根本原因是想离妻子远一点，他再也无法忍受黄宛然的眼神，那种冷漠和不屑根本是侮辱。还有十五岁的女儿秋秋，好像只要爸爸在身边，她就变得古怪而暴躁，甚至总想着要逃跑。干脆离开女儿的视线，说不定能让她太平一点。

玉灵在丛林中找到一条小径，虽然只是被人踩过的一些脚印，却可以连成一条甬道。这条路过去肯定经常有人走，只是后来被落叶和野草掩盖了。她知道哪里可能有危险，什么树根底下可能有毒蛇，哪些有毒的果子不能去碰。特别是一些可能有陷阱和捕兽夹的地方，至少在她长大的那个村子，猎人们总是惯用这些伎俩，经常可以捕获猴子和小黑熊。

不知不觉间地势越来越高，虽然不知山顶还有多远，但童建国爬到一块大岩石上　回头透过树叶的缝隙，眺望山下的南明城。几幢高楼都被抛在身下，大半个城市变得模糊而渺小。

钱莫争的运动手表可以测量海拔，现在距离海平面高度为一千零

九十米——看来这是个高山盆地，周围的山峰至少有一千五百米高。

他们跟着玉灵继续穿越山林，忽然耳边响起一些有节奏的声音，像许多人聚在一起的喧哗声——大家的神情都为之一振，希望是泰国警方的搜索救援队。

五人加快脚步向前跑去，但那声音又不像是人发出的，也不是什么动物的叫声，而是——水的声音。

终于，玉灵第一个透过树林看到了，居然是瀑布！

这惊喜让她欢呼起来，就像远古人类发现了一片绿洲，其他人也都聚拢过来，欣赏着山间瀑布的奇景。

但成立却看出了不对劲，他又往前走了几步说："不！这不是瀑布！"

"那是什么？"

"是水库大坝的泄洪口。"

现在他走在了最前面，攀着树根走下几道斜坡，眼前出现一条深深的河谷。瀑布就从右侧倾泻而下，在谷底形成缭绕的水雾，并发出巨大的撞击声。四周都充满了雾气，湿润的感觉扑面而来。

而在瀑布的最上端，却是一道混凝土的大坝。

成立说的没错，这并非是自然界的瀑布，而是人工建造的大坝泄洪口。

虽然这道水坝修得很高，但宽度仅有二十米左右。泄洪口开在接近坝顶的位置，放出来的水流量也不是很大，与平时看到的开闸泄洪完全不同，只是一条窄窄的白练垂直坠下，看起来酷似小型的山间瀑布。

他们很快爬到悬崖边，底下的河谷起码有三十米深，相当于十多层楼的高度，"瀑布"的冲击声，令人头晕眼花、心惊肉跳。

"大家要小心些，跟着我来！"

玉灵又找到一条小路，抓着树根藤蔓而上，直通大坝顶端。众人都累得气喘吁吁了，只得佩服这纤瘦的泰族女孩。她将筒裙挽成短裤般的样子，异常灵活地攀登山路，并第一个摸到了大坝边缘。

几分钟后，五个人全部爬上大坝，无不累得汗流浃背。但坝顶又是另外一番风光，山上清凉的风吹来，杨谋与玉灵彼此都笑了起来，也只有如此才能有成就感。

然而，在仅仅不到二十米宽的大坝两端，却是两种截然不同的世界：一边是"瀑布"与深谷，另一边是大片平静的湖面。

"水库！"

成立又赞叹似的喊了一声，他走到大坝内侧，又是一道陡陡的斜坡，两米之下便是清澈如镜的湖面了。

其他人也都惊呆了，目睹这大自然与人力结合的奇迹。水库的面积并不大，与两边的山势一样呈狭长形，最终消失在蜿蜒的峡谷中。四周环抱着茂密的森林，倒映在水中呈现出碧绿色，只有大坝这么一个小小的出口，从空中看，宛如一只封闭的葫芦。

"这个水库是做什么用的？"

成立仔细观察着回答："水库有许多个作用，我猜这个是用来城市供水的。"

"自来水厂？"

杨谋端着 DV 不停地拍着，钱莫争也掏出了他的宝贝照相机。

这时，成立注意到在大坝的另一端，还有几栋两层楼高的房子。五个人立刻跑了过去，大坝这头好歹有块平地，除了这些房子外，还有一条山间的公路。

"天哪！"杨谋高声抱怨道，"我们根本用不着爬上来，这里可以开汽车上来的！"

童建国苦笑了一声："算了吧，不爬上来怎能发现这地方呢？还是玉灵的功劳啊。"

"大本营的自来水是干净的，就是这个水库的功劳吧？说不定还有人在维护吧？"

钱莫争提醒了大家一句，他们赶紧走到一栋房子里面，杨谋大喊道："喂，有人吗？"

巨大的房间里只扬起一片灰尘，成立发现下面是个过滤池，水库里的水进入这里处理。虽然没有人在维护，也没有任何电力供应，但这里的设计非常巧妙，可以依靠大坝产生的水力，提供基本的过滤动力。这水库在全天然的环境中，没受到任何污染，周边也没有人类活动的迹象。

"所以，库里的水本身就很干净，足够人们直接饮用了！"成立围绕着过滤池侃侃而谈，看来他很有这方面的专业知识，"其实，我们本不需要喝自来水或净化水，自然界的水只要没被污染，都可以直接饮用，反而更有益于人的健康。"

钱莫争不断地点头道："我明白了，这就是水库的设计理念，只要维持一个全天然的环境，就比任何水处理系统更有效！"

第八章 ■ 山间公墓

177

"对，这个水库设计得太棒了！可以说是全世界最先进的，不需要太多的高科技，也不需要过多的资金和基础建设，顺应大自然才是王道。可惜，我们国内的水利工程思想完全相反。"

玉灵听不懂他们的专业讨论，只能轻叹道："原来就在我的家园旁边，还有这么好的地方啊。"

而钱莫争已经等不及了，他快步跑出去，来到水库边上的浅滩。这池墨绿色的湖水，在深山之间碧波荡漾，就像他十七年前爱过的一个女子。

他迅速脱掉上衣和长裤，湖水映出他发达的胸肌，常年的野外摄影与锻炼，使他拥有超出一般中国人的体格。虽然两个月前刚过了四十岁生日，但他没觉得自己已步入不惑之年。这身体和这胸膛里的心，依然像个生机勃勃的小伙子，依然能做当年做过的任何事。

其他人也都走到湖边，异常诧异地看着钱莫争。正当杨谋问他要干什么时，他纵身跳进了水库里。

放心，钱莫争只是在游泳。

冰凉的湖水浸透皮肤，感觉简直爽到了极点。自从进入这该死的空城，他已经两个晚上没洗澡了，身上难受得要磨出茧子。现在全身都被这清澈的水包围，只有头部不时露出水面，呼吸天地间最新鲜的氧气。他舒展四肢游到水库中心，他知道底下是深不可测的，或许有不知名的鱼游在脚边，是为他们准备的伊甸园？

玉灵羡慕地看着那湖心游泳的人，杨谋则帮他保管着照相机。只有成立的神情异常凝重，他看到钱莫争光滑的脊背，在如镜的水面上忽隐忽现……

7

第二组。

上午，九点十五分。

叶萧面对着镜子里的长发少女。

在这香气弥漫的忧伤花园，布满灰尘的空洋房之中，这面镜子安装在斗室里，对着一扇阿拉伯风格的窗户。他把镜面稍稍擦了擦，窗外那团白色的荼蘼，正好巧妙地映在镜子上——肯定是精心设计过的！从叶萧所在的位置看过去，镜面上印着的那位少女，怀中正好捧着镜子里照出的花。

再看窗外有一小潭水池，加上窗里的镜子，真是名副其实的"镜中花，水中月"！

孙子楚也赞叹了一声："太妙了！这么好的花园和房子，破败了真是可惜啊。"

"但很奇怪，我原本以为那女孩就是住在这里的，但现在看来显然不可能，这里完全不能居住——难道只是来对着镜子梳头的？"

叶萧皱着眉头离开镜子，又到外面仔细查看了一下，到处都是灰尘和垃圾，脏得就像建筑工地。而那神秘女孩身上非常干净，一尘不染的样子，绝不可能住在这里，除非——她真是幽灵？

"也许这只是她的活动地点，平时住在其他某个秘密的屋子？"

插话的是伊莲娜，她总算适应了这里的环境，不再捂着鼻子了。

"我猜她是来这里赏花的吧。"林君如指了指外面的荼蘼花，"她恐怕也是个多愁善感的女孩，像杜丽娘一样感慨青春易逝吧。"

她的这番话不禁让孙子楚刮目相看，像夸奖他的学生似的："哎呀，真是孺子可教也，把我刚才说的全都学会了！"

林君如煞时就脸红了："在台北读大学的时候，我还参加过白先勇的青春版《牡丹亭》。"

孙子楚的眼睛更亮了："你演什么？小姐还是丫头？"

"都不是，我只是道具，跑腿的罢了。"

"够了，我们快点出去吧！"

叶萧又一次打断了孙子楚的胡扯，带头匆匆走出房子，四个人大口呼吸着新鲜空气，刚才可真是憋坏了。

离开这神秘的花园，叶萧回头向四周张望，看到那个高高的水塔。昨晚他和顶顶就是在那水塔上，发现了小屋里的灯光。他们拐弯穿过一条街道，来到那栋建筑的大门口，只见挂着一块牌子"徵南小学"。

"征南——好个古色古香的名字，像是明清的演义小说，难道是诸葛亮大军南征孟获的后裔吗？"

孙子楚又开始卖弄学问了，但叶萧再度扫了他的兴致："不要进去了，还是按照原计划，前往城市边缘探路。"

离开这片幽静的住宅区，四个人沿着昨晚放下的标记，回到东西向的大路上。仰起头依然是阴暗的天空，远处的正前方山峦叠翠，似乎有

渺渺烟雾升腾。那是南方原始森林里特有的"瘴疬之气",古代中原人极其恐惧这种雾气,诸葛亮南征大军渡金沙江时,还要特地隆重祭祀一番。

叶萧领头快步向前走去,沿路仔细观察周围的建筑,照旧是死一般寂静无声。倒是孙子楚一路上话很多,不断与林君如、伊莲娜开着玩笑,像要去山上野营游玩。

半小时后,他们穿过最后一排建筑,眼前是郁郁葱葱的山林。笔直的马路到此为止,变成一条石头台阶的上山小径,被茂密的树木覆盖着,不知通向哪个神仙宅邸。

四人走上这条小路,顺着台阶缓缓步入山中,很快没入了绿色世界。伊莲娜好奇地冲在最前面说:"好像没有想象中可怕啊。"

"是啊,我觉得这山道很有些禅意,是高人隐居的好地方。"孙子楚也兴奋地附和道,但他随即又悲观地说,"不过,这里能找到出去的路吗?"

叶萧根本不予理会,只是仔细地观察路上每一棵树,乃至每一片树叶,鸟叫都会让他停下脚步。

忽然,眼前的台阶变得平缓,树木一下子稀疏了,整个视野豁然开朗,大半个城市匍匐在脚下。身边出现一排排平台,沿着 45 度倾斜的山坡,依次由高到低排列下来。

而在这些阶梯般的平台上,每一排都竖立着上百个——墓碑。

山坡上的墓地。

阴凉的山风掠过墓地,四周树木发出奇异的呼啸。墓碑上的每一张照片、每一双眼睛,都在注视四个不速之客,嗔怒他们打扰了死者的安宁。

看来就像西南山区常见的梯田,只不过种植的不是庄稼,而是尸骨与墓碑。每个坟墓都用砖头砌成半圆状,有的圆冢后还围着半圈砖墙,这是南方富裕人家的"靠背椅"式坟墓。

任何人都会被深深震撼,难以用语言来形容这幕场景,壮观抑或悲凉?诡异还是沧桑?

叶萧半晌才回过神来。虽然南方许多山区都有这种墓葬形式,就连香港也因为人多地少,而只能在山坡上建造公墓,但在南明城的这种环境里,对于这些急于逃生的人们而言,突然目睹这大片坟墓,心灵上的冲击力更胜过视觉。

他们原本在浓荫蔽天的山道上,却一下子进入墓地,毫无阻挡地面对天空,直接俯瞰下面的城市——这不正是为埋葬于此的死者们设计的环境吗？

是某种可怕的预兆？还是一条重要的线索？

生还是死？

在墓地里成为了问题。

还是叶萧打破了恐惧的沉默："只是公墓而已，有什么可怕的？世上有生便有死，每个城市里都有墓地，只不过这里是狭窄的盆地，人们只能把墓地建在山上。"

"对，在中国许多地方都是如此。何况从风水学上说，这也是一个背靠莽莽群山，面朝繁华盆地的好去处。"孙子楚看来对什么都有研究，他大胆地走到一个墓碑前说，"虽然位于城市的西侧，但平台朝向有些偏南，每个墓碑也都有角度，这样墓碑就正好朝南了。"

说罢他拿出指南针来看了看，果然他身边的墓碑几乎朝向正南。所以根据墓碑的方向，只能看到城市南侧的一角。也许就是这个角度的原因，人们站在山下的城市里，几乎看不到裸露在山坡上的墓地。

林君如和伊莲娜胆子也大了，她们走到一排排坟墓前，甚至粗略地数了一下——每排平台有 130 到 150 座墓碑，自上而下总共有十三排平台。

孙子楚立刻做出了心算："这里埋葬着 1690 到 1950 位死者。"

"不，你的算法是错误的。"叶萧又一次破坏了他的炫耀，"你漏掉了重要的一点：中国人的许多坟墓，都是双人合葬的鸳鸯穴！"

林君如频繁点头道："对，'生要同寝，死要同穴'，这里最多可能埋葬了三千多人。"

想到脚下可能埋葬着那么多尸骨，伊莲娜也吸了口凉气："现在要比刚才冷多了，好像一下子到了冬天。"

经她这一提醒，孙子楚打了个冷战，抱起肩膀说："是啊，墓地阴气极重，又在山上，与山下简直两个世界。"

"本来就是阴阳界嘛。"

林君如说完嘴唇皮都发紫了，孙子楚仍玩世不恭地说："那我们现在在阴间喽！"

"恐怕，当我们踏进这南明城，就已经到达了阴间！"

两人的对话越说越冷，好像不是从自己嘴里说出的，而是来自背后坟墓里的鬼魂。

叶萧没在乎他们的扯淡，而是仔细观察墓碑上的文字，比如他身后

的一块——

"先考妣欧公讳光南贤配太君美兰之墓，子小锋、女小雅恭立"

这是非常中国传统的墓碑写法，也是一个夫妇合葬墓。在墓主人姓名下还有籍贯，男方籍贯为"云南省腾冲县"，女方籍贯为"兰那八百村"。墓碑上还有生卒年月，男性为"民国八年～民国八十年"，女性为"民国二十年～民国九十年"。

墓碑上还镶嵌着两幅陶瓷相片，男性头顶戴着军人的大盖帽，有着明显的西南中国人的脸，双目炯炯有神英姿勃勃；而女性则像典型的傣族人。

墓碑上男性籍贯全是云南省，女性籍贯均为"兰那某某村"，叶萧和林君如一起查看了其他墓碑。在这一排的 138 个墓碑上，单穴与双穴墓几乎各占一半。除了 8 个是单独的女性墓外，有 95 个墓碑男性是云南人，15个四川人，8 个贵州人，6 个湖南人，5 个广西人，甚至还有一个浙江绍兴人！

他们的出生年月最早为民国三年，最晚为民国五十年，死亡时间最早为民国六十六年，最晚为民国九十四年——也就是公元 2005 年。

来自台北的林君如对这个很熟悉："计算方法很简单，只要把民国年份加 1911，便可以得出公元年份。"

伊莲娜不理解什么是民国纪年："我看不懂，很古老吗？"

叶萧一直默不作声，他又仔细观察了这一排的女性墓主。除了九个云南女性外，其余的籍贯均为"兰那某某村"，出生年月大多小于男性。很多对同穴而葬的都是老夫少妻，年龄差距最大的有二十五年之多。

"兰那又是什么地方呢？"孙子楚也拧起眉毛，暂时忘却了恐惧，"虽然是各个不同的村子，但前面都冠之以兰那，显然是某个国名或地名。"

这时叶萧终于提醒他了："你忘了我们从清迈出发，要去游览的是什么地方吗？"

"啊——兰那王陵？"

"没错。"林君如的脸色又变得煞白了，"这些女人的籍贯，都是从陵墓里出来的吗？"

"当然不是！否则就是陵墓里的陵墓了！"孙子楚恢复了冷静，在墓碑间踱着步说，"既然有兰那王陵，这里古代自然就叫兰那王国。'兰那'之名沿用至今，变成了地名或族名，'兰那某某村'和西双版纳某某村是一个意思。"

最后，叶萧扫了巨大凄凉的墓地一眼说："快点走吧，我们还要继续上山探路。"

他们离开了这一千多座墓碑，回到刚才的山间小径，才明白开凿这条艰险道路的用意：这是人们清明冬至上山扫墓的路。

再往上的山道就越来越陡了，很快脚下的石阶也没了，狭窄得仅容单人通行。湿滑的泥土让他们更为小心，时常有茂密的树枝横在路上，叶萧要拗断树枝才能前进。

一些奇怪的鸟鸣自深山中响起，宛如某个少女的尖叫声，让四个人都心惊肉跳。伊莲娜看着被树叶覆盖的天空，原本流利的汉语也变得结结巴巴了："好像……已经没有路了啊……我们会不会……迷路？"

"不，我每走几步都留下了记号。"

叶萧回头看了看，又警觉地观察着四周。密林里树叶微微晃动，发出沙沙的沉闷声响……

刹那间，空气凝固。

心跳，心跳，心跳，心跳，四颗心的跳动几乎同时加快，肾上腺素也疾速地分泌，迅速遍布全身每一根血管。

虽然什么都看不到，只有到处刺眼的绿色，但那感觉确确实实——墓地就在脚下数百米外，而他们刚刚打扰了死者们的安眠。

上面突然传来一阵风声，叶萧只感到头皮迅速发麻，并在十分之一秒内仰起了头。

终于，那个……来了！

第八章 ▪ 山间公墓

第 一 季

沉重之城

第九章 ■ AK47

1

上午，十点整。

回到第一小组。

在城市东侧的深山间，一池碧水荡漾在高坝内，钱莫争终于从水面浮起，裸露着背部的肌肉，畅快淋漓地回到岸上。他草草地擦了擦身体，水珠几乎自动从皮肤上弹开，说明他的身体依然非常棒。

其余四人都在岸上等他，钱莫争迅速穿好衣服，甩着一头湿湿的长发说："对不起，我太喜欢游泳了，实在是憋不住。"

"好了，我们快点离开这里吧。"

童建国早就等得不耐烦了，他们告别这桃花源般的水库，顺着山间公路走了下去。这条路穿行在深山峡谷中，在岩石上生生开凿出来，或许就是为了修建这个水库吧。蜿蜒的道路两旁尽是大石与密林，抬头只见山峰笼罩在雾气中，经年累月的藤蔓垂在头顶。

"但愿这条路可以通到山外面。"

杨谋一路都在用 DV 记录，还不时把镜头对准玉灵。传说清迈是个美人国度，眼前的女子果然颇为上镜，还不时对镜头露出甜美微笑。

"有什么好笑的！"

成立打破了他们的好心情，毫不客气地盯着玉灵的脸，似乎美丽的笑容会变成他的噩梦。

众人都感到很诧异，玉灵的脸更是刹那间凝固了，只能蹙着娥眉躲到了一边。

杨谋放下 DV 打抱不平道："她不能笑吗？"

"看看现在的情况吧，都到了这种生死存亡的关头，你们居然还笑得出来？"成立又摆出一副大老板的架势，像在训斥自己的员工，"旅行团里已有三个人死了，随时可能再死第四个，鬼知道这条路会通到哪里！我连哭都来不及呢，你还笑？笑我们全死光啊！"

"你太激动了！"童建国冷冷地回了一句，眼神里满是轻蔑，"这不是你的公司，我们也不是在给你打工。在这个旅行团里，每个人都是平等的，请你尊重别人！"

说着他把玉灵拉到自己身边，就像父亲保护女儿一样。

"狗屁！"成立又指着童建国的脸说，"你不要处处包庇她！"

"你什么意思？"

童建国毕竟是旅行团里年纪最大的，完全不买成立的账，捏起拳头随时准备揍他。

在这幽静的山路上，五人间的气氛越来越紧张。成立盯着童建国身后的玉灵说："这个小女人根本就是来历不明，突然跑上我们的大巴，从此给旅行团带来了厄运！我怀疑她是不是旅行社安排的导游？还是安插在我们中间的特洛伊木马？"

"不，你胡说！"玉灵一个劲地摇头，满脸都写满了无辜两个字，"因为我家村子在兰那王陵那头，只能搭车过来在公路边停下，等你们的旅游大巴。"

"就算你真是导游，难道不该为现在的情况负责吗？凭什么把我们导到这鬼地方来？因为你的工作失误，玩忽职守，导致我们无法按时回国。你知道我每分钟值多少钱吗？有多少员工在等着 CEO 回去吗？有多少重

要的合同等我去签字吗？又有多少笔巨额投资需要我去谈判吗？因此而造成的我个人以及我的公司的巨大损失，由谁来负担？你这小贱人能负担得起吗？我要向旅行社索赔五百万美元！让你们旅行社关门大吉！"

当他说出"小贱人"三个字时，童建国就怒不可遏了，抓住成立的衣领说："你敢再说一遍？"

成立却冷笑一声道："别以为人家小姑娘长得漂亮，你老头子就可以趁机吃豆腐了，当心偷鸡不成反蚀把米！"

最要命的是"偷鸡"两个字，实在是对玉灵的一语双关——还好她是泰国人没听明白，童建国却再也忍无可忍，举起钵大的拳头打了出去。

"砰！"

成立应声倒地，鼻血飞溅而出……

似乎没人怜悯他，只是漠然地站在旁边看着。钱莫争紧拧着眉毛，不明白成立怎么会突然失态？尽管，他在旅行团里的颐指气使让大家都很讨厌，但也不至于像现在这样子，刚才在水库边他还是很冷静的。

童建国雕塑般地站着，而玉灵已经吓坏了，她可不敢让两个客户为了她而打架。

成立倒是自己站起来，抹了抹脸上的鼻血，摇摇晃晃像喝醉了酒。钱莫争实在不忍心，走过去搀着他说："你失态了！算了，大家都冷静一下吧。"

但令他意想不到的是，成立一拳打在了他头上。钱莫争完全没有防备，当即重重地倒在地上。成立还要伸腿去踹他，幸好钱莫争一个翻身躲了过去，否则定然伤得不轻。

这时杨谋紧紧抱住成立，让他再也动弹不得，直到他反复深呼吸，最终停止了反抗。

钱莫争揉了揉嘴角，幸好嘴唇没被打破，他也不和成立计较，只是淡淡地说："我不会在意的，请你自己好好想一下——如果我们这些人四分五裂，彼此仇恨打来打去的话，那就真的一辈子都逃不出去了。"

成立以狼一般的眼神看着他，却不再说话反击了。

童建国走过来拍了拍他肩膀："刚才我打了你一拳，现在我向你道歉，你也可以再打我一拳，我们就算扯平了。"

成立没有理会他，沿着山间公路向前走去。其他人也不敢落下，继续踏上山间的探险征程。但也没人敢靠近成立，尤其是玉灵一直躲在童建国身后，杨谋也收起了 DV，钱莫争则满腹狐疑，搞不懂成立为什么要打他。

五个人怀着各自揣测的心，在山道上走了十几分钟，明显感到高度在下降。钱莫争手表上显示的海拔，也已降到了八百六十二米。

突然，眼前出现一条岔路，笔直地从岩石中生出来，大家都停下了脚步。

童建国在路口仔细观察，这条路只有四米多宽，两边都是刀削般的崖壁，仅能容一辆汽车通过。犹豫几秒后，他第一个走进去，其余四人也紧跟在身后。

岔路在岩石中弯弯曲曲，竟有些像F1赛场的弯道设计，又像古代的石头迷宫阵。就这么转了十几个弯，当他们感到阵阵头晕时，眼前出现了一片空地。

这地势就像一口深井，四周都是高高的井壁，当中有道深井直插地底，而他们五个人都已在井底了。

在他们正前方的岩壁上，有一道人工开凿的大门。

钢铁大门上挂着把巨大的锁，童建国走到门前仔细一看，才发现大锁早已被锯断了。以大锁的坚固程度来说，恐怕是电锯之类的家伙才能破坏它。他小心地卸下大锁，又用尽全身力气，才推开这道沉重的大门。多年从军的经验告诉他，这扇大门是由防弹钢板制成的，类似坦克炮塔的材质，能抵御包括手雷在内的大部分轻重武器的正面攻击。

门里传来一阵浓烈的烟味，他们立即蒙住口鼻，打起手电往洞里走去。显然这不是天然的山洞，顶上是规则的圆拱形，墙上还刷着白色的繁体汉字——嚴禁吸煙，違者處死！

这条严厉至极的标语，让大家看了不寒而栗，特别是酷爱吸烟的成立。讨厌香烟的杨谋则暗想，若把这条标语移到上海，估计也用不着"吸烟有害健康"的教育了。

手电光束照射着黑暗的深处，他们心底都七上八下，这深山中的神秘岔道，井底般的阴暗空间，还有坦克钢板做成的大门里，究竟藏着什么东西呢？

黄金还是毒品？抑或某些人的秘密基地？还是《笑傲江湖》里关押任我行的湖底天牢？

他们加快脚步向前走去，眼前的通道骤然变宽。手电向四周反复探去，像一个地下大厅，还不时有铁门出现在光束中。

"果真是个地下监狱？"

钱莫争举着手电，小心翼翼地走向一道铁门。这道门是半敞开着的，电光射入门内，里面是个窑洞似的房间。在两边的墙壁上，分别挂着许多黑色的长条形物体。

他伸手去触摸墙上的东西，却是冰凉的钢铁感觉。他将那东西拿在手中，再用手电那么一照，立时露出一个黑洞洞的枪口。

"AK47！"

2

第二组。

上午，十点半。

城市西南角的那座山，其实是南明城的墓地。叶萧他们来到墓地上方，小路已被密林吞噬，四周晃动着无数的影子。

是的，那个……来了。

还来不及回过头来，孙子楚便感到某个物体，挟带着凌厉的风声，直扑到他的身上。刹那间有毛茸茸的感觉，随后整个人都被扑倒在地。那东西的力量大得惊人，幸好他的后脑勺摔在泥土上，只是双手被硌得剧痛难忍。恍惚间只看到天旋地转，和一双放射精光的小眼睛，接着便是两对森白的獠牙。整张恶鬼般的脸庞，清晰地呈现在眼前。他与这张脸仅相隔几厘米，它口中的热气直扑到他鼻子上。

孙子楚心底一片空白，只能仰起脖子等待被尖牙戳破的瞬间，想象自己的鲜血从喉管喷射而出。然后灵魂渐渐脱离身体，飘浮到密林上方的空气中，或许才可以看清这空城的天机。

然而，那恶鬼突然被推开了，头顶的树叶再度显现。接着是林君如俯下身子，将他从地上拖起来。

叶萧又一次救了他的命。

刚才大家看到树丛中蹿出一个巨大的物体，浑身都是橄榄色的蓬松长毛，猛扑到孙子楚身上。在两个女生恐惧地尖叫声中，叶萧舍身扑向那家伙，居然将它推到了一边。当那动物愤怒地回过头时，他才认出了这位老朋友。

山魈!

没错,这张鬼脸实在太独特了,就算化作了灰也认得。它就是那只巨大的山魈,在旅行团进山的路上,跳到旅游大巴上大闹,几乎要了一车人的性命。最后,还是叶萧他们奋不顾身,下车与这头凶猛的野兽搏斗,最终将它打佚赶跑了。

现在它又一次出现了,叶萧确信这绝非偶遇,而是一次预谋已久的突然袭击!

他与山魈对峙着。

两双不同的眼睛彼此注视,一双是仇恨和凶残,另一双则是紧张与冷峻。

人兽大战一触即发。

然而,两天前打跑它的时候,叶萧手中还有一把斧子,现在则是赤手空拳——用什么来对付山魈的利爪,难道是旁边的树枝?

叶萧后退了半步,心底有些后悔了——要是有把手枪该多好!

但山魈容不得他多想,张开血盆大口猛吼了一声,整个山林随之落下许多树叶。转眼间,猛兽已扑到叶萧身前,钢铁利爪直指他双目。

眼前只见黑影袭来,叶萧下意识地往旁边一闪,侥幸躲过了山魈第一击。但这野兽迅速回过头来,第二击眼看要接踵而至。

正当他一筹莫展之际,伊莲娜在身后大叫了一声:"接着!"

随即,一根手电筒似的东西飞了过来。叶萧立即伸手接住,居然是女子防狼用的电击棍!这是伊莲娜从美国带来的,她曾在纽约用这家伙击倒过数十条色狼,来中国后还从没派上过用场。

这时山魈已扑上来了,叶萧举起电击棍,按着直流电池的开关,打向山魈的前爪——电流随着橄榄色的毛皮,瞬间传遍全身,它立刻痛苦地怪叫,摔倒在地。

"干得漂亮!"

死里逃生的孙子楚站起来,和林君如一起为叶萧鼓掌。但转眼间脸色又变了,原来山魈重新从地上爬起,似乎是电影里不死的金刚。

它以轻蔑的目光注视着四个人类,仿佛在说:这电棍对付色狼还可以,对我却只是挠痒痒罢了!

叶萧后退了半步,伊莲娜手中又飞出个东西。他接到一看,竟也是对付色狼的喷雾器——她可真是全副武装,在美国堪称"色狼克星"。

山魈发起了第三次攻击——叶萧低头躲开它的爪子，几乎同时伸出右手，电击棍重重地打在它的胸口，左手的喷雾器则对准了野兽的双眼。

电流猛然穿过山魈心脏，双眼被火辣辣的药水喷个正着，它再也抵挡不住人类的武器，惨叫着弹出半米多远。

当它再从地上爬起时，只是把头埋得很低，眼睛已被药水模糊了，什么都看不清楚。山魈愤怒地发出一声震耳欲聋的嚎叫，让人不寒而栗，随即转身隐入密林，融在一片墨绿色中。

"啊，我们赢了！"孙子楚跳起来与林君如击掌相庆，"太惊险了！我们简直是捡回了性命！"

叶萧的面色依然凝重，虽然这次又击退了山魈，但它对旅行团的仇恨不会减少，反而会加倍增长。他对这野兽也没什么仇恨，毕竟失去亲人的是山魈——它的孩子变成"驱魔节"的黄金肉，最后又被旅行团吃到了腹中。

丧子之痛是人和动物共有的，这样的仇恨任谁都难以消除，这是旅行团永难偿还的债。

两天前叶萧赶走这家伙时，就预感到山魈还会回来复仇的，果然，它等在这里伏击了他们。

这一切都是山魈的安排？让旅行团走错了道路——误入峡谷中的隧道——来到这神秘的南明城——使山体坍塌堵住逃生之路——在凌晨突然袭击了小方——在加油站炸死了司机——在夜晚活活吓死了屠男——刚才又在这山上袭击了他们——下一次又会是什么？

他越想越恐惧，直到浑身汗毛倒竖起来，这是个疯狂的推论！

如果全都是真的话，这山魈简直是个绝顶聪明的阴谋家，拥有比人类更高的智商。旅行团的敌人并不是某个人或组织，而是一个非人非兽的魔鬼——这个魔鬼还拥有为子复仇的充足理由。

不，这怎么可能？它明明是个动物，怎么可能那么聪明？那个神秘的女孩又该如何解释？

叶萧猛摇了摇头，四周的大山被密林覆盖，山魈完全有可能继续发动攻击，他大声说："此地不宜久留，我们快点下山！"

四个人立即转回头去，他们已在丛林中做了记号，每隔几步便在树上绑根红带子，很快找到了下山的小径。

叶萧把电击棍和喷雾器还给伊莲娜说："谢谢你的武器，它们救了我的命。"

伊莲娜把这些对付色狼的工具放回包里："也是在救我们大家的命。"

回到石头台阶的小路，他们又看到了那片墓地。

林君如叹了一声，对着脚下的泥土，恭敬地双手合十道："对不起，打扰大家了，我们不是故意的，敬请谅解。"

"你们台湾人就是迷信！"

孙子楚嘴里嘟囔了一句，虽然声音很轻，还是被林君如灵敏的耳朵听到了，她转头不屑地说："埋在这里的人们，不也是你的同胞吗？"

这句话让孙子楚彻底闭嘴了，默不作声地继续往山下走去。叶萧仍然保持警觉，不时回头看着丛林，以防山魈卷土重来。

十几分钟后，他们走出山林，回到大盆地的底部。

眼前是南明城的建筑，叶萧疲倦地看了看时间，已经中午十一点多了——就在前天中午，他也是在几乎相同的时间，在旅游大巴上恢复了记忆。

从这个故事开始的时间坐标，到此刻为止，仅仅过去了四十八个小时。

48 小时。

三天两夜——如此短暂的时间内，却在这片遥远的山谷中，发生了那么多不可思议的事，其间还死去了三条人命。

48 小时 ≥ 24 小时 ×2

3

2006 年 9 月 26 日，11 点 15 分。

大本营。

唐小甜胸中的小鹿越跳越快，她枯坐在二楼的窗边，外面覆盖着茂盛的芭蕉树叶，将绿色的阴影投射在她眼睛里。于是泪水随着阴影溢出，缓缓荡漾在她的脸颊上，滴滴答答弄湿了衣襟。

因为，她的新郎还没回来。

她不想让别人看到她的眼泪，便只能把脸朝着窗外。同愈成熟愈美丽的黄宛然相比，唐小甜觉得自己是一只丑小鸭，她不敢面对那个女人的脸，尽管她比黄宛然年轻十四岁。

虽然她知道自己不漂亮，也谈不上迷人两个字，但让自己感到幸运的是，她嫁给了英俊帅气的杨谋——她相信自己的新郎，是整个旅行团里最帅的男人。

一周前，唐小甜和杨谋正式走上了红地毯。她倚靠在新郎肩头，觉得自己是世界上最幸福的女人。就在婚礼第二天，他们坐上了前往泰国的飞机。她相信这是一次浪漫的蜜月之旅，值得两人在头发花白后，仍能温馨地回忆所有细节。尽管一下飞机就遭遇了政变，但唐小甜依旧确信他们将平安无事，她和她的新郎将愉快地完成旅行，回到上海开始两人世界。

9月22日晚上在芭提亚，她与国内的朋友通短信，得知尚雯婕已进入超女决赛四强时，她欣喜若狂地期待起9月29号的决赛——她将坐在上海家里的电视机前，疯狂地发短信给尚三儿投票。

今天是9月26日，还有三天就是超女决赛夜！

唐小甜却被困在了这个鬼地方，三天——三天内能否回家？尚雯婕能否拿到冠军？

她沮丧地咬着嘴唇，轻轻抹去脸上的泪痕。

突然，有人在后背拍了拍她。

唐小甜失魂落魄地转过头来，却不是深深思念的杨谋的脸，而是十五岁的少女成秋秋。

"你为什么哭了？"

少女纯洁的眼睛盯着她，似乎能洞察一切人的心灵。

"我没哭。"

唐小甜意识到自己的眼圈还是红红的，赶忙强颜欢笑地撇了撇嘴。

这时黄宛然走过来了，对秋秋说："别打扰姐姐。"

她拉着女儿回到了客厅，漫长的等待让人心烦意乱，只能把时间用在准备午餐上。

屋里还有两个男人——厉书正低着头记什么东西，一本小簿子已被密密麻麻地写满了，或许是在写日记吧。

另一个是法国人亨利，他始终坐着一言不发，像雕塑似的过了一上午。厉书几次用英文和他说话，亨利却好像聋了似的。做过医生的黄宛然也很奇怪，但她确信亨利的伤势已好了大半，自己走路完全没有问题，再过两天就可以痊愈了，难道是亨利的精神出了问题？

忽然，亨利抬起头看着天花板。

白色的天花板上除了有些灰尘，并没有什么特别之处。黄宛然也奇

LOST IN THAILAND

怪地看着上面——如果他们拥有透视眼的功能，便能穿过三层楼面的天花板，看见五楼的两个不平凡的女子。

萨顶顶，她正盘着腿坐在床上，脑后梳着长长的马尾，留出光滑的额头。整个人几乎笔直地坐着，双手朝上放在腹边，两腿是标准的佛像姿势。身后是雪白的墙壁，五楼的光线射在她侧面。右半边脸光洁神圣，似舞台上灯光的聚焦；左半边脸却被黑暗笼罩，只能看到闪烁的目光。

一半是黑，一半是白，明与暗——在她的眉心、鼻尖、人中、咽喉、胸口分界，那条边境线竟是如此清晰，像是硬生生画出了两张脸。

这两张脸上的两只眼睛，正直勾勾地盯着那个二十一岁的女孩。

无名女孩。

不知道她的名字，也不知道她从哪里来，在暗夜的荼蘼花香深处，只因对着镜子梳妆，而被叶萧与顶顶捕获。

她的双眼也写满了恐惧，身体蜷缩到对面的墙上，双手支撑着地板，后脑勺紧贴着墙面，恨不得墙上生个大洞藏进去。

顶顶的眼睛，让人无法逃脱的眼睛，穿透画皮与古书的眼睛，从此将成为无名女孩的噩梦。

四目相对。

女孩闭上了眼睛，终于开口说话了："别！别看着我！"

"告诉我，你叫什么名字？"

顶顶的嘴唇嚅动了几下，又念出了一长串奇怪的词。女孩一个字都没有听懂，显然不是现代汉语，又不像是某种方言，会不会是某个外国小语种？

但顶顶坐在床上的姿势，以及双目放射出来的光芒，还有嘴里发出的声音，无不像是某种奇特的仪式——**来自地狱的咒语**。

女孩的眼睛瞪得极大，似乎脑袋都要被她说裂了，只能哀求似的喊着："不！不！"

"你叫什么名字？"

似乎根本没通过嘴巴和耳朵，而是由顶顶凌厉的眼神，直接传递到了女孩心中。

她无法抗拒，她只能投降，说出了自己的名字——

"小枝。"

第一组。

深山，井底，黑洞。

在手电的光影之下，钱莫争看到了一把 AK47 自动步枪。

枪管几乎还是全新的，摸在手里感觉沉甸甸的，冰凉得让人心跳加快。他在非洲拍照片时，曾多次背过这种枪，在当地军阀混战中防身所用。他仔细检查了一下枪膛，绝不是仿真枪，而是钢铁做的真家伙。

再把手电照向墙壁，那些挂着的全都是 AK47，发出金属的黝黑反光，粗略数了数至少有八十枝。

钱莫争打开弹匣看了看，还好里面并没有子弹。外面的大厅灯光更亮了，童建国点亮了一盏汽灯。这里的空间异常巨大，完全由人工开凿，几根粗壮的钢筋水泥柱子，支撑着花岗岩的洞顶。大厅是深深的长方形，两边都布满了一个个洞窟。

走进另一个洞窟，里面同样挂满了 AK47 自动步枪，童建国甚至看出了制造商——俄罗斯新西伯利亚兵工厂，出厂日期是 1997 年 9 月。

杨谋用 DV 抓紧拍摄，他装着夜视镜头，手电光线里是绿色的画面，宛如进入丛林武器库。过去只在电影里见过这种场面，真正面对那么多杀人武器，何况是单兵枪械中最经典的 AK47，他端着 DV 的双手都颤抖了。玉灵的胆子还比他大些，随手抓起一把 AK47，却没想真家伙分量不轻，重重地掉到地上，在洞中发出铿锵骇人的回声。

童建国捏紧了拳头，又走进下一个洞窟。里面不再是自动步枪了，而是二十枝机关枪——完全是当今军用的装备，口径大火力猛，还有支架用作防空机枪，必须是身强力壮的汉子才能搬动。

第四个洞窟更让人吃惊，应了句谚语叫"鸟枪换炮"——居然是二十门 60 毫米迫击炮！

第五个洞和第六个洞，分别是火箭筒和肩扛式反坦克导弹和防空导弹。

后面的十几个洞窟又是单兵枪械，除了数百枝俄制的 AK47 外，还有更多的美制的 M16 和一百多枝微型冲锋枪，最后是几十枝配红外射线仪的狙击步枪。

这些仅仅是大厅左面的洞窟，右面的几十个洞全是弹药库，装满了一箱箱各型号的子弹，还有大量的手雷、炮弹和地雷。此外就是各种军用通信装备 甚至有战地医院的设施。

在最隐秘的一个洞里，是极度危险的烈性炸药，只要半公斤就能炸平一座摩天大楼。同样的道理，只要童建国等人稍稍有些疏忽，半座山连同他们自己就会变成粉末。

他们蹑手蹑脚地退到最外边，生怕踩到什么酿成大祸。

"这里根本就是个军火库！"成立不敢出大气地说，"足够装备一个团的军队吧？"

"嗯，可以打一场局部战争了！"

童建国心想，当年要是他的游击队有了这些装备，今天的地图就会被改写了吧？

杨谋放下 DV 问道："南明城是泰国的军事基地？"

"不，这里并没有任何泰国政府或军方的标记，倒是有这个特别的记号——"

童建国把手电对准了一处洞壁，上面用彩色的油漆喷出一幅图：左边是宝剑，右边是长矛，中间是太阳和弯月。

"宝剑与长矛互相交叉，保护着心中的日月？"

杨谋忽然想起那首王力宏的歌——《心中的日月》。

"也许是南明城的徽记吧。"

钱莫争走近洞壁仔细看着，发现底下还有一行楷体小字——我武维扬。

"怎么和武侠小说里镖局的口号一样？"杨谋也看到了，他仰头盯着地底深处的大厅，"在这地方多待一秒钟就多一分危险，我们还是快点撤吧。"

"说得没错，快点走！"

童建国催促大家离开，他走在最后押阵，沿着原先进洞的地道，小心翼翼地向前探去。

几分钟后，大家走出那扇坦克钢板做的大门，总算回到了天光底下。几个人的眼睛都被刺痛了，好一会儿才适应过来。钱莫争看着狭窄的天空，这才体会到井底之蛙的感觉。

五人走过狭窄的岔道，弯弯曲曲地走了许久，到外面的山道才放下心来。这样的探险再来几次，恐怕小命就不保了。

盘山公路的海拔渐渐降低，周围的树木也由密到疏。十五分钟后，眼前出现了大片空地，便是南明城的无数楼房了。

钱莫争看了看手表显示的海拔——六百二十四米，差不多就是盆地底部。但他搞不清方向，两小时前是从城市东南缘上山的，这里显然不是刚才的位置，宝马车也无影无踪了。

就当众人担心迷路时，童建国看着光影的角度说："这里朝向正西，我们还在南明的东端，但可能是靠东北面了。"

下坡是一条宽敞的街道，路边停着一辆中巴车，里面可以坐十几个人。童建国敏捷地跳上车，在方向盘下做了些手脚，车子就被启动了。其余四人坐上中巴，由他驾驶向前开去。

虽然外面看上去很脏，里面的座位还算干净。童建国把车子开到五档，赛车似的在街上飞驰。玉灵紧张地抓着扶手说："会不会太快了？"

"放心，就算天塌下来，我也不会让你有危险的！"

童建国这句话让玉灵脸都红了，其他人听在耳里也都不是滋味。

车子迅速开到一个十字路口，当中还有个大转盘的街心花园。副驾驶座上的钱莫争觉得似曾相识，中巴车已停了下来。他们跳下车走进花园中央，看到了那尊威严的铜像——马潜龙。

"啊，昨天下午我们路过了这里！"

"没错，现在向反方向开，我们就能回到大本营。"

回到车上，童建国大力转动方向盘，车子绕过街心花园，转向南面那条大路。

一路上的景致都在记忆中，两边曾经繁华过的商店，还有餐馆、银行、邮局等等，就是昨天走过的那条路。

飞快地奔驰了十分钟，几乎穿过了东半个城市，转弯便是那条最熟悉的路。

中午 11 点 45 分，他们来到大本营巷口。

"总算活着回来了！"

钱莫争放好相机第一个跳下车。童建国把中巴车停在路边，五个人疲惫地回到二楼房间。

唐小甜立即扑进杨谋怀抱，这样的热情却让他有些尴尬，扭过头躲避她热情的唇。杨谋想起了那些录像带，昨天从电视台大楼拿回来的。他急忙推开妻子冲进书房，幸好那些录像带都还在，或许藏着南明城的许多信息。但现在连电都没有，又如何能播放这些带子呢？而他的 DV 是全数码的，也不能用小录像带，真是糟糕！

童建国与玉灵走进厨房，都已渴得嗓子要冒烟了。钱莫争瞥了黄宛然一眼，她却转身退入卧室。

成立面色铁青地跟进去，屋里是黄宛然与秋秋母女俩，她们都不愿与他说话。他拧着眉毛深呼吸了一下，然后点起一根香烟。

"为了女儿的健康，请你不要在房间里吸烟！"

黄宛然冰凉地说了一句。

"好的。"成立把烟憋在嘴里不吐出来，"请你也跟我一起出去，我想和你谈谈。"

两人仇家似的对视了几秒钟，黄宛然还是站起来跟他出去了。

他们从钱莫争身边走过时，黄宛然轻轻碰了钱莫争的手指一下。钱莫争像被触电了似的，呆呆地看着她和成立出去。

来到外面的楼道中，成立板着面孔对妻子说："你知道我想和你谈什么吗？"

"我不想知道，而且——我也正好有事要和你说。"

"什么？"

黄宛然面无表情地回答："我想和你离婚。"

寂静的楼道，世界悄无声息，似乎所有人都已死了。

这里有两颗心也死了。

"离婚？"

成立呆了许久才吐出这两个字。

这是让他恐惧了许多年的两个字，让他在个人资产上做过手脚的两个字，让他在外人面前假装恩爱的两个字。

而从未提出过这两个字的妻子，却在他完全意料不到的关头，用无比冷静的语气说了出来。他傻傻地站在昏暗的楼道里，随着她口中的这两个字，挟带着一股凌厉的风，被一记重拳击中了鼻梁。

"是的，我没有开玩笑，昨晚我已经想清楚了。"黄宛然的神色如此冷静，与十天前那个逆来顺受的贤妻良母完全判若两人，"过去以为只要维持一个家庭的样子，女儿就可以顺利地成长。但现在我发现我错了，这样只能使女儿更痛苦，我们都不该继续冷战下去了，彻底分开是最好的选择。"

成立只是默默地听着，脑子里一片空白，连原本要对她说的话也忘了。

突然，楼下响起一片杂乱的脚步声，仿佛刺激了他哪根神经，狠狠地蹦出一个字——

"不！"

两秒钟后，身后响起叶萧的声音："谁在说不？"

正午，十二点整。

大本营二楼的走廊内依旧昏暗，叶萧、孙子楚、林君如、伊莲娜组成的第二小组回来了。他们步行了几十分钟才走到这里，都已累得气喘吁吁。只见楼道里有两个人影，随后响起一声骇人的"不"字。

那两人慌张地回过头来，原来是成立与黄宛然夫妇，面色都是苍白而尴尬。见了叶萧他们也不打招呼，转身便回了旅行团所在的房间。

叶萧先放下心中的疑惑，让孙子楚等人进屋去汇合。他自己急匆匆跑上五楼，去看顶顶和那神秘女孩。

五楼，他边敲门边大声嚷着，让里面听清楚是他而不是别人。

房门缓缓打开一道缝，只露出顶顶小心翼翼的双眼，随后开门让叶萧进来。

"她还好吗？"

叶萧一进门就往里走。

"那么牵挂她吗？"顶顶已在屋里关了一上午，百无聊赖地问，"你们怎么样了？探到出去的路了吗？"

"还好，差点死在山魈的爪子底下。"

叶萧用不经意的语气回答，说着快步走进卧室，看到蜷缩在墙角的无名女孩。

女孩霍地站了起来，却又弱弱地靠在墙上，眼神像受伤的小猫般忧伤。

"她怎么了？"叶萧回头冷冷地问道，"我看她有些不对劲。"

"没什么。"顶顶平淡无奇地回答，"你是来叫我们下去吃午餐的吧，我们走吧！"

叶萧疑惑地拧起眉毛，点点头监视着女孩走出房间。他与顶顶一前一后，夹着神秘女孩来到二楼。

此刻，大家又都聚在一起了，总算没人掉队。虽然昨晚屠男惨死在隔壁，但又多了一个无名女孩，所以总人数依然是十六个。

黄宛然和玉灵已做好午餐，还是与昨天一样，只有单调的包装食品，而且差不多快到保质期了。伊莲娜用美式英语抱怨了一通，厉书也用英语回答道："算了，再坚持一下吧，想想鲁滨逊是怎么过来的？"

伊莲娜终于直白地爆发了出来："我可不想做什么鲁滨逊，那么谁又是星期五呢？"

屋子里沉默了下来，大家都尴尬地看着他们，伊莲娜也不好意思多说，只能闷头继续吃着。

午餐之后，第一组和第二组互相交流起来。童建国说起深山水库，还有地下军火库的发现。叶萧则汇报了山上的公墓，和山魈的突然袭击。

大家彼此交流得心惊胆战，虽然未能找到出去的路，但水库还是给了人们希望。

"下午，我们要继续出去探路。"钱莫争大声给旅行团鼓劲，似乎有用不完的活力，"水库里的水从哪里来？肯定有一个源头，而水源地通常是山脉的分水岭。记住——我们只要翻过分水岭，便能找到出去的路！"

叶萧点头同意道："嗯，还是按照上午的分组，第一组去东边的山上探路，我带着第二组去西边。"

"你还要去那墓地的山上？"

伊莲娜露出惊恐的眼神，同时想起那只隐藏在密林中的野兽。

"不，那座山非常危险，今后不要再上去了。但我们还可以去西边找别的路。"叶萧发现许多人都精神不振，这样的午后是最容易打瞌睡的，只能加重语气说，"这个城市里还有许多未解的秘密，正等待我们去发现！"

说完他瞥了那无名女孩一眼——她的眼睛里便埋藏着秘密。

刚才众人说话的时候，她一直安静地坐在角落里，顶顶的目光从未离开过她。其实，也有不少人悄悄瞟她几眼，就连杨谋都被她吸引住了，亏得唐小甜对老公看得紧，暗暗捏了他大腿一把。

偷看得最多的是孙子楚，原因倒不是他喜欢美女的本性，而是那种似曾相识的感觉。从看到这神秘女孩的第一眼起，这感觉便一直纠缠他的心，可一时又想不起来在何处见过！她是十六个人中最大的谜，谁都不清楚她的状况，突然来到旅行团中间，究竟是拯救他们的福音，还是

未来厄运的预兆？

　　她依旧楚楚可怜地坐着，似乎大家的讨论都不关她的事，或者耳朵里根本就没有听见。对于旅行团来说她只是个过客，就像曼谷市场上的卖花少女，普吉岛沙滩上的槟榔西施，清迈城街头的惊鸿一瞥……

　　"不，她是南明城最后绽放的荼蘼花。"

　　孙子楚在心底暗暗地说，随后闭上颤抖的眼皮，仿佛黑夜永远统治这座城市。

6

　　下午，一点整。

　　第一小组准时出发。

　　宝马车仍留在山脚下，他们只能坐上那辆中巴，由童建国开车向东进发。他们仍然去水库，按照钱莫争的方案沿河谷上溯，寻找水源地和分水岭。

　　摆脱了新婚妻子唐小甜，杨谋仿佛重获自由，打开蒙着厚厚灰尘的车窗，呼吸着南明城的空气。他还不忘用DV偷偷拍下玉灵，这泰族女孩眺望街景的画面，一定会成为纪录片中美丽的点缀。

　　玉灵发现了他的偷拍，俏皮地用手封住镜头，微笑着说："不要嘛。"

　　"对不起。"杨谋红着脸收起了DV，"我已经偷拍过很多了，如果你愿意的话，我可以把前面有你的画面都擦掉。"

　　"不必了，还是留着吧。"她的汉语说得又软又酥，带着浓浓的热带风味，"说对不起的人应该是玉灵，是我没尽到导游的职责，让大家困在这里受苦了。"

　　"千万不要内疚，来到这个神秘的城市，这是我们大家共同的宿命，这不是人力所能违抗的，任何一个导游来都无法避免。既然到了这里，我们就不要分彼此，人人都是平等的，同舟共济来渡过难关。"

　　"可是，你们的家人一定都很担心吧。"

　　杨谋摇摇头安慰道："你不是也一样吗？你现在想家吗？想爸爸妈妈吗？"

　　"我啊——从小就没有了父母。"

她刚刚说完这句话，飞驰的中巴车猛然抖了一下，钱莫争几乎撞到了挡风玻璃。童建国尴尬地说了声"对不起"，紧握方向盘放慢了车速。

　　玉灵顾影自怜地看着车窗，玻璃上的灰尘让她的脸异常模糊，就像那混沌不清的过去："是村里的一个老人把我领养大的，他没有自己的田地，也没钱送我去上学。幸亏有个心地善良的老华侨，教我学会了中文。十八岁那年我到清迈打工，因为汉语说得很好，才被旅行社看中做了导游。"

　　"啊，真象《边城》里的翠翠。"

　　杨谋已经听得入了神，每个人都有各自不同的人生，却在这个特殊的时空相遇了。

　　"翠翠是谁？"

　　"对，你肯定没看过沈从文的小说。"

　　别说是远在泰国的玉灵，就连中国农村的孩子，能知道沈从文和翠翠的又有多少呢？杨谋不禁苦笑了一下，转过头却见到了成立的脸。

　　这张憔悴的脸令人恐惧，双眼无神地朝着车窗外，面色蜡黄嘴唇干裂，几乎要和童建国差不多老了。杨谋记得在浦东机场出发时，成立还是西装革履神采奕奕，一副春风得意的企业家形象，如今却简直是换了一个人。

　　车子已经开到街心花园了，右转向城市东北侧前进。突然，前方街道上蹿出一个黑色的家伙，童建国赶忙急刹车停下，钱莫争又差点撞中了脑袋。

　　包括失魂落魄的成立在内，车上的五个人都睁大了眼睛——在清冷无人的马路上，站着一条巨大的狼狗。

　　突如其来的德国黑背，体形矫健血统纯正，是最血气方刚的年龄，双目如炬地盯着中巴车，利齿间伸出血红的舌头。

　　狼狗镇定自若地站在马路最中间，它的双目对着车子正中，距离不会超过十米。

　　他们都是第一次见到这条狼狗，全被它的气势震慑住了，仿佛正面对一头威严的狮子。

　　车与狗，对峙了十秒钟后，它猛然高声吠了起来。

　　嚎叫声穿过寂静的街道，冲击波透过车窗玻璃，撞击着五个人的耳膜。童建国感到底盘和四个车轮都在颤抖，挡风玻璃几乎要震碎了，半个城市在狼狗脚下战栗！

　　"昨天半夜，在楼下狂叫的就是这条狗吧？"

第九章 ■ AK47

杨谋不会忘记这让他后半夜失眠的犬吠声，断定就是眼前这条狗发出的。原来它昨晚就盯上他们了，是为了救那神秘女孩？还是旅行团入侵了它的领地？唯一能肯定的是，这条狼狗异常凶猛，绝对不能惹怒了它，否则小命难保。

"没错，就是它！"钱莫争拿出照相机来抓拍了几张，"开过去！"

"什么？"

童建国手心里全是汗，他在战场上杀过许多人，也对付过不少残忍的敌人，这次面对一条狗却害怕了。

"我说把车开过去。"

"那会撞到它的。"

"对，就从这条狼狗的身上开过去，撞死它！"钱莫争的眼睛也变得通红，心跳剧烈地加快，"你不明白吗？这条狗是我们的巨大威胁，现在正好是消灭它的机会，否则我们随时会遭遇危险！"

"你？"

钱莫争看着拦在车前的狼狗大吼道："还磨蹭什么？是人命还是狗命重要？你以为我很残忍吗？我拍过很多野生动物，我为保护藏羚羊差点死在盗猎者枪下。我也非常喜欢德国黑背，但现在是关键时刻，必须要下定决心！"

狼狗的嚎叫已经停止，它收起两条后腿，居然就坐在马路中间。

童建国知道无法反驳钱莫争，但双脚不停地颤抖。他深呼吸了一口气，心底轻轻念了声："对不起了黑背，等我们逃出去以后，再给你烧点纸钱纸骨头吧。"

终于，他踩下了油门。

中巴车轰鸣起来，缓缓向马路中间开去。童建国突然把头伸出车窗，对着狼狗大叫道："你快点闪开啊！"

然而，它居然如雕塑般坐在原地，只有它强健胸膛的起伏，证明它是个活着的野兽。

车子离狼狗只有五米了，它依然丝毫都不惧怕，仍保持坐地姿势，冷酷地盯着驾驶座里的人。幸亏童建国曾身经百战，任何凶险的场面都见过，要换作普通人早被吓死了。

轮子又向前滚了两圈，车头几乎要压到狼狗了。中巴上所有人都捏紧了拳头，钱莫争把头伸出车窗看着，童建国额头满是冷汗，杨谋连 DV

都忘记开了，成立的牙齿也打着哆嗦。

唯独勇敢的狼狗岿然不动。

这时玉灵闭上眼睛，几乎流着眼泪哀求道："不！请不要！"

童建国打了个冷战，双手似乎已不受大脑控制，下意识地转动了方向盘。

就在狼狗跟前不到一米处，车头已转换方向。

但车子的距离实在太近了，右前灯从它左边肩膀擦身而过——几根狗毛被擦了下来，狼狗幸运地安然无恙。

中巴车已从它身边开过了，童建国的后背心已完全湿透。反光镜里那条狗依然坐着，似乎屁股已在地上生根。

玉灵重新睁开眼睛，回头看到了那条狼狗，终于长出了一口气，念了几句泰国话的经文，这是她从小跟村寨的和尚学的。

钱莫争面色铁青地呆坐道："也许，它命不该绝吧。"

杨谋这才想到 DV 拍摄，当他把头探出车窗，将镜头对准车后的狼狗时，却发现那家伙已站了起来，向中巴车方向狂奔而来。

"它来了！"

随着这一声惊呼，童建国也从反光镜里看到了，那狼狗奔起来快得惊人，眼看就要追上他们了。

钱莫争也大叫起来："快！快点开！"

童建国猛踩油门要加快车速，发动机却传来一阵怪叫，车子居然就此熄火了。他又手忙脚乱地重新发动，但火却再也点不起来。中巴停在原地不动，而狼狗已经要扑上来了。

糟糕！这破车早不坏晚不坏，偏偏在这要命的关头坏了！

再回头看那条狼狗，竟已扑在了中巴车门上。粗大的爪子打向玻璃，很快打开几道裂缝。

车上的五个人都惊慌失措，仿佛整个车厢都随狼狗而晃动。钱莫争愤怒地喊道："后悔了吧？刚才要是撞死这畜牲就好了！"

童建国无暇和他争吵，回头对大家说："不要惊慌，保持镇定，它不会冲上来的。"

话音未落，车门的玻璃已经粉碎了，狼狗脑袋钻了进来，眼看就要冲上车来。

玉灵已吓得哭喊起来，杨谋的 DV 差点掉在地上，就连钱莫争都束

第九章 ■ AK47

203

手无策了。

冷静……冷静……童建国不断在心里告诫着自己，一车人的性命都掌握在他手上，万一有个疏忽就全都完蛋了。

突然，他打开驾驶座的车门，跳下车绕到狼狗身后，大喝一声道："喂，有种就冲我来！"

狼狗仿佛能听懂人话，兀地从车里钻出来，转身狠狠地盯着童建国。

车里的人们这才明白，童建国是以自己作为诱饵，来转移狼狗的注意力，以便大家趁机逃生。

钱莫争对后面的三个人说："赶快从驾驶座车门下去，逃得越远越好！"

成立第一个跳下了车，随即是杨谋和玉灵，三个人发疯似的冲过马路，跑进对面一条深深的小巷。

最后一个下车的是钱莫争，但他并未随前面三个人逃跑，而是回到了童建国身边。

"混蛋，你怎么还没走！"

童建国猛推了钱莫争一把，钱莫争毫不示弱地回答："让你一个人留下来，那我还是男人吗？"

"白痴！"童建国又骂了他一句，此刻狼狗的注意力全在他身上，其他三人早就逃得无影无踪了，"你以为我真想和这家伙拼命吗？现在我数三下——"

"干什么？"

"一……二……三……快跑！"

童建国扭头钻进路边另一条小巷，亏得钱莫争反应机敏，数三下时已有了心理准备，也紧跟他钻了进去。

狼狗似乎还没反应过来，转眼间五个人已跑得精光。但钱莫争留下的味道最重，狼狗循着他的脚步，飞快地追赶上来。

钱莫争长发披散，双腿飞奔着追上童建国。身后响起狼狗的狂吠声，估计不会超过十米远。

一个五十七岁，一个四十岁，两个男人毕竟不是年轻小伙子了。当他们冲出小巷时，狼狗的脚步已越来越近。

他们慌不择路地穿过一条狭窄街道，跑进对面一幢未完工的楼房。看起来已结构封顶了，但裸露的钢筋与灰灰的水泥，以及满地的建筑材料，都让人望而却步。

　　童建国和钱莫争跑上没有栏杆的楼梯，没想到狼狗也跟着爬楼梯上来了。两人只能继续往上爬，直逃到大楼的最顶层——四楼。

　　到处都是水泥和灰尘，整层楼面是个空旷的大厅，只有承重墙和柱子竖立着。狼狗冲上四楼时，身上的黑毛已变成了灰色，但双目仍犀利有神。

　　童建国和钱莫争屏住呼吸，缓缓倒退几步，到最外面的阳台上，身后就是水泥栏杆——他们已无路可退。

　　钱莫争回头看了看下面，四楼跳下去有八九米高，不是终生残疾就是粉碎性骨折。

　　那灰色的巨大怪物，正对着他们两人虎视眈眈。

　　它一步步在靠近，舌头伸出了牙齿间——童建国的手指按在裤兜上，用食指和中指反复敲打，居然还有如鼓点般的节奏。

　　"怎么办？"

　　钱莫争也束手无策了，刚才他让童建国开车去撞狼狗，或许已经被狼狗听到了，现在它是要来报复了吧？

　　童建国却面无表情，他在裤兜里摸了好一会儿，手臂似乎僵硬住了。

　　狼狗距离他们不到两米了，只要跳起来就能咬到喉咙。

　　"妈的！你在干什么啊？"

　　当钱莫争陷于绝望之时，童建国突然将手从口袋掏出，手掌里多了个黑色的家伙。

　　一把手枪。

　　黑色的枪管发出金属的光泽，手指已经搭在了扳机上，枪口正对着身前的狼狗。

　　"你？"

　　钱莫争完全没有料到，童建国居然掏出了一把手枪！

　　十秒钟后，他打开了手枪的保险。

第一季

沉重之城

第十章 ■ 南明武士

1

下午，一点半。

当童建国的枪口对准狼狗时，叶萧和他的第二小组，正在南明城的另一端遛达。

依然是上午走过的路，但不再从城市西南缘上山了。四人穿过茶藨花园的街道，继续向城市深处探索，一路都留下了标记。孙子楚照例和两个女生吹牛——从湄公河的内陆考古探险，到外星人创造了古印度文明……

叶萧从出发时就心事重重。半小时前离开大本营时，他关照顶顶带着"无名女孩"回五楼去。沉默半天的女孩却突然说："不，我不想去五楼。"

"不要任性！"

顶顶像姐姐教训妹妹似的，搂着女孩的肩膀就往外走。而这二十一岁的柔弱女孩，竟大力反抗起来，几乎将顶顶推倒在地。

"你怎么了？"叶萧牢牢抓住她的手，让女孩一时动弹不得，又轻声在她耳边说，'听我的话，跟她上去吧。"

女孩蹙着戒眉摇头，眼神里写满幽怨，仿佛刚被人欺负过。她看了看屋里的黄宛然母女，低声说："不，我就想留在这里，有许多人可以陪着我。"

顶顶叹了一声："别说傻话了，在楼上更安全，而且我也一样陪着你。"

"等一等——"叶萧打断了顶顶的话，他看着女孩的眼睛问，"你想让更多的人陪你？"

女孩楚楚动人地点了点头："是的。"

"因为你很孤独？是吗？"

她不得不再次点头。

"你对孤独感到恐惧？"叶萧不依不饶地逼问，"而你已孤独太久，所以也恐惧我们？"

女孩第三次点头："是的。"

这眼神这声音都让叶萧难以说"不"，尽管知道该让她去五楼，但他的心肠终究太软，缓缓后退了半步说："好吧，你留在二楼。"

"不行！"顶顶仍坚持己见，"在这里不安全，她必须跟我上五楼。"

"算了，她不过是个弱女子，你也可以留在这看守她。"

叶萧不想再和顶顶争论，孙子楚、林君如和伊莲娜都在楼下等他。他快步跑出房门，将"无名女孩"留给了大本营。

不知此刻她在干什么？和其他人说了些什么？也许晚上会问出更多的线索。

这时走到一条大路上，几乎是全城最宽的街道，两边种植着高大的树木，后面多是深宅大院。有块路牌标着"朱雀大街"，孙子楚翻出南明地图，仔细对照地图上的路名，果然在城市中心发现了这条路。

地图显示这条大路从西向东，几乎横穿了南明市中心。此刻他们在路的西段，折向东走便是全城中心点。

"朱雀大街——是唐朝京城长安最有名的一条大路，也是当时全世界最著名的街道。不过，长安城的朱雀大街是南北方向的，但这条街却是东西方向。"

伊莲娜打断了孙子楚的啰唆："管他东西南北，只要找到路就行了！"

"对，我们已经来这里两天了，还没到过城市的心脏呢！"孙子楚收

起地图，跃跃欲试地跑到马路中间，向身后的林君如喊道，"快点啊！"

"真像凯达格兰大道啊。"

林君如怔怔地看着四周，就连围绕城市的山峦也酷似台北。

倒是伊莲娜快跑到了前头，显然她的好奇心更为急切。叶萧也走到大道中央，往日脚下应该车流如织，根本容不得行人吧。

四人往前走了数百米，前方左侧出现大片空地，右侧全是绿色树木，大路从空地与树林之间穿过。

"GOD，是个广场！"

伊莲娜第一个叫起来，在一排高大的行道树后，是个能容纳上万人的广场。

没错！一个宽阔的广场在他们面前展开。

仿佛天空也高了许多，乌云即将从头顶散去。进入空城的这两天来，到处都是密集的街道和小巷，让人感觉压抑，突然来到这巨大的广场，心情都豁然开朗了许多。

然而，当他们看到广场的正面时，四个人的心都被震住了。

几百米开外的正面，是一座中国式庑殿顶的建筑——竟有几分像北京故宫的太和殿，特别是那雄伟的金色屋顶。大殿建在两排高高的台阶上，站在广场只能吃力地抬头仰望，仿佛古代臣子跪在太和门内，等待至高无上的皇帝的召见。

叶萧又向前跨了一步，才确认脚下不是故宫的石板，而是沥青铺成的广场。

广场西侧是栋现代化楼房，用玻璃幕墙包裹起来。它坐落在宫殿左侧，简直是不伦不类，像卢浮宫前的玻璃金字塔。

东侧是幢古希腊科林斯式大厦，外侧墙体由九根花冈岩柱支撑，高大的柱子贯穿全楼，屋顶则是雅典卫城式的，上面有许多人物浮雕，站在广场上看不清楚。

这场面让他们都看糊涂了，不知是到了哪个时代哪个国度，难道又一下子"穿越"了？

在同一个广场里，居然有三种截然不同的建筑：一个是中国传统式的，一个是欧洲古典式的，另一个则是现代式的。

古今中外的建筑全在这里撞上了，恐怕全世界都绝无仅有吧，广场的设计者要不是天才，那一定是个疯子！

孙子楚又一次打开地图，确认这就是南明城的地理中心，东西向的朱雀大街从广场南侧穿过。马路对面的树林正是"南明中央公园"——他觉得颇为好笑，那么一个偏僻的小地方，竟还要学纽约搞"中央公园"。

而在广场的正北端，就是眼前威严的"太和殿"，地图上标注的是"南明宫"。广场西侧的现代化建筑，在地图上叫"西厢殿"。东侧那古希腊式的大厦，自然就是"东厢殿"了。

"什么鬼地方啊，像到了中国古代的王宫，本城还实行君主制？"

"现在泰国也是个王国啊。"

"但显然这里的建筑格局，与曼谷的大皇宫完全不同。"

孙子楚又拿着地图走了几步，毫无疑问就是这个地方——但关于"南明宫"和"西厢殿"，地图上并没有更详细的说明。

"别管那么多了，先去宫殿里看看吧！"

伊莲娜兴奋地向前冲去，走在空旷的宫殿广场上，四周回荡起自己的脚步声，每一道音波都在传递着什么。

叶萧凝神静气地侧耳倾听，这广场有汇集声音的功能，就像北京天坛的回音壁。若有数千人站在广场上，就变成一个巨大的共鸣箱，音效被放大许多倍，如气势磅礴的合唱团。

他们跟着伊莲娜往前走，来到宫殿台阶脚下。在此仰望的角度更大，脖子酸痛加剧，宫殿给人的压抑感也更重。

四人小心地走上台阶，居然是用青石板铺的，石缝里还长着些青草。台阶共有两层，每层都有三十九级。

"这个宫殿的设计师，想必是希区柯克的忠实影迷。"孙子楚一边爬一边抱怨，"妈的，这家伙肯定看过无数遍《三十九级台阶》！"

在两层台阶之间，有个五六米宽的平台。走完两个三十九级台阶，膝盖都有些酸了——这正是古代宫殿的设计理念，让觐见君王的臣子身心疲惫，战战兢兢地跪拜在天子脚下，完全屈服于皇权的威严。

第二组已来到大殿之前，高大的屋檐下挂着金匾，从上至下三个正楷汉字：南明宫。

他们几乎是九十度仰望金匾，那感觉直接震慑到了心里。叶萧回头看了一眼，身后巨大的广场已在脚下，古时皇帝俯瞰群臣亦不过如此。

宫殿朱红色的大门紧闭，中式窗棂里镶嵌着玻璃，已布满灰尘。孙子楚摸了摸门板，才发现居然不是木材，而是坚固的钢铁大门，只是表

面喷了层红漆，看上去酷似北京故宫。

他再用力往前推一下，大门竟被缓缓推开了。随着门轴转动声，里面显出一个昏暗的空间。

四人都感到一阵冷风从大殿里吹出，仿佛考古队员打开尘封千年的古墓。孙子楚猴急地要闯进去，却被林君如一把拉住："当心脚下！"

原来是高高的门槛，足有成年人小腿那么高，若不是提醒一下，孙子楚非得重重摔一跤不可。

"连门槛也是按照皇宫的规格来的，这里面究竟是什么地方啊？"

孙子楚在庆幸之余，揣着满腹的狐疑，小心地抬腿跨过门槛。林君如和伊莲娜互相搀扶着跨进去，叶萧在门口徘徊片刻，也只得跟着他们跨入大殿。

冷风伴着一股奇异的气味，很快从大门飘出去消散了。借着外面射进来的光线，眼睛才适应殿内的昏暗。这是个数百平方米的大厅，中间竖着几根粗大的柱子，乍看还都是上等的金丝楠木，细看才发觉是钢筋水泥。仰头向天花板望去，是否有中国传统宫殿的"藻井"？但上面太暗了看不清楚。

并没有想象中的皇帝御座，整个大厅都是空的。地板居然是黑色大理石的，怪不得连空气都是冰凉的。

"就像走进了殡仪馆！"

林君如在大理石上滑了几步，随后回音从四面八方传来，"殡仪馆"三个字不断萦绕着他们。

"拜托！轻点好吗？"

孙子楚轻声告诫她，然后走到大厅尽头。除了一面是大门和窗棂外，大厅其他三面都是墙壁，左右两侧各开着几扇门。从外面看南明宫的规模，显然要比这个厅大很多，墙后肯定还藏有很多空间。

推开左侧的一道门，里面是条黑暗的走廊。叶萧等人也跟上来，拿出手电照着前方。走廊两边还有一扇扇房门，进去打开其中一间。

光束里腾起一团灰尘，大家捂着鼻子好一会儿，才看到一台电脑的显示屏——宫殿里的电脑？接着，手电又照出一张办公桌，还有上面的电话机和传真机，屋子角落里还有台饮水机。

这明显是个办公室，但四面墙上没有窗户，关了灯就是个密闭的暗室。

伊莲娜摇摇头说："在这种地方上班，绝对会得抑郁症。"

四人退出屋子，往走廊深处走去，很快遇到了楼梯，看来这大殿内部还有几层。叶萧端着手电走在前面，楼梯折了两道来到二楼。

迎面是条宽阔的长廊，装饰也甚为考究。地面铺的是黑色大理石，墙上挂着许多幅油画，不知道是名家的真迹，还是批量生产的假货。

走廊出乎意料的长，估计贯通整个宫殿二层了。推开右侧一扇房门，同样是没有窗户的办公室，只是内部装修更好。回到走廊里继续向前走，手电只能打到前方十米远处。

忽然，光线里隐隐出现一个人影。

叶萧放慢了脚步，孙子楚也捏紧拳头，四人仔细向前看去，但那影子总笼罩在灰尘中。

又往前走了几步，每个人的心都悬了起来，不敢大声出气。走廊中只剩轻微的脚步声，布满尘埃的空气也似乎凝固了。叶萧想到了那神秘女孩，既然已经有了一个她，必然还会有第二个人吧？也许他们就隐居在这宫殿中，就像眼前这个人影——他（她）是男是女？有多大年纪？干嘛要在这旦？刹那间许多问题涌出来，心中已准备好了"审讯方案"。

第二组数林君如胆子最小，她禁不住缩在孙子楚身后，只敢透过他的肩膀往前看。孙子楚则想起古代宫殿的种种灵异传闻，据说故宫半夜里常有慈禧太后的鬼魂出没，拿着板子打妃子和宫女的手心……

电光里的影子越来越近，就站在走廊的尽头，距离已不到五米，叶萧都看清那人的轮廓了！

那个人身材颇为魁梧，身高起码有 190 公分。两腿分开站在那里，手电光晕打在身上的气势，竟像敦煌壁画里的天王像。

他还戴着一项很奇怪的帽子，叶萧把手电对准他的头，居然发出金属的光泽，原来是顶钢盔！

想必是军人或武装警卫，叶萧随即提高了警惕，会不会把他们当作入侵者呢？

又走近一步，才发现那钢盔的样式很怪。盔顶竖着个尖尖的东西，盔的两侧拖着锁子甲，保护脸颊和下巴，盔正中还有一块护鼻。

那个人的脸隐藏在黑暗中。

不，那根本就不是钢盔，而是古代武士的头盔！

再看那人穿的一身衣服，也都发出黑色金属反光。胸口有两片护心镜，后面衬着山字形的铁甲。肩膀有两个虎头家伙，下面咬着铁甲保护

上臂，下臂则有铁制的护腕和护手。腹部围着绿色战袍，一根腰带紧紧系着，连接下半身的战裙，布满了鱼鳞甲片，就连护腿板和鞋子也是铁的。腰间挂着一把宝剑，身后背一张铁胎大弓，箭壶里插着二十支羽翎箭。

在这南明宫殿的深处，黑暗走廊的尽头，他全身披挂重重甲胄，似从君王的坟墓中走来，从地狱的战场上归来。

而来自遥远人间的四个人，早已在他面前目瞪口呆，等待他举起杀人无数的利剑。

终于，盔甲里的男人睁开眼睛，放射出两道噬人的目光……

2

下午，一点四十分。

再回到旅行团的第一探险小组。

童建国握着一把手枪。

枪口对准那条巨大凶猛的狼狗，枪膛里躺着二十发子弹，保险已被拉开。

旁边的钱莫争睁大眼睛，这是把大口径军用手枪，射击火力异常凶猛，可近距离穿透防弹衣。

若不走运被它射中脑袋，半个人头都会被轰掉，何况是一条狼狗！

在这栋未完工的建筑四楼，两个人与一条狗对峙着，人的手里有枪弹，狗的嘴里有利齿。

但牙齿毕竟拼不过子弹。

狼狗似乎也明白这个道理，并没有立即冲上去。它压低了上半身，把尾巴夹在股间，喉咙里发出含混的呼声，嘴巴不时往上翻起，露出里面锋利的牙齿。

钱莫争嘴唇哆嗦着问："它怎么不害怕呢？"

"别说话！让我集中注意力，它随时都会扑上来！"

就趁着童建国说话的瞬间，狼狗竟突然一跃而起——唯一的空子被它钻到，眼看就要扑到他们身上了。

两人的瞳孔立时放大，钱莫争想要大喊"开枪啊！"但大脑掌管语言的神经，还来不及给嘴巴传递指示。

砰！

枪声响起。

钱莫争只感觉眼前闪过一道火光，同时闻到一股火药的气味。随即他闭上眼睛，不忍心看那幕悲惨的景象。

枪声，致命的枪声，继续在空旷的街道和毛坯的楼房里回荡。

当他重新睁开眼睛时，那条狼狗已消失得无影无踪。童建国则站在原地，他手上的枪也不见了。

"狼狗呢？"

"我刚才并没有向它开枪，只是朝天鸣枪示警而已。"童建国嘴角微微一撇，"枪响后狼狗马上缩了回去，转身跑下了楼。"

钱莫争以往见过不少大场面，这次却真被吓倒了："混蛋！我还以为它的脑袋被子弹打烂了呢。"

"刚才它之所以冲上来，是因为它不确定我手里的枪到底是真家伙还是仿真枪。但它终究只是一条狼狗，任何动物都惧怕火器，只要枪声一响——哪怕再厉害的野兽，也会因天生的恐惧而逃跑。"

"算你有种！手枪呢？"

童建国从裤兜里把枪摸出来说："放在这里好像不太安全。"

"你这是什么意思？还想防我一手？"

"别乱想了。"

他将裤脚管撩起来，再把手枪放到小腿外侧，从包里拿出胶带绑上，这样就牢牢固定住了。当他把裤脚管放下来，只看到隐隐有块突起，但又有谁会注意别人的裤脚管呢？

钱莫争还是忍不住好奇心："这把枪是从哪里来的？"

"上午，那个山洞里的军火库。"

"果然是那里！"他已经猜到三分了，捏着拳头问，"你居然偷了一把手枪出来？"

"干吗用'偷'这个字？我们在这里吃的每一顿食物，不都是'偷'来的吗？"童建国靠在阳台栏杆上，叹了一口气，"哎，你知道这个地方有多危险吗？那条狼狗只是许多危险中的一个，你没有看到屠男和导游小方是怎么死的吗？我们旅行团还有十几个人，其中有一半是女人，难道凭你的赤手空拳，就能保护自己和她们吗？"

"所以，你就偷偷地拿了一把枪？"

"是，上午在山洞军火库里，有个箱子里全是手枪，弹匣里还装满了子弹。我特地挑了这把枪，还有几个弹匣的子弹，趁你们不注意藏在了身上。"

钱莫争低头想了好一会儿："你说的对，我们那么多人是需要一把枪，比如刚才就派上了用场。"

"谢谢，我不知道在你们的印象中，我是怎样的一个人，也许我有许多种做法，让你们都难以理解，但我会给你们看到最好的结果。"

"不过，枪毕竟不是个好东西，旅行团里大多数人，都会对这把枪感到恐惧，何况还有个十五岁的孩子。万一让某些心术不正，或容易冲动的人拿到了，说不定就弄巧成拙，变成我们最大的祸害了。"

"所以请你为我保守秘密，不要把这把手枪的存在告诉旅行团里任何一个人——包括叶萧！"

钱莫争犹豫了一下，但还是点头说："好吧，我保证不说出去。你也要好好保管这把枪，千万别把它弄丢了，更不要让其他人知道。"

"当然。"

"还不知道杨谋他们三个人怎么样了？我们快点下去找他们吧。"

"等一等！"

童建国一把拉住了他，随后将头探出阳台，查看下面的形势。果然，在街道对面的转角处，那条狼狗正赫然趴着呢。

"啊，它居然还没走！"

钱莫争也发现了那条狼狗，刚才鸣枪示警并未伤到它，但令它更加机警小心了。它悄悄躲藏在对面，只等他们两个人下楼，便会从背后突然袭击！

"它真比人还聪明。"

他们退到屋里，童建国点起一根香烟。在这废墟似的毛坯房中，烟头的火焰不断闪烁，很快被他吸完了。

"你用过枪吧？"

钱莫争蹦出一句话，眼睛隐藏在昏暗中。

"是。"童建国并不隐瞒，轻轻吐出一口烟雾，"还杀过人。"

这句话让彼此沉默了许久，烟头的火光照着他的双眼，宛如黑夜山洞里狼的目光。钱莫争退到了更远处，他不想追问别人的过去，或许旅行团每个人心里都藏着秘密。

"枪不是个好东西。"

"当然，其实我很讨厌枪。"

"你也讨厌杀人？"

"第一次杀人的时候，我扣着扳机的手指僵硬了。子弹穿过一片树林，击中对面那人的胸膛，距离不会超过二十米。我看着他的血从胸口涌出来，就像流到我的身体里，眼前和脑子里血红血红的，以后连着一个月都做噩梦。"

童建国加快了吸烟速度，仿佛这里已变作多年前的战场，硝烟弥漫向钱莫争的双眼。

"你杀过许多人？"

"是的，但第二次杀人就再也没感觉了。不觉得自己是在杀人，更像是训练时打中靶心。那些飞溅起的鲜血，不过是靶子上的木屑，根本用不着眨眼睛。"

"当你感觉到自己是在杀人时，你还有忏悔的可能。但当你感觉不到自己是在杀人时，那你就成为魔鬼了。"

钱莫争给他做了个总结性发言。

"也许——是吧！"童建国只能苦笑一声，用力丢掉将燃尽的烟头，火星在地上一闪就灭了，"那时候你杀一个人，就像扔个烟头似的简单——如果自己被别人杀掉，也是一样的感觉。"

"生命就像烟头？短暂而脆弱的火光。"

谈着谈着竟变成了哲学话题，钱莫争真想打自己一耳光，怎么和这个杀人如麻的家伙一起聊天呢？

他重新束起散乱的长发，紧张地走到阳台边，看看时间已经两点十分了。他悄悄把头往外探了探，那条机敏狡猾的狼狗，依然在楼下守候着。

"该死的，我们被这条狗困住了！"

"不，人不会被狗困住的。"童建国拍了拍他的肩膀，皱着眉头说，"不知道玉灵他们三个人怎么样了？必须快点去找到他们。"

"可我们现在自身难保，而且就算能逃出去，也不知那三个人跑哪儿去了，说不定他们也在寻找我们呢。"

"冲出去再说吧！"

说罢童建国走到阳台上，先看了楼下的狼狗一眼，又仔细扫视周围环境。下面是个十字路口，狼狗趴在对面转角处。在这栋未完工的楼下，

有个自行车棚，透过阳台底下的缝隙，可以看见里面停着十几辆自行车，外面用铁栏杆隔着。

他回头对钱莫争说："你想骑自行车吗？"

"什么意思？"

"跟我下去吧！"

童建国静静地走下四楼，每一步尽量不发出声音，他知道楼下的狼狗正竖着耳朵，倾听着他们每一步动静。钱莫争也只得屏声静气，就这样踮着脚尖走到底楼，互相都不敢说话。

借着昏暗的光线，童建国向他使了个眼色，两人翻过底楼一扇窗户，跳出去正好是外面的自行车棚。

对面的狼狗立即狂吠起来，飞快地冲到自行车棚外，却被层层铁栏杆挡住了。它的爪子扑在栏杆上，由于身体过于巨大，难以从底下的缝隙钻进来，只得恶狠狠地嚎叫着。

十几辆自行车都蒙着厚厚的灰尘，童建国低头摸了摸车锁，居然一下子就打开了——果然是个偷车高手。

他连开了两辆自行车锁，轮胎里的气也算充足，便和钱莫争各骑一辆，冲出了自行车棚。

两人都憋足了力气，拼命蹬着脚下的踏板，风驰电掣地骑上马路。狼狗一下子猝不及防，被他们远远甩在了后面。

但它并没有放弃，马上跟在后面追赶。钱莫争回头大惊失色，只得用尽浑身力气蹬车。但这辆车恐怕一年多没动过了，链条里都生了锈，积了许多灰，咣当咣当宛如八十年代的"老坦克"。

"抄小路！"

童建国的自行车技也着实了得，轻巧地转进旁边一条巷子。而钱莫争经常骑山地自行车，也能凑合着应付一下。两人紧握车把，在小巷里七转八拐，经常脱出狼狗的视线。虽然狗鼻子仍能捕捉到他们的方向，但不断减速转弯却非狼狗所长，它几次差点在弯角摔倒。

当他们以为要甩掉狼狗的时候，眼前却出现了一堵坚固的墙——原来这小巷是条死路！

机关算尽，却误了卿卿性命！

在这狭窄的幽深小巷里，两旁也没有其他路可逃。钱莫争绝望地回过头来，狼狗已及时杀到面前。

瞬间，空气凝固成冰块。

两辆自行车，两个男人，一条狼狗，六只眼睛，八条腿。

还有，一把手枪。

3

第二组。

神秘而巨大的南明宫，二层楼黑暗走廊的尽头，一个全身披挂甲胄的武士。

突然睁开沉睡百年的双眼，凝视来自 21 世纪的不速之客。

叶萧的心脏拧了起来，林君如和伊莲娜瑟瑟发抖，躲藏到了他背后。只有孙子楚还饶有兴趣，继续用手电向盔甲里的脸照去。

不，那不是一张脸，而是狰狞的面具。

在眼睛的位置开了两个洞，凌厉骇人的目光，就从这两个洞里射出。

孙子楚想象躲在面具后的脸，究竟会是怎样一副尊容？是秦皇汉武麾下的年轻武士，还是唐宗宋祖阵前的威武将军？

他大胆地走到盔甲武士跟前问道："喂，你是谁？"

随后又跳着后退了一步，提防那家伙鞘中的宝剑。声音在宫殿走廊内回荡，对方的目光却又黯淡了下去。

叶萧狐疑地上前两步，小心地摸了摸那盔甲——全是真正的古代铁甲片，而非电视剧里道具的皮甲。

这副盔甲散发着金属的寒意，仿佛经历过许多著名战役，受过无数刀剑弓矢的洗礼。

"当心啊！"

两个年轻女子异口同声地提醒，叶萧还是摘下了那副铁盔下的面具——里面居然是空的！

"不存在的骑士！"

孙子楚念出了卡尔维诺著名的小说名称，一个终日穿着盔甲的欧洲骑士，其实全身的甲胄里却空空如也，只是作为一副盔甲而存在。

也许，生存在重重盔甲中的，是古代将士不朽的灵魂。

至于那双目光逼人的眼睛，则是镶嵌在面具上的两只玻璃珠子。

"原来不是人啊！"

孙子楚擦了一把冷汗，面具之所以会射出目光，不过是玻璃珠对手电的反光而已。他伸手抚摸盔甲，钢铁甲片异常沉重，穿在身上起码有八十斤，再配上各种兵器和装备，更别说冲锋打仗了，现代人的体魄恐怕难以胜任。

他又仔细看了看甲胄形制，从护鼻看有蒙古风格。但护心镜和山字形的铠甲，又很像明朝初期的样子，特别是护耳的锁子甲，显然受到了中东和欧洲的影响。孙子楚断定这是一副明朝盔甲，而从甲片制作工艺来看，则是后人的仿制品。但这仿的工艺确实很棒，从规格设计到各种材料，完全按照古书记载手工制作，放在这宫殿的走廊里，显得异常威武精美。

用古代盔甲做装饰物，在欧洲和日本非常盛行。去年叶萧去英国游览伦敦塔，便见到了无数中世纪盔甲。但中国式盔甲则极其罕见，就连中国本土也难得见到，要么就是些粗制滥造的影视道具。像眼前这样的明朝盔甲，即便是后世的复制品，亦是千金难得的宝贝。

孙子楚绕了这副盔甲一圈，手电上上下下照了个遍，若有所思地抚摸着甲片："天哪，难道是——"

"什么？"

林君如看到他神经质的样子，心想他又要语不惊人死不休了吧？

"难道是明朝遗民的后裔？你看这副完全仿真的盔甲，还有这座宫殿的外部形制，全都是明朝的风格——你们想想为什么？还有，这座城市叫什么？"

"南明。"

"对！'南明'这两个字已经说明一切了！"孙子楚越说越兴奋，像发现了新大陆，"历史上也有一个'南明'政权，就是明朝灭亡以后，明朝的遗老遗少们，拥立南方的明朝亲王为君，继续竖起明朝大旗反抗清军。"

林君如点了点头："我知道啊，郑成功收复台湾就是为了反清复明。"

"南明最后一个皇帝，年号叫永历皇帝。当清兵追杀到云南后，他被迫和大臣们逃到了缅甸。他在那里过了一段流亡生涯，最后被缅甸国王送回给清朝。汉奸吴三桂亲手用弓弦将明朝最后一个皇帝绞死在昆明。"

"那跟这里有什么关系？"

"当年，许多不甘心做亡国奴，也不愿剃头留辫子的人，都逃亡到边境那边去了。当年大名鼎鼎的民族英雄，李定国将军就是死在异国他乡的，而他手下的许多部将和士兵们，继续效忠于大明王朝，在缅甸、泰国、越南等地策划反清复明。"

"反清复明？"林君如不禁又插了一句："我想起了《鹿鼎记》里的天地会。"

孙子楚最讨厌别人打断他："小姑娘别乱插嘴！在云南的边境线外面，就形成了许多汉人部落，他们至今仍然生活在缅甸境内。"

"你的意思是——这座城市是南明政权的遗民们，逃亡到泰北丛林中所建的流亡城邦或国家？"

叶萧依然打断了他，并替他说出了推理结果。

"OK！所以这里才会叫'南明'，就是为了纪念故国——南方的大明王朝！"

美国人伊莲娜听得一头雾水，虽然学了那么多年中文，但对中国历史却还是一知半解："What？"

这次是林君如回答道："这座宫殿因此才叫'南明宫'，这里才会放上一副明朝的盔甲？"

"没错。"孙子楚的脸在黑暗中看不清，他伸手搭着高大的盔甲说，"说不定这就是明朝末代皇帝的寝宫呢。"

他这么一说，大家都被唬住了，叶萧用手电照了照四周，发现右侧是一道楼梯。

宫殿内部居然有三层楼！

叶萧打头走上楼梯，其余三人紧跟在后面，小心翼翼地来到楼上。

手电光线扫射之处，又是一条深深的走廊，但要比二楼低矮些。两边都是一扇扇房门，孙子楚试着推了一扇，却紧锁着打不开。他这么一路推过去，仿佛在推阿里巴巴的藏宝洞，心底确信这是明朝最后的江山，说不定还藏着永历皇帝最后的财宝。

突然，一扇大门被他推开了。

四人都屏住呼吸，小心地朝门里看去。外面的光线照射进来，刺痛了他们的眼睛。

这是个非常宽敞的办公室，不再是楼下那些阴森的密室了。虽然玻璃窗上有许多灰尘，但仍能看到外面的世界。叶萧快步走到窗前，从高处俯瞰脚下的广场。但站在下面抬头看时，却未发现宫殿上部有窗，看来做过隐蔽处理。

第十章 ■ 南明武士

219

在这里看下去的感觉，与在底下仰望完全不同。这是古代帝王检阅群臣的角度，是君临天下南面而治的气派。广场如巨大的地毯铺在脚下，两边的现代建筑和古希腊大厦，像两尊护法神左右对峙。视线越过广场外的朱雀大道，是那绿得扎眼的"中央公园"。甚至还能看到公园对面，是一大片三四层楼高的房子。从这个角度正面看出去，没有比这宫殿更高的建筑了。再远就是城市正南面的群山，旅行团便是从那个方向，进入这神秘的死亡空城。

站在南明城的地理与政治甚至宗教的中心，叶萧心底不断浮起某种幻影，被脚下的宫殿慢慢地引出——不，他轻轻吐出一口气，热气融化在模糊的玻璃上，宛如一团白色的浓雾。

"GOD，这里真是豪华啊！"

伊莲娜惊讶地看着这间办公室，足有一百多平方米，脚下铺着最高级的进口木地板，墙上贴着绘金图案的墙纸。天花板也做成了中国式的"藻井"，富丽堂皇描龙绘凤，宛如故宫太和殿的规格。

在办公室右侧，摆放着一套沙发和茶几。虽然布满灰尘，林君如还是一屁股坐了下去。这可是非洲水牛皮的沙发，在美国买一套起码要二十万美元，想想坐在那么多美元上面也值了。

墙上挂着一幅中国水墨画，一枝梅花孤独地在雪中绽放。孙子楚站在下面看傻了，因为他居然发现了石涛的署名！

从这幅画的内容和气质，以及装裱材质等方面来说，都确实是明末清初的年代，更何况石涛和尚那独特的画风。若真是石涛真迹，最高可拍卖到数千万元！又想起对"南明"二字的推理——石涛和尚乃是明朝王室后代，因国破家亡才遁入空门。而这画上的梅花，正应了"数点梅花亡国泪，二分明月故臣心"之联。由"南明宫"来收藏这样的杰作，实在是最合适不过了。

林君如离开水牛皮沙发，来到宽大无朋的办公桌前。这台精致的红木桌子价值高昂，后面的太师椅更是明朝的古董。台子上除了厚厚的灰尘外，还有电脑屏幕和电话机。她小心翼翼地坐在太师椅上，正好面对着那幅石涛的梅花图。

这简直是皇家的气派！李嘉诚的办公室也不过如此吧？

办公桌的右上角，还插着一面小旗子，上面画着个奇怪的图案——左边是宝剑，右边是长矛，中间是太阳和弯月。

"日月旗！"孙子楚也快步走到办公桌边，看着旗帜上的图案说，"太阳与月亮，合在一起不就是'明'这个字吗？"

"日月神教？"

林君如却想起了《倚天屠龙记》和《笑傲江湖》。

"别瞎扯！看这个旗帜——剑与矛保护日月，象征着誓死保卫明朝的决心，这也符合'南明'二字的含义！"

叶萧也从窗边回来了："这也是我在警察局里看到过的南明警徽。"

"警徽？我看不仅仅是警徽，而且是南明城的旗帜，也是全城通用的基本标志。"

伊莲娜也点头补充道："美国许多城市都有自己的旗帜和徽章。"

林君如依然坐在太师椅上，悠闲地翘起二郎腿问："现在问题的关键是，这究竟是谁的办公室？"

"至少不是你的！"孙子楚一把将她拉下椅子，"这可是价值连城的老古董，非被你坐坏了不可！"

林君如被他气得直瞪眼，却也只能乖乖地走到一边。孙子楚仔细看了看办公桌，拉开一个抽屉，里面赫然是个档案袋，印着"九十四年预算"的字样。他急忙将档案袋打开，却发现半张纸都没有，只是个空壳子罢了。他又拉开其他几个抽屉，均是空荡荡的。只有一个抽屉里有些办公用品，其中有两只派克签字金笔，竟是真的24K金，俨然是大财团老板或国家元首签字所用。

由于没有电源，也无法打开这台电脑，孙子楚皱起眉头说："我猜这间办公室的主人，正是南明城的统治者吧？"

"有可能。"叶萧随后又摇了摇头，"但现在什么证据都没有，我们无法确定。"

"再出去看看吧。"

伊莲娜已经坐不住了，她端起手电走出办公室。叶萧和孙子楚也跟了出去，林君如最后一个离开，无限留恋地回望这金碧辉煌的屋子。

四人回到黑暗的走廊，孙子楚又推开一道门，才发现是厕所——设在豪华办公室旁的厕所，自然是老板或首脑专用的了。不过这厕所也分为男女，显然这里还有女秘书办公——抑或办公室的主人就是女性？

厕所居然也有对外的窗户，用毛玻璃遮掩着隐私。林君如和伊莲娜都等不及了，一齐跑进了女厕所。

两个男人则留在外面，他们在阴影里面面相觑，一时间竟有些尴尬。孙子楚背靠在墙上，不停地大口深呼吸。

"你有心事？"

"到了这个鬼地方，旅行团每个人都有一肚子心事。"

"不！"叶萧虽然看不清他的脸，眼睛却紧盯着他的方向，"下午一出来我就觉得你不对，中午我们在说话的时候，你也是心不在焉的样子。"

"是吗？"

孙子楚苦笑了一下，转头回避叶萧的目光。

"告诉我，是因为那个人吗？"

阴沉的大殿三楼走廊里，孙子楚只感到一阵窒息，他明白叶萧说的"那个人"是谁，无奈地点头道："是，是她——你昨晚带回来的神秘女孩。"

"我猜得果然没错，你在想什么？"

孙子楚几乎贴着他的耳朵说："你不觉得她像一个人吗？"

"谁？"

"小枝。"

空气再度凝固起来，叶萧的耳膜像被金针猛刺了一下，立时响起一阵耳鸣……

小枝……小枝……小枝……小枝……小枝……小枝……小枝……小枝……小枝……小枝……小枝……小枝……小枝……小枝……小枝……

这个名字不停地在脑里盘旋，又变成密码似的微小汉字，爬满在黑暗的眼前。闭上眼睛便感到晕眩，似乎整个宫殿都要倒塌下来，将他埋葬在坟墓深处。在传说中的幽闭地宫尽头，某个影子正穿破时间迷雾，低吟古老的歌谣飘浮而来。

"不可能！"

叶萧连连后退几步，直到后脑勺撞在墙上。剧烈的疼痛让他睁开眼睛，只看见对面一个昏暗的人影。

"我也觉得不可思议。"孙子楚走到他的跟前，嘴里发出轻微气声，"但那感觉太像了！"

"像什么啊？"

林君如突然出现在了身后，把孙子楚吓出一身冷汗，他惊慌失措地转过身来："怎么像个鬼似的没有声音？"

"你刚才说话的声音才像鬼呢。"

她和伊莲娜都从厕所出来了，打开手电照到叶萧的脸，却发现他的脸色很不对劲。

叶萧急忙挤出一丝笑容："没什么，我们离开这里吧。"

话音未落，走廊彼端便响起一阵脚步声……

那声音穿破黑暗而来，让四个人的心又立时悬起。

"那副盔甲活起来了？"

林君如哆嗦地说了一句，随即得到孙子楚的回应："闭嘴！"

叶萧把所有手电都关了，低下身子侧耳倾听。对面渐渐亮起一道电光，后面是两个黑黑的鬼影。

突然，那道电光照到他们脸上，伊莲娜惊恐的尖叫了一下。

就当四人都捏紧拳头之际，却听到一个熟悉的声音："怎么是你们？"

"钱莫争？"

孙子楚听出了那个声音，赶紧也打开手电照向对方，果然是钱莫争和童建国两人。

大家都非常惊讶，前往不同方向的两组人马，居然在这个地方相遇了。

再看这两人身上的衣服，都是又脏又破，好像刚刚打过一架。叶萧拧起眉头问："你们组其他三个人呢？"

童建国疲惫地摇摇头说："对不起，我们走散了。"

"到底是怎么回事？你们怎么会到这里来的？"

"说来真是好笑，全都是因为一条狗！"

随后，钱莫争将刚才发生的事情，都原原本本地告诉了大家——除了藏在童建国裤脚管里的那把手枪。

当钱莫争和童建国两人，骑着自行车逃到小巷尽头时，却发现前面有堵高墙，后面的狼狗已紧追而至。在这无路可逃的绝境，童建国并没有掏出手枪，而是勇敢地站在狼狗面前，直瞪着狗的眼睛。

但这样的对峙只能是同归于尽，钱莫争紧张地寻找出路，发现在旁边有根落水管，直通三层楼顶。他手脚并用爬上了落水管，多年锻炼的肌肉帮了他大忙。童建国也立即爬了上去，狼狗虽然跟在后面，但毕竟忌惮他的手枪，更不会爬水管子，只能眼睁睁看着他们逃走。

两人翻过高墙，后面是片残破的花园，停着辆泰国产的大众车。童建国施展偷车绝技，两人将车开上马路。这时狼狗也绕道追踪而来，但飞驰的车子远远甩下了它，终于摆脱了危险。

但方向已完全搞不清了，童建国胡乱开了几圈，一直驶上宽阔的朱雀大道，很快来到广场前。他们都被这地方震惊了，钱莫争急着拍照片，来到威严的"南明宫"脚下，发现大门开了一道缝。

于是，两人就这么闯入宫殿，沿着楼梯走到三楼，与第二小组狭路相逢。

汇合后的两组人唏嘘不已，这离奇的经历更让大家担心，昨晚大家都听到了那条狼狗的警告，或许它随时还会出现吧？

叶萧依旧语气凝重地说："现在我最担心的是，杨谋、玉灵、成立三个人，他们究竟在哪里？"

第 一 季

沉重之城

下午，三点半。

杨谋的 DV 正对准路边，镜头里有一朵火红色的花，在荒凉的草堆中，竟红得如此耀眼。巨大的花瓣上滚动着水珠，象征某种妖艳的生命力，似乎随时都会熊熊燃烧起来。

"这是曼珠沙华！"

玉灵蹲坐在花前，轻抚花朵和枝叶，像远道而来的朝圣者，终于发现了神的微笑。小时候在村寨边缘，偶尔会看到这种火红的花，仿佛有种魔力似的吸引着她。

"传说中的彼岸之花？"

杨谋惊讶地把镜头推进，正好把玉灵的纤手也摄了进去。

玉灵转头回眸一笑，却看到成立苍白

第十一章 ■ 食人鱼

的脸，她的笑容也骤然凝固，起身继续向山间走去。

三人走在山间公路上，也是上午下山的路。两个钟头前，他们在车上遭到狼狗攻击。杨谋、玉灵、成立三人跳车逃亡，童建国和钱莫争则留下来"与狼共舞"，第一小组就此分成两拨。这三个人逃进一条小巷，也不管有没有狼狗追赶，只顾着拼命往前跑。一口气穿过几条马路，完全分不清东西南北，才发现后面根本没有狼狗踪影。

这下他们彻底迷路了，在城市东部边缘流浪。转了一个多钟头，总算走出了南明城，正好碰到那条进山公路。第一组原计划就是去山上的水库，寻找上游的水源地。他们商量后决定，既然已经走到这里，便继续完成此前的计划吧。

于是，三个人共同走上公路，艰难跋涉了一公里多，来到这火红色的曼珠沙华前。

成立的目光颓丧而吓人，玉灵始终不敢靠近他，便和杨谋快步走在前面。杨谋关掉了 DV 电源，他一直在担心电池问题。进入南明空城后，他给 DV 换上了备用电池，万一再用光就彻底完蛋了。

拖在最后的是成立，他仰头看着两边的山势，仿佛所有岩石都要砸向他，将他埋葬在这遥远的荒野中。他加快脚步，双手紧紧捏成拳头，大口地深呼吸，心跳却无法正常下来，难道出现了早搏的毛病？

真想跳起来打自己两巴掌，他现在脑子里全是妻子的脸。黄宛然依旧美丽动人，但在他眼里却变成了美杜莎——头发里藏满了毒蛇，瞳孔里爬出蝎子，红唇张开吐出的是蜘蛛。

成立差点恐惧地叫起来，他摸着自己狂跳的心口，发觉自己仍在山上，杨谋和玉灵走在十几米前。

是啊，最好不要再看到她！

中午在大本营的楼道里，黄宛然对成立说出的"离婚"两个字，像泰森的重拳不偏不倚，正好击中他脆弱的心窝。

这两个字她已憋了许多年，一直保持着表面的平静。但在这池死水底下，却隐藏着越来越猛烈的狂风骇浪，直到几个小时前突然爆发，瞬间将他打入海底葬身鱼腹。

"离婚？"

心底再度重复这两个字，成立感到天空都要坍塌下来了。他很清楚离婚意味什么，当然他的妻子也非常清楚——意味着将分割一半的个人资产！

如果离婚，他将失去占有的公司 80% 股份的一半；还有银行个人户头上的一半；价值一千万的别墅的一半；限量版凯迪拉克轿车的一半……

还有，女儿的全部。

如果这些"一半"全部变现的话，起码有五千万人民币！以及后半辈子的全部幸福。

就算闹到法院打官司，由于妻子掌握着他全部"包二奶"的证据，他肯定会被判为离婚过错方，所有判决都将对他不利。就算明天回国转移财产，但公司账户里的钱可不能随便动。他以前有过转移资产的记录，一举一动都受到银行监控，万一被认定为洗钱就完蛋了。

成立脑袋恍惚之间，人已来到半山腰上，公路尽头是几栋建筑，还有横断峡谷的大坝，一池碧水在群山间荡漾着。

杨谋和三灵跑到水库边，蹲下来触摸清澈的湖水，指间冰凉而细腻，如丝绸从皮肤上掠过。

"我们去那房子里看看吧！"

成立终于暂时放下心事，在后面叫了一声，杨谋赶紧回头跑过来。

两人走进湖边的建筑，里面是个厂房似的大仓库，摆满各种机器和设备，都覆盖了厚厚的灰尘。

"这些都是干什么的啊？"

杨谋捂着鼻子问道，成立却并不回答，沉默地向更深处走去。前头有道楼梯，却往地下而去。杨谋掏出手电筒，电光下成立的脸煞是吓人，像刚刚杀过人似的。

"有胆量下去看看吗？"

成立挑衅性的发问，让杨谋不由得壮起了胆子："我是纪录片导演，当然得有亲临险境的勇气。"

于是，他端着手电走在前面，两人依次下了楼梯。

底部是条黑暗的甬道，杨谋打着手电继续向前走，宛如来到地底墓道。两人没走几步，便听到四周的洞壁上，传来震耳欲聋的共鸣声。这声音持续不断地袭来，宛如千军万马的厮杀，将他们水泄不通地包围，杨谋手中的电光也不断颤抖。

"别害怕！这是大坝泄洪口的声音。"

第十一章 ■ 食人鱼

227

"什么？"

这周围的声音实在太吵，杨谋完全没有听清楚。

成立只得对着杨谋耳朵大声说："我们已经在大坝里面了！"

"天哪？这是水库出水的声音？"

杨谋声嘶力竭地叫着，想到已置身于大坝之中，便浑身有种不安全感，似乎水流随时会将自己吞没。

"对，我猜泄洪口应该就在我们脚下。"成立索性趴到地上，耳朵贴着水泥板倾听，很快就被震得吃不消了，急忙起来大声说，"没错！水就是从下面流出去的，由于存在几十米的落差，所以会产生巨大的能量。而这个甬道又像共鸣箱一样，声音传到这里就惊天动地了。"

说罢他们继续向前走，甬道变成了一个大房间，手电照出许多机器和电脑。这里便是大坝最中心的位置，但由于设置了隔音装备，噪音反而比刚才轻了许多。

成立打开自己的手电，仔细看着墙上的图板。上面画着许多复杂的线路图，杨谋完全看不明白，只能接着往前面走。这里的空间相当大，各种奇怪的东西都有。他回头再用手电照照，却见成立依然在看线路图，表情竟像个傻子似的，身体僵硬地站在那里。

忽然，杨谋想到了玉灵——糟糕！刚才把她一个人抛下了，玉灵肯定没有跟下来，她单独在湖边会不会有危险？

他立即扔下发呆的成立，飞速跑回甬道，忍受着巨响对耳朵的折磨，一口气冲上楼梯。

回到群山和天空底下，瞳孔立时被刺痛了一下。他揉着眼睛寻找玉灵，却压根没有她的影子。

杨谋的心里一沉，又大喝一声："玉灵！"

山谷间回荡着他的声音，他捏紧着拳头走到湖边，却发现卵石滩上有两件衣服——那正是玉灵刚才穿着的，美丽修长的筒裙和抹胸。

他仔细观察湖面，发现水波间浮起一团黑发，接着是圆润的白色皮肤，光滑诱人的肩膀，还有全部裸露着的后背，接下去是……

杨谋的心跳更猛烈了，他不禁咽了一大口唾沫，双手不住颤抖，不由自主地摸向腰间的 DV。

他闪身藏到了一堆树丛后，打开 DV 镜头对准湖面，在乱草和树枝的隐蔽下，清楚地摄入了水中的玉灵。

这是一条美人鱼。

刚才她一直潜在水中，没听到杨谋的叫喊。现在她半个裸露的身体，都在水面上忽隐忽现。湿淋淋的长发黏在后背，细长的双臂划动水波，双腿并在一起如同鱼尾。从肩膀直到脚底，整个身体如古老的纺锤，这正是海豚的美丽体形——看来曹雪芹说的没错，女人果真是水做的，天生就如海豚是水生动物。

可惜，此刻拥抱她的只是湖水，而不是某双有力的手。

杨谋看得面红耳赤，却又不断调整镜头，将焦点对准她身上每个细节。尽管这段画面无法在纪录片中播出，但这浑然天成的《泰家美女戏水图》，却是踏破铁鞋都难遇的。

刹那间他也顾不得什么道德问题了，虽然这在西方或中国都可称为犯罪了，但泰族人或许对此不以为然。而且杨谋也根本难以自控，仿佛拍摄 DV 的人并不是他，而只是他的这双手而已。是操纵机器的手被玉灵诱惑了，必须要把这惊人的美丽摄录下来。

不,他已不把玉灵看作一个"人"了——在碧绿水库里的那条生命，本身已与自然融为一体，她就是这天、地、山、水的一部分，抑或前身便是河谷里的一条鱼、一片藻、一滴水、一个灵魂？

若是被两千多年前的屈灵均看到，她一定会成为诗人笔下可爱的"山鬼"吧。

杨谋想到这里，反而安心了许多，呼吸也渐渐平稳下来，冷静地操纵 DV 镜头，捕捉每个动人的瞬间。

突然，湖上的玉灵有些异样。

她从水面抬起头来，半个胸口露出水面，显然是在双脚"踩水"。杨谋的镜头快速推进，清晰地显示她紧张的表情，正在向水库四周张望着。

难道她发现他的偷窥了？

杨谋的手也抖了起来，但她这么远的距离，是极难发现隐藏在树丛后的镜头的。

不，玉灵遇到了其他状况！

她在水里一阵颤抖，接着把头没入水中，一只手却伸出水面乱抓，旁边掀起圈圈涟漪。

体力不支抽筋了？

在这种深水里游泳，最致命的就是抽筋！杨谋再也顾不得了，他抛下了宝贝 DV，从树丛后冲出来。一路狂奔到水库边上，脱掉上衣跳了进去。

冰凉的湖水将他包裹，他拼命地张开双臂划水。不断有水涌到眼睛上，模糊了他的视线，而水库中央的玉灵几乎要不见了。

当他心急如焚地游到那里时，只感到后背微微一麻，紧接着又是一下。接着，他的腿就被一只手牢牢抓住了。

眼看就要被那只手拽下去了，杨谋深呼吸了一口气，跟着一起潜入水中。清澈的水里能看出很远，只见一堆水草般的黑色物质——分明就是玉灵的头发！

他艰难地将腿抬起，抓紧那只乱舞的手，随后又摸到一张脸。在水中睁大眼睛，确认那就是玉灵。

一切都宛如梦境——水中赤裸的美人，她的长发如海藻般生长，眼睛在水波里熠熠生媚，还有光滑如海豚的皮肤，雪白的身体曲线玲珑。

杨谋的肾上腺素全部分泌了出来。

然而，还有一大群鱼围着他们，这些鱼都只有猫鱼般小，却紧叮着玉灵双腿。又有几条鱼游到他面前，竟大胆地冲到他额头，紧接着便是轻微的刺痛。

他依然憋着胸里一口气，再细看这些小鱼的长相，让他想起一部国外的纪录片，关于亚马逊河里的食人鱼——同样也是这副尊容，就连攻击人的方式也一模一样。

食人鱼？

莫名的恐惧让他把玉灵抱紧，用尽全力摆动双腿，鱼群仍然跟在他们左右。

终于，两人共同浮出了水面。

就在他们大口急促呼吸时，他的脚底又被鱼嘴扎了一下，疼得他差点喊出来。玉灵也好像恢复过来了，两个人一起奋力向岸边游去，一路上不断有鱼跟着他们。

当他们精疲力竭地爬上岸，食人鱼才停止了攻击行动。

死里逃生后的玉灵，吐出了嘴里的几口水，喘息着说："谢谢！你救了我的命。"

虽然，杨谋同样也惊魂未定，却目不转睛地盯着她。

玉灵这才羞涩地意识到，自己正彻底暴露在光天化日之下。

旁边正好是她脱下的衣服，她赶紧抓起来披在身上，蹙起柳叶娥眉轻叱："不要看嘛！你好坏。"

杨谋立即转过头去，抓着上衣跑回树丛，宝贝 DV 还躺在那里呢。他在树丛后擦了擦身子，仔细看了看皮肤，果然有许多红色的小点，幸好并没有流血，像蚊子咬痕似的。

没错，一定是食人鱼干的！

但这里怎么会有食人鱼呢？完全不符合常理啊。

不过，这神秘的南明城的存在，本身就完全超乎了常理。

或许还有更多不可思议的东西等着他们？

他穿上衣服走出树丛，玉灵也已穿好筒裙，脸颊飞上两片红霞。杨谋很不好意思地走到她面前，尴尬地说："你身上怎么样了？"

"好多了。"

玉灵抬起手臂给他看，上面有十几个小红点子，但正在缓缓褪下去，看来食人鱼的攻击力，并不如传说中这么血腥。

但它们制造的效果却一样可怕，任何人被食人鱼这么叮叮咬咬，虽然不会被咬死，但肯定会酸痛麻痒难忍。结果就是全身乏力抽筋，最后沉入水底溺死，成为食人鱼们的美味佳肴——名副其实的葬身鱼腹。

想想真是后怕！说不定玉灵身上还有更多呢，希望能尽快褪下去。

现在他最担心的就是，这些该死的食人鱼会不会有毒？

虽然鱼毒比较罕见，但万一毒素进入血液，究竟会造成什么后果，任何人都说不清楚！

他们恐惧地退到很远，不敢再靠近这池碧水了。它尽管看上去如此平静美丽，水底却隐藏着一群凶险的魔鬼。

可是，上午钱莫争也下水游泳了，他怎么会平安无事呢？

杨谋难以解释这一切，低头盯着玉灵的眼睛。她湿润的头发黏在脸上，珍珠般的水滴从鼻尖滑落。食人鱼咬在她肩头的红点，反而更令她性感迷人。刹那间她也意识到了，急忙别过头去。

一阵冷风从峡谷深处吹来，水面如同被打破的镜子，无数碎片刺痛了眼睛。

他们都退到树林边，时间已将近五点，白天正渐渐落下帷幕，这神秘的大山之中还藏着许多秘密。

第十一章 ■ 食人鱼

231

对了，成立还在大坝里面吗？

2

大本营。

镜子，又是一面镜子，被打碎了。

几道裂缝迅速伸展开来，许多碎玻璃剥落在洗手池中，清脆的破碎声依旧凝固着，继续撕裂亨利的耳膜。

他的脸也在镜子里破碎了——鼻子从正中分裂，左眼已无影无踪，右眼里布满血丝，嘴唇损失了大半，下巴变得残缺不全，咽喉似乎被切开。

破碎的脸，破碎的人，破碎的一切，就如这破碎的城市。

还有破碎的烛光。

亨利的嘴角淌着血，目光冷酷地注视自己。浅红色的蜡烛光晕，透过镜子反射洒遍全身，宛如一幅血色的油画。

某些声音在记忆里喧哗着，那双眼睛如此冷漠，耳边泛起可怕的催促：

"必须完成……必须完成……必须完成……"

他在心底不停默念，仿佛又回到那个夜晚，那间致命的密室之中，一切都已无可挽回。

"上帝啊！"

亨利抱住自己的脑袋，好像大脑也碎裂成了两半。

狭窄的卫生间里没有灯光，蜡烛就点在洗水池边。在这令人窒息的空间里，散发着一股腐烂气味。

忽然，门外传来厉书的声音："HELLO！HELLO！"

他在外面猛敲着门，用英文焦急地喊道："喂，亨利，刚才是什么声音？镜子打碎了吗？"

是的，卫生间的镜子被亨利打碎了，他依然面对着自己破碎的脸，紧锁卫生间的小门，任凭外面的厉书叫喊。

玻璃碎片割破了他的手指，几滴血落到马赛克地板上。但他仍握着那个瓷杯，用怨恨的目光盯着镜子，然后重重地将手甩起。

又是一声清脆的撞击。

整面镜子都粉碎了，在飞溅的玻璃片中，亨利放声狂笑起来。仿佛镜子里藏着一个恶魔，与他有不共戴天之仇。

在发疯似的大笑同时，卫生间的门也被撞开了，厉书重重地压在他身上，将蜡烛打翻在地。

厉书只感到肩膀火辣辣地疼，刚才听到卫生间里的动静，显然是镜子被砸碎了——亨利已在卫生间里呆了一个钟头，把他们都等得急死了，不知里面发生了什么意外，厉书便拼尽全力撞开了卫生间。

黄宛然和秋秋母女也站在外面，紧张地看着他们。亨利停止了狂笑，和厉书互相搀扶着站起，卫生间里的镜子已全部粉碎。

已是黄昏时分，出去探路的两组人都没回来，剩余的人在这间二楼屋子里，隔壁房间还躺着屠男的木乃伊。

萨顶顶和神秘女孩，还有思念着杨谋的唐小甜，都聚拢到了卫生间门口。亨利面色苍白地走出来，手扶着墙不住喘气。厉书揉着撞门的那边肩膀，要黄宛然为自己检查一下，在确定没脱臼之后，他用英文对亨利说："到底发生了什么？你要紧吗？"

亨利的嘴唇嚅动几下，喉咙里发出含混不清的声音，厉书只能把耳朵贴到他嘴边，随后听到一句英文。

瞬间，厉书面色大变，瞪大眼睛看着其他人，好像在犹豫该不该说出来。

"他说了什么？"

面对黄宛然的追问，厉书只得用中文转述了亨利的话——

"吴哥窟里的预言——若敢擅自闯入这座神秘的城市，便将遭到永恒的诅咒，谁都无法逃避这个预言，正如谁都无法逃避死亡降临。"

这句话让所有人沉默了，黄宛然母女俩面面相觑。从不在乎恐惧的秋秋，也皱着眉头后退了半步。唐小甜紧紧抓着顶顶的手，心中祈祷她的新郎快点回到身边。厉书则重新看着亨利的脸，在法国人灰色的眼珠里，写着对东方神秘主义的虔诚膜拜。

只有二十一岁的"无名女孩"，丝毫都没有被吓倒，而是用冷酷的目光，盯着近乎疯癫的亨利。

也只有这双眼睛，才能攻克恶魔的堡垒，即便当年的预言成真。

亨利背靠着墙壁，缓缓滑倒在地板上，无论如何也躲不过她，似乎

瞳孔里吐着丝线，将他的眼球牢牢粘住，永远禁锢在空城无法逃脱。

"NO！"

亨利拼命把身体往后缩，像要在墙上顶出个洞来。但他不敢闭上眼睛，连眼皮都不敢眨半下。

神秘女孩也蹲了下来，继续盯着亨利的双眼。而亨利眼里看到的她，已不再是美丽的女郎，而是一具可怕的僵尸。

忽然，顶顶一把拉开了她，生生将她拽回书房将门关上。

亨利终于闭上眼睛，深呼吸了一口气，宛如长眠多年的死者复活。

在狭窄的书房里，顶顶也与"无名女孩"对视着。从昨天下午第一次看到她，这双眼睛就一直浮在脑海里，如此奇异又似曾相识——两面致命的镜子。

"你刚才想干什么？"

女孩也不抗拒她，若无其事地回答："我只是想帮助他。"

"这是帮助吗？"

"我看他很可怜。"

顶顶冷笑了一声："是的，我们大家都很可怜。在这座空城里的人都是可怜的，包括你，也包括我！"

"我不觉得我可怜。"

"不，小枝——你很可怜。"

她叫出了女孩的名字，虽然这是女孩自己说出来的，但顶顶并不能证实这个名字的"真伪"。何况"小枝"这个名字对于叶萧来说，实在太特别太重要了，所以顶顶不敢把这两个字告诉他。

"是吗？"

"你不知道你的父母，不知道你的学校，不知道你为什么在这里，不知道这里发生了什么？如果不是我们来到这里，你还将孤独地生存下去，就像一片凋落的树叶，最终在泥土里腐烂掉。"

顶顶一口气说了那么多，其实这也是一种激将法，刺激小枝开口说出真相，但她得到的仍然是失望。她后退了半步，正在凝神思量的当口，外面响起一阵杂乱的喧哗。

心，又一次顶在了喉咙口。

3

傍晚，六点十五分。

第一组的童建国和钱莫争，第二组的叶萧、孙子楚、林君如与伊连娜一起回来了。

大众车已经不能开了，他们从城市中央的南明宫出来，经过朱雀大街找到回去的路，艰难步行着回到大本营。

一下子回来六个人，房间里热闹了许多。黄宛然和唐小甜忙着给他们倒水，孙子楚的腿都快跑断了，哼哼唧唧地坐倒在沙发上。

书房里的顶顶听到动静，打开房门便撞见叶萧，四目相对沉默了片刻，他尴尬地问道："她呢？"

"在里面。"

顶顶淡淡地回答，回到客厅默不作声。叶萧跨进小小的书房，只见神秘女孩呆坐在窗下，树影笼罩着她的乌发，弹射出幻影般的光泽。

他还不知道她叫"小枝"，只能干咳了一下："你怎么样了？"

她回头看了一眼，并不回答叶萧的问题。

"总有一天你会告诉我一切的。"

叶萧冷冷地退出书房，想起在南明宫的走廊里，与孙子楚的那番对话。

他确认了一下留守的几人并无意外，只是亨利的脸色很奇怪，躲在角落里不坑声。叶萧悄悄对厉书耳语道："法国人怎么回事？"

"我也不知道，在卫生间里待了半天，又把镜子给砸碎了，真的让我很担心。"

"看牢他！"

叶萧回头却看到唐小甜正抓着钱莫争问："杨谋怎么没回来？"

面对这位执著的新娘子，钱莫争也不知如何作答，挠着长发下的头皮说："他——他不会有事的，你就放心吧。"

这种明显安慰的话，让唐小甜更加焦虑万分："他不是和你们一个组的吗？怎么只剩下你和童建国，其他三个人都到哪去了？"

"对不起，我们不知道，不知道他们在哪里。"

还是童建国出来说话了，五十多岁的他说话最有分量。唐小甜绝望地坐倒，嘴里喃喃自语："不，不能把他抛下。"

"我们一定会找到他们的。"

童建国的年龄足够做唐小甜的父亲了，这番话似乎代表了长辈的责任。

倒是黄宛然的表情很自然，一点都没有为丈夫而担心。也许，成立永远消失在丛林里，对她而言也是个解脱——不过这样对秋秋太不公平了，她回头看看十五岁的女儿，眉头蹙了起来。

窗外天色越来越暗，大家决定先准备晚餐，依然由黄宛然主厨，唐小甜和林君如打下手。

除神秘女孩小枝留在书房，大家都在听孙子楚的胡侃。他添油加醋地描述了广场和宫殿，将大家带到金碧辉煌之中。林君如给他点上一根蜡烛，烛火下的他指点江山口沫横飞，好像已取代了导游的位置。

童建国轻蔑地"哼"了一声："若你遇到了那条狼狗，恐怕就当场吓得尿裤子了。"

"你说什么？"

孙子楚最不能容忍别人对他胆量的侮辱，其他人也都识相地保持沉默，屋里只剩他们剑拔弩张。

"够了，彼此客气些吧！"

还是厉书出来做了和事佬。他悄悄回头盯着亨利，法国人蜷缩在角落中像被遗忘了。

这时，黄宛然她们把晚餐端进来了，虽然换了些花样和材料，终究还都是袋装食品。

她低下头柔声道："抱歉，就让大家吃这些。"

"没关系，你已经尽力了，我们都很感谢你。"

钱莫争安慰着她，却得到了秋秋的白眼，他无奈地轻叹一声，抓起碗大口吃起来。

大伙都已饥肠辘辘，特别是下午出去探路的人们。叶萧和孙子楚都是狼吞虎咽，不消十分钟便全部解决了。

只有唐小甜一点都吃不下，她坚持要等杨谋回来再吃。其他人也不便勉强，黄宛然只能准备再为她热菜，心想恋爱中的女人真是愚蠢，可当年自己不也是一样吗？抬起头又撞见钱莫争的目光，赶紧把头别

236

了过去。

顶顶一只手端着蜡烛，一只手把晚餐送入书房。小枝几乎要睡着了，被弄醒后端起饭碗，不假思索地吃起来。顶顶看着她吃饭的样子，暗自思量她究竟是人还是鬼呢？

餐后，几人一起帮忙收拾餐具，窗外夜幕已然降临，时间已过了七点十分。

南明城的夜晚让每个人都焦虑不安。

屋子里只剩下烛光了，叶萧关照大家必须小心，万一打翻蜡烛引起火灾就惨了。

是继续在这里等待那三个人，还是各自回到昨晚睡过的房间去？大家的意见有些分歧，唐小甜是铁了心要等下去的，而黄宛然则想和女儿回四楼休息去。

这么多人闷在一间屋子里，伊莲娜感到快透不过气来了，她索性打开了客厅窗户。一阵凉风随即侵入房间，将餐桌和茶几上的蜡烛都吹灭了。

世界重新陷入了黑暗。

林君如不禁尖叫一下，几乎靠在了孙子楚身上。伊莲娜也没想到开窗的后果，惊慌失措地又把窗户关紧。房间里已伸手不见五指，几个人纷纷撞在一起，顿时全都乱作了一团。

"大家冷静下来！不要乱动！"

叶萧的心跳也加快了，只看到眼前晃动着一些影子，杂乱的脚步在四周响起。还有人体和衣角的摩擦声，唐小甜的哭喊声，更有孙子楚的咒骂声。

突然，他想到了书房里的神秘女孩。

绝不能让她摸黑逃出去，叶萧凭记忆摸到书房门口，向里大喊一声："喂，你还在吗？"

但屋里并没有任何回声，他紧张地进去带上房门，在黑暗中向里摸索。

于是，指间触到一个柔软的东西，光滑而带有合适的温度，那是年轻女子才有的皮肤。

虽然依旧没有光线，他却能感觉到那双眼睛，似乎将她的瞳孔看得一清二楚，心底竟浮起了那个名字。

237

喉结猛咽了几下，几乎就要把那两个字吐出来了——

某道光线在眼角掠过，接着又是猛然跳跃的光点，是书房的台灯在闪烁。整个屋子如灵魂不断眨眼，瞳孔也随之剧烈收缩……

她的影子与她的眼睛，都在这神秘的光影里忽隐忽现。

同时，灯管里响起嗞嗞的暗吼，就像隐藏在密林中的山魈，流着口水准备突然袭击。

"砰！"

几乎是爆炸的声音。

刹那间，灯亮了。

不是蜡烛被重新点燃了，而是房间里的电灯亮了。

台灯骤然亮起，白色灯光照在她脸上，连同叶萧触摸着她的手指。

眼睛！他的眼睛被猛烈地刺激了一下，瞳孔缩小得几乎闭合，大脑仿佛要被撕裂。

自己瞎了吗？叶萧的心沉到冰点，摸到女郎脸上的手也缩了回来。

他强迫自己抬起眼皮，下意识地说了句："对不起！"

终于，他看见了。

灯光下的神秘女子，那个永远都无法遗忘的名字。

两人的表情都很怪异，特别是她睁大的眼睛，似乎正面对一个奇迹。

于是，他想起了一件更紧迫的事——灯怎么会突然亮了？

来电了？

他急忙打开书房门，发现客厅里已亮堂堂一片，吊灯、壁灯、挂灯、厨房灯，甚至卫生间灯全都亮了，整套房间已如白昼一般。

所有人都目瞪口呆万分惊讶，孙子楚怀疑这是不是做梦，试着将手伸向电灯，差点被烫破了皮。电冰箱也发出轰鸣的响声，林君如赶紧打开箱门一看，里面的灯全都亮了。钱莫争甚至打开了电视机，可惜收不到任何信号，屏幕上飘满了雪花。

这突如其来的变化，让大家莫名兴奋起来——至少有电就有了光明，有了生存下去的希望，或许悲剧的命运将就此扭转？

叶萧快步打开窗户，外面的花园仍然漆黑，但楼下隐隐闪出灯光。

难道一切又都恢复了正常？

就像天鹅湖的诅咒被破解，变成石头的骑士得到复活？

凝固的时间再度开始走动，整座城市重获生机？

主人们很快就要回家，掏出钥匙打开房门？

可是，电……电……电……是从哪里的呢？

2006 年 9 月 26 日 19 点 19 分 19 秒。

南明城从沉睡中被唤醒。

叶萧的目光越过房门，走下昏黄灯光的楼道，穿过凉风习习的小巷，来到星空下的寂静街道。路灯正弯曲脖子照射着他，几家店铺纷纷射出光线，远处的楼房星星点点。对面一家音像店的灯光骤然亮起，渐次传出一个淳美的嗓音——

是谁在敲打我窗，是谁在撩动琴弦。那一段被遗忘的时光，渐渐地回升出我心坎……

他的眼睛跟随蔡琴的歌声，在夜风中浮起上升，来到数百米的高空。黑夜里的视线变得如此清晰，街道两边亮起无数点光芒，宛如银河坠落到南国的谷池。整个南明城已在脚下，巨大而封闭的盆地，如同一口古老的瓷碗。诺大的城市成为深海珍珠，放射耀眼而灵异的光。

他闭上眼睛默默祈祷，请让时光倒流三分钟。镜头就安装在他的瞳孔里，插着一对羽毛翅膀，借着风俯瞰大地。拍摄黑暗的大海，波涛汹涌的建筑和街道，它们沉睡了 365 个昼夜，变成了巨大的墓碑，化为埋葬灵魂的坟场，静静等待世界末日。

突然，第一个光点在黑暗中亮起。

第二个、第三个、第四个……成百上千个光点相继点燃。一片街道亮了，又一片街道也亮了。忽明忽暗地闪烁几秒钟后，小半个城市睁开了眼睛，眨眼间整个城市被灯光点亮。无数星辰在地面闪耀，如此夺目如此灿烂，焰火在海底盛开，熔岩在地面奔流——

奇迹就此诞生，物质和时间的奇点，王子吻了沉睡公主的唇。

神的光羽降临沉睡之城。

你是否听见，某个声音在此时此刻说："要有光。"

"诸水之间要有空气。"

"植物要生长。"

"宇宙要有天体。"

"动物要繁衍。"

"按照我的形象造人。"

接下来是星期天："请让我们暂时休息，期待《天机》第二季……"

LOST IN THAILAND

人 物 故 事

成 立

2006 年 9 月 9 日 16 点 13 分。

上海。

成立眯着眼睛昏昏欲睡，在宽敞豪华的会议室里，他的股东和高管们正争论不休。关于云南的一个水电站的投资案，已经让他伤透了脑筋——水库移民安置工作，各级政府部门的公关打点……而最要命的是，当地准备申请加入世界自然遗产名录，但民间和国际的环保人士正在抗议，说一旦修建了水电站，会严重破坏当地的生态环境。虽然这些报道都未公诸于众，但只要某个环节稍有不慎，几个亿的银行贷款就会泡汤，公司在香港上市的计划也会搁浅。

冗长的会议永无尽头，简直是最大的身心折磨，成立硬撑着让自己不要昏倒。虽然只有四十多岁，他却有了严重的高血压，每天的应酬和烟酒几乎抽干了身体——包括他的二奶和三奶。

当财务总监说话时，成立觉得会议室里的人都戴上了面具，宛如西藏寺庙里恶魔的面具。这些人一边说话一边跳舞，手里不知从哪出来的刀剑，纷纷指向他的脖子。最后手起刀落，斩下了他的脑袋。

他乍地一惊差点摔倒在地，公司副总急忙扶住了他。成立使劲眨了眨眼睛，还好那些面具都消失了，眼前这些人还都穿着西装衬衫。

这时，乖巧的女秘书走进来，在他耳边轻声说："成总，去泰国的旅行社已经订好了，总共三个人——您连同您的太太和小姐。"

"有没有去清迈的线路？"

"有，虽然大多数旅行团都不去清迈，但这一家只接待高端客户，特地增加了泰北的清迈路线。签证都已经办好了，出发时间是9月19日，从浦东机场直飞曼谷。"

"好的。"

成立捏了把女秘书的大腿，同时手机不合时宜地响了起来。

他皱着眉头看了看号码，居然是小梅打过来的——他新包养的一个女孩，刚从戏剧学院毕业，但一直没接拍到电视剧。最近他想投资一部小成本恐怖片，想让她演个女二号。

他无奈地走出会议室，戴起耳机轻声说："我在开会！"

电话那头传来小梅紧张的声音——

"我……我怀孕了！"

唐小甜

2006年9月19日凌晨3点13分。

上海。

洞房花烛夜。

泪水，从唐小甜的眼角滑落，她被自己的眼泪惊醒。

身下是一张宽大的双人床，这是她和杨谋一起从宜家挑选来的。卧室里到处布置着双喜字，粉色的背景下有各种小摆设，大多是男孩女孩接吻的陶瓷——这是她的洞房。

傍晚，唐小甜和新郎杨谋走上了红地毯，在无数礼花中喝了交杯酒互换了戒指。然后是备受煎熬的敬酒敬烟，杨谋被他们折腾得不行了，到十一点便吐得一塌糊涂不省人事。大家只能送他们回家，连闹新房的程序都免了。

唐小甜把新郎服侍上床，看着他酒醉不醒。房间里只剩下他们两个，双方父母也都识相地各回各家了。这是六十万首付买下的房子——当然父母也各出了一半。剩下的八十万贷款，需要三十年才能还清，下半辈子要为银行打工了。

她轻轻抹了抹眼泪，心中应该被幸福充盈，为什么会流眼泪呢？

虽然，新婚之夜的新郎宿醉不醒，但她并没有太大在意。因为明天一早，他们就会赶去浦东机场，去泰国开始浪漫的旅行——这会是一个完美的蜜月，尽管花费不匪。

但新郎到哪里去了？

双人床上只剩她一个人，原本醉倒的杨谋已无影无踪。

她轻手轻脚地走出卧室，发现客厅里有微光闪烁。所有的灯都没打开，唯一亮着的是电视屏幕。新郎杨谋坐在沙发上，电视机的荧光射到他脸上，竟隐隐有些狰狞可怖。

唐小甜坐到他身边，关切地问："你怎么了？胃里还难受吗？"

但杨谋没回答她，聋了一样继续看着屏幕。

他在看什么？

DVD正在工作——屏幕上是一片茂密的丛林，画面模糊而晃动，看得让人脑袋发晕。镜头深入到一片村落，人们脸上涂抹着油彩，显然是东南亚某个土著部落。肤色介于亚洲人和非洲人之间，几乎衣不蔽体，围着火堆在跳什么舞蹈。

她从没看过这些内容，惊讶地抓着新郎："这是什么啊？"

"一部纪录片！"杨谋盯着屏幕，光影在他脸上刻下烙印，"二十年前，有个英国摄制组，深入泰国与缅甸边境的原始部落拍摄。传说那是古老的猎头族，还保留着吃人肉的习俗。"

"食人族？"

唐小甜的脸变得煞白，屏幕里有一口沸腾的大锅，不知在煮着什么肉。旁边被捆绑的女子正拼命挣扎，猎头部落的长老拿着狼牙棒，对女子念出一段奇怪的咒语。

然后，画面对准长老的脸，狼牙棒高高举起并砸下——

接下来的镜头让唐小甜几乎昏厥，而杨谋目不转睛地盯着电视机。画面又转到部落人们的脸上，他们用木勺舀起大锅里的肉，津津有味地享受大餐。

突然，电视机变成了黑屏。

唐小甜握着遥控器，睁大恐惧的双眼，盯着新郎问："你怎么了？是不是酒醉得难受？想看这些画面刺激自己醒过来？"

但杨谋一把夺过遥控器，电视机又亮了起来，纪录片画面还在继续。

这就是唐小甜和杨谋的洞房之夜。

几个小时后，他们就要出门去机场，前往泰国享受蜜月之旅。

食人族，在等着他们吗？

厉　书

2005 年 10 月 9 日 13 点 13 分。

德国，美因茨。

这是间黑暗高大的宅子，通过狭窄的窗户可以眺望莱茵河。厉书缓缓走过空旷的长廊，这里的安静让人产生某种错觉，与法兰克福书展的喧嚣形成鲜明映照。

他每年秋天都会到德国出差，参加全世界最大的法兰克福书展。当出版社老总们跑出去玩时，他也不甘坐在无聊的展台前。前几次来法兰克福，跟随老总把周围景点全玩遍了，这次想去个特别的城市——美因茨。

从法兰克福到美因茨只需半个小时，他刚到这座莱茵河畔的小城，便见到了约翰·古登堡的铜像——西方印刷和出版行业的祖师爷。美因茨是古登堡的家乡，他于十五世纪发明了金属活字印刷，用铅字印刷了《圣经》，也是欧洲第一部活版印刷的出版物。活版印刷术从此在欧洲迅速发展，成为文艺复兴的重要工具，造就了近代西方文明。

在古登堡印刷博物馆，厉书参观完《古登堡圣经》，来到楼上的珍稀古书阅览室。他拿着法兰克福参展商的证件，进入清冷无人的古屋。这里有各种珍贵图书，从十二世纪的羊皮书，到古登堡亲自印刷的地图，还有歌德时代的绝版小说。

他的目光在一个破旧的书脊上停住了，是拉丁文的书名——《卡洛斯·桑地亚哥在暹罗和缅甸的旅行指南》。

因为家族信仰天主教，厉书从小就学习拉丁文。他从书架取下这本书，朴实无华的书皮毫不起眼，翻开来闻到一股陈腐气味，可能两百年都没人动过了。

书页里写着出版时间和地点：公元1606年，里斯本。

这是十七世纪初葡萄牙出版的书，几乎有整整四百年了。全书只有一百多页。作者是葡萄牙人卡洛斯·桑地亚哥，1590年离开欧洲，到过印度、马六甲、爪哇，甚至中国的澳门。1595年，他成为缅甸国王莽应里麾下的雇佣兵，参加了缅甸与暹罗（也就是今天的泰国）的"白象战争'。两年后，桑地亚哥被暹罗军队俘虏，归顺了著名的纳瑞宣大帝，又扛起枪向老雇主开火。

1600年，他参加了对北方清迈的远征，遭到缅甸人伏击而全军覆没。桑地亚哥丢下武器，独自在原始森林中走了十二天，靠捕猎小动物和采食野果为生。第十三天的清晨，他发现一座沉睡的古城，建筑和街道都完好无损，却连一个人影都没有见到！

城市里有巨大的佛寺，高耸入云的宝塔，富丽堂皇的宫殿，精美绝伦的花园。一定曾经繁荣昌盛过，当然还有一些奇异的猛兽出没。桑地亚哥被深深震惊了，他在空无一人的城市中漫游数日，最终遗憾地离去。

他用十几天穿越丛林，奇迹般地回到清迈，并在阿瑜陀耶搭上一艘中国帆船，辗转回到了葡京里斯本。1603年，他用拉丁文写了这本东南亚旅行指南，很快出版成书。

厉书在阅览室里泡了三个小时，费劲地读完了这本书。在后记中，卡洛斯·桑地亚哥这样写道——

"在本书出版前夜，我做了一个奇怪的梦——整整四百年后，有一群中国的旅行者，同样也经过清迈周围的群山，来到这座空无一人的沉睡之城。其中有一个懂拉丁文的男子，将有幸看到这本书。如果那位中国人就是你的话，请接受我真诚的祝福，是最最奇妙的命运，把我们连接在了一起，我最亲爱的朋友！"

黄宛然

1989 年 3 月 3 日 14 点 14 分。

云南，迪庆。

黄宛然仰头看着湛蓝的天空，几朵白云从雪山边飘过，坡上残留着尚未融化的积雪，杜鹃花正在山崖绽开。她坐在一匹骟马背上，颠簸地转过山坡，迎面是爿残破的庙宇。山门倒卧在乱石与荒草丛中，散发着某种腐烂气息。

"这是什么地方？"

向导平措神情肃穆地回答："罗刹寺。"

"罗刹？好奇怪的名字啊。"她拉紧缰绳凝神望着废墟，"平措，能扶我下马吗？"

半个月前，黄宛然刚被分配到乡医院。两周前刚学会骑马，虽然下马还要人搀扶。三小时前刚到一户牧民家出诊，给一个发高烧的小孩开了药。现在，向导牵着马送她回乡医院，却路过了这破败的古庙。

平措将她扶下马，黄宛然快步走到山门内。那种气息越来越猛烈，充满了这二十岁的身体。寺庙依山而建，后半部分几乎凹进了岩石。悬崖下伸出屋檐，下面是半遮半掩的大门。门槛外有一具野山羊的骨骸，经过冬天的"雪藏"，还可以看到皮毛。

小心地推开大门，阳光直射进黑暗大厅，她确定气味就是从这里发出的。

一片灿烂的墙壁露了出来，耀眼的反光瞬间刺痛了双眼。

有什么竟比阳光还夺目？

黄宛然惊慌地揉着眼睛，许久才适应了这里的光线——没错，她看到了壁画。

大厅内侧的墙壁上，那五彩斑斓的颜色，就像刚刚画上去的。风格酷似唐卡，惟妙惟肖栩栩如生。画面中央是个年轻女子，衣着打扮与藏族截然不同，亦非古代汉族的服饰。壁画中的女子很是漂亮，生着一双大大的眼睛，表情异常庄严，宛如白度母女神。

但最让人惊讶的是，壁画女子手上捧的，居然是一颗人头！

阳光集中在那颗人头上，仿佛从墙壁中生了出来，睁开双眼盯着黄宛然，放射出咄咄逼人的目光。

错觉吗？她大着胆子走近几步，几乎摸到了壁画中的头颅。

不，这是真的壁画，或许有几百年的历史。

而画中女子手中捧着的，也确实是一颗男人的头颅。

男子的脸朝向黄宛然，那是典型的西藏男人的脸，刚强有力红中透黑。脖子被完全砍断了，切口似乎做过处理。女子纤细白嫩的十指，牢牢地托着头颅，放在她胸前的位置。

爱人的头颅？

黄宛然想起在医学院读书时，看过的一部法国小说《红与黑》的结尾。

"你是谁？"

她轻声地面对壁画问道，仿佛那女子的灵魂还在墙中。

"一位公主！"平措走到她身边，用半生半熟的汉语说，"传说八百年前，有位公主从南方前往西藏，经过此地露宿了一夜，本地僧人为她留下画像，不久就建起了这座罗刹寺。"

"八百年？为什么这壁画的颜色还那么鲜艳像新的一样？"

"啊，这个谁都解释不清楚啊。"

黄宛然拧着眉头退出大厅，当她回到高原的太阳底下时，耳边却隐隐听到某个女子的呼唤："黄宛然……黄宛然……黄宛然……"

刹那间，她迅速地回过头来，冲回到大厅门槛里，却发现壁画中的那颗人头已不见了！

壁画中的美丽公主，双手空空如也地放在胸前。

"人头！人头！"

平措也被她吓住了，赶紧跑了回来："什么？什么人头？"

"刚才……壁画里明明……明明有一颗人头……就捧在公主的手里……现在却没了！"

"人头？"平措疑惑地看着她的脸，"不，我打小看着这幅壁画长大，从来就没有过什么人头，公主的手里也一直是空的。"

黄安然彻底茫然了，她又一次来到壁画前，伸手触摸鲜艳的画面。

就在公主双手之间的胸前，她摸到了墙壁里温热的心跳。

爱人的头颅……

2007 年 6 月 10 日星期日，第一季定稿。